中外经典短剧鉴赏文库

陆军／主编

外国经典独幕剧鉴赏

蔡兴水／著

上海人民出版社

本文库为2016年度国家社科基金艺术学重大项目
“戏曲剧本创作现状、问题及对策研究”（16ZD03）阶段性成果

蔡兴水

复旦大学文学博士、新闻传播学博士后，现为上海视觉艺术学院广编／文创专业教授，上海戏剧学院戏剧与影视学专业方向硕士生导师，已出版《世事如烟：大哥大与煤气罐》《戏剧的轮和翼》《新时期中国电影简史》《巴金与〈收获〉研究》等论著，研究方向为戏剧影视理论、创意文化、艺术理论。

总　序

说起来，这已经是很久很久以前的事了。

打开手机备忘录，里面有这样一段文字：

忽发奇想：编一套“中外经典短剧鉴赏文库”，内容包括《中国经典民间小戏曲鉴赏》《中国经典折子戏鉴赏》《中国古代经典短剧鉴赏》《中国当代小戏曲精品鉴赏》《中国当代新编折子戏鉴赏》《中国现代独幕剧精品鉴赏》《中国当代独幕剧精品鉴赏》《中国当代戏剧小品精品鉴赏》《外国经典独幕剧鉴赏》《外国经典影视短剧鉴赏》等多种；每册不超过20万字，小开本，装帧要精美……

2007年12月23日凌晨3点随记

遗憾的是，因忙于琐事，这段文字竟一直未能从手机上走下来，化为实际的举措。所幸，创意，原来也是有生命的。这么多年，这个记在备忘录里的构想会时不时地冒出来，像儿时在乡间小河里玩水，那些调皮的小“穿条鱼”游过来轻轻地在你腿上刺一下，咬几口，提醒你该上岸了一样。直到2016年7月，本人主持的2016年度国家社科基金艺术学重大项目“戏曲剧本创作现状、问题及对策研究”（16ZD03）正式立项，遂决定将《中外经典短剧鉴赏文库》列为该项目的阶段性研究成果，这一计划才正式开始实施。三年以后，在朋友们的鼎力支持下，这个想法开始得以生根发芽，逐一结出果实来。

何谓短剧？我曾在《编剧理论与技法》一书中采用大量经典短剧进行教学分析，指出短剧是相对大戏而言的一种戏剧体裁，它包括了“三小”(小型话剧、小型戏曲与戏剧小品)。而在本套鉴赏集中，除了“三小”之外，还收录了经典折子戏与影视短剧精品，以期尽可能全面地囊括古今中外有一定代表性的短剧文本，并附上专家们独到的鉴赏与分析。我希望，从某种程度上说，这样的努力也算是填补了国内在短剧鉴赏文学上的一块空白。

浩瀚剧海，又为何单独挑出短剧来鉴赏？就我而言，答案有二：

其一，源于我对短剧之于剧本创作与研究的重要性的认知。

在我看来，一个精彩的短剧，事实上包含了大型剧本所具备的一切艺术要素，兼具思想性、艺术性与观赏性，真可谓“麻雀虽小，五脏俱全”。她既短小精悍，又耐人寻味；虽然仅几千或上万字，但结构起承转合，故事跌宕起伏，人物生动丰满，情节新鲜别致，这些无一不考验着剧作者的扎实功底。莫里哀、契诃夫、斯特林堡、尤金·奥尼尔、田汉、熊佛西、丁西林……海内外卓越的戏剧家们的职业生涯中，几乎没有不涉及这一文学形式的。再者，春秋时期的《优孟衣冠》，汉代的《东海黄公》，唐代的《踏摇娘》，明清的折子戏，17 世纪以来的独幕剧，乃至当代的戏剧小品以及微电影等，林林总总，都为戏剧影视文学的宝库增添了无穷的艺术趣味和深刻的人文内涵。因而从短剧出发，学习了解编剧艺术，大可起到管中窥豹乃至事半功倍的效用。

普希金曾言：“独幕剧是‘戏剧研究的实验室’”，曹禺则道：

“小剧本是文艺武库中的小兵器”。短剧不仅在戏剧影视发展史上占据了重要的地位，也是剧作家们通往戏剧殿堂的必经之路，更是人类文化积累的宝贵财富。对于短剧这种文学体裁，戏剧影视工作者们再重视也不为过。

其二，源于对短剧之于我个人成长与发展所产生的影响的感悟。

我曾在多个场合说过，我走上戏剧之路，是因了短剧的感召。少年时受胞兄在部队服役期间创作的那些具有短剧范型的演唱作品的影响，开始涂鸦；20 世纪 70 年代在公社机关做临时秘书时被送戏下乡的上海歌剧院演出的小歌剧所感染，学写短剧；大学毕业后发表的第一个剧本《定心丸》，在《解放日报》连载，虽然逾万字，但也属短剧；更不要说以“编剧理论著作”条目入编《中国大百科全书》（第三版）的拙著《编剧理论与技法》，40 余万字的阐述，也大都以短剧为研究对象。尤其值得一提的是，我读大二时在上戏学报《戏剧艺术》上发表的第一篇分析“重场戏”写作技巧的小论文《怎样写好一场戏》，以及参加工作后撰写的第一篇探讨剧作构思要领的创作札记《小戏要有绝招》，成了我三十多年后创立的“百 · 千 · 万字剧”编剧工作坊（2017 年获上海市教学成果奖特等奖，2018 年获国家教学成果奖二等奖）最原始、最本真、最直接的创意种子：“绝招”说，是百字剧的核心基因；“重场戏”说，则是千字剧的根本依据。

因此，说短剧哺育了我、成就了我，也一点不为过。

需要说明的是，在编选本套图书的过程中，每个单本的编者都依据了自己独特的品位，花了大量的时间浸入剧海，一一选出短剧佳作。他们锁定的有些作品未见得是大众最耳熟能详的，也不完全依照剧作者的知名度（被忽略的剧作家一向是我特别关注的一个群落），或许也并不拘泥于传统的四平八稳的评判标准，而是更注重编著者自己对短剧作品质量与风格的个人喜好。因此，可以说这一套“中外经典短剧鉴赏文库”中的一些作品，是很有可能让国内读者感到耳目一新的。相信在拓宽戏剧影视爱好者们的视野、打开戏剧影视工作者们的思路的同时，能在一定程度上启迪当代中国的剧作者们站在前人的肩膀上，跳出藩篱，创作出属于自己的别具一格的、经得起时间考验的短剧乃至长剧作品。

剧海无涯书做舟。作为长期耕耘在戏剧创作、教学与研究园地里的一个老农，我能做的，也仅能寄希望于以此类方式来略微推动一点戏剧影视艺术事业的发展进程，将更多的后来者领入这一散发无穷魅力，又并非完全无径可循的领域，这便是我创意并主持编纂“中外经典短剧鉴赏文库”的初衷吧！

愿这几本小册子能在读者诸君精彩而又漫长的读书生涯中占据一两个时辰，倘或因此而让更多年轻的朋友爱上短剧、创作短剧、研究短剧，那便是属于我们这些编纂者额外的收获了。

是为序。

陆军

2019年8月30日

（作者为上海戏剧学院二级教授，博士生导师）

自 序

这是一部外国独幕剧剧本创意鉴赏集，剧目都是我从大量作品集里精心挑选出来的。

之前自己虽然教过十余年的中外戏剧剧本解析课，但并没有专门锁定独幕剧，而是多幕剧为主、兼顾少数独幕剧而已。可以向读者坦言的是，两件事情使我可以放手编选品评这部独幕剧集。一是作为陆军教授创立的“百·千·万字剧”编剧工作坊 2016 年暑期培训班的学员，我参加了工作坊全程学习，并在陆军教授、姚扣根教授和黄溪教授的启示下，比较快捷在行地对独幕剧有了切实的认识。我不仅学习关于独幕剧的知识，而且动手写独幕剧，平生还第一次登上上戏新实验空间剧场参演学员的独幕剧作品，这是一次从文本知识到舞台实践的一条龙贯通的历程。二是为了遴选合适的篇目，也是因为特殊际遇，我近两年一直持续关注和钻研独幕剧，涉及中国和国外，视野打开了，思路畅通了，不仅对独幕剧作品加深理解，对独幕剧的领悟也在加速提升，这使我在鉴赏写作中能够准确把握每个独幕剧作品的精髓，不仅在剧情内容和思想主题上能够敏捷捕捉，而且在编剧技巧与艺术形式乃至创意运用上能够作出准确判断和鞭辟入里的评析。当然，对独幕剧的鉴赏，还是与我十余年一直给本科生上中外戏剧剧本解析、中外电影剧本解析的课程紧密有关。我已经连续给13届学生开设剧本解读课，从构思到创意，从骨架到人物，从语言到节奏，从开篇到收尾，事无巨细，拆解式地细读剧作，条分缕析，深耕细作，沉浸式地阅读中外剧作，让我获得许多从未有过的体验和涵养。戏剧剧本解析还通过上海市重点课程立项，也是对我这么长时间持续尽心讲授一门课程的褒奖和肯定。

有鉴于此，我仍然不敢说这是一部最好的外国独幕剧鉴赏集。因为陆军老师要求我所选的剧目不宜过长，限于篇幅的约束，导致我在大量外国独幕剧中首先得考虑的是排除那些长度不符合要求的剧作，只能在规约范围内去追求极致。由于编选经验不足，还走过一段弯路，本来已经选定的文本，经由编辑回馈，有些篇目大概是太靠近当下，不足50年以上，版权归属不明，所以再度调整，重新另选。这一切终于告一段落后，我诚惶诚恐地想，这大概是在相对范围内，还算是不错的一部外国独幕剧作品鉴赏集。

编选这部集子时，我设定了几个选项路径：一是名家之作，二是名家名作，三是非名家名作，四是非名家有个性、有趣味佳作。这是我个人在阅读揣摩外国剧作时，逐渐领悟出来的选择之举，是否这几个方面是选本的大略举要，我也不知道，只能说是自己隐隐约约觉得这样的方向是基本正确的，就鼓励自己去做尝试。这几个方面有时也会互相打架：比如名家之作有不少我就没有选入，想来名家名头响，但作品却未必尽好，而且有可能好在长剧不在短剧，又或者不可能篇篇皆好。名家名作是我心仪和渴望的，但有不少不符合规约要求，如前面说的篇幅可能不符合要求，也可能被人说得烂熟了，我又觉得也许换上不是读者最熟悉的好作品可能是一个不错的选择，所以有许多最终还是落选。落实得最到位的反而是后面的两种情形，非名家（只是相对于那些如雷贯耳的大剧作家而言）但倒是符合我的欣赏趣味的佳作，特别是非名家但是颇有个性和风姿绰约的作品成为最出挑的被我一眼相中的入选之作。当然，从大而广的方面看，能够入选的也应该算是名家，只不过他们可能没有一些我们耳熟能详的剧作家那么显眼而已。还有，鉴于丛书体例综合因素，全书字数也有所制约，所以选择的篇目和范围一样存有先在局限。现在这样的选本，也许也是与我个人的欣赏品位有关。我无意认为自己的品位最佳，更不敢强加于亲爱的读者，只能说这是我目前在受限的情况下所能选出的最佳版本之一。还有，细心的读者已经注意到，书中篇目尽量兼顾不同国家的剧作家所作，这是选本中尽量凸显多样性的机会，也是尽可能采取兼顾包容的权宜之举，读者当然可以尽情去喜欢自己的独幕剧作家，不限于这些国家、这些剧作家和现有入选的这些篇幅。

除了遴选时的诸多约束及种种克服困难的情境之外，这是每一个亲历者都必须的。值得告慰读者的是，虽不是什么皇皇巨著，但写出的文字亦不敢掉以轻心，都希望是有所感有所思而留下来的，以此与每一位热爱独幕剧、热爱经典阅读的读者分享。这是让我开心的一件事情。

是为序。

目　录

红色康乃馨

【美】格伦·休斯　著　吴劳　译

人　物

少　年

男　人

姑　娘

[景：城市公园中一僻静角落。下午四点钟左右。一个男人坐在舞台中央一长椅的一端，抽着雪茄。他是个中年人，模样儿很富裕，翻领上戴着朵红色康乃馨。一个少年幕启后立即登场，二十左右，衣饰讲究，但不流于浮华。他翻领上也戴着朵红色康乃馨。他东张西望，好像在等人。他和那男人相互扫视了一下。少年摆出副自在的姿势。他点了支纸烟。]

男　人　还是坐下吧。长椅上尽坐得下呢。

少　年　（好像在想心事，突然吃了一惊）噢，谢谢。多谢多谢。我站站无所谓。反正不过一两分钟。

男　人　（好奇地打量着他）那你敢情是在等个女人吧？

少　年　（踌躇不决地）哦——嗯，是啊，说实在的，我正在等。

男　人　（知情地）你是个乐观主义者。

少　年　什么？请再说一遍。

男　人　我不过说了声：你是个乐观主义者。

少　年　我不明白你的话。

男　人　不明白，你等等就会明白，等你这一两分钟变成了一两个钟头，就明白了。我看你不大了解女人。

少　年　也许是这样吧。不过话得说回来，我觉得你讲的话未免太涉及个人了吧。

男　人　啊，只有涉及个人的话才是值得讲的。不过，如果你情愿谈谈天气——

少　年　（正在看表）五分钟过去了……（朝舞台一边望望，依稀想起这男人在跟他说话）我——是啊，说得对。对不起，我想到别处去了。

男　人　这我也看得出来。她已经迟到了五分钟啦。

少　年　（吃了一惊）这你怎么知道的？

男　人　凭的是经验，经验啊。恋爱就像历史，是会重演的啊。再说，我跟你处境相同。我约的人也应该在五分钟前就到。只是有一点不同，我不着急，而你着急。

少　年　（跨步走到长椅前）你不介意的话，我想坐下了。（一会儿把重心放在这只脚上，一会儿放在另一只脚上）真叫人腻味死了。（在长椅另一端坐下）

男　人　来支雪茄吧？

少　年　不，谢谢，我把这支纸烟抽了。（他转身面对男人，这一来，目光落到对方翻领上的康乃馨上，显出着恼的样子。他摘下自己翻领上的花，迟疑了一下，又扣上了。男人看他这样做，闻闻自己那朵花）

男　人　多好看的花啊，康乃馨，是不？而且香得不得了。我非常喜欢它，我看你的爱好也跟我一路。

少　年　（心神不宁）说的是啊。非常好的花。不过，我——嗯，希望你别认为我冒失，不过说实在的，如果你觉得无所谓的话，并不介意的话，把你的康乃馨拿掉一会儿，直等到——哦，做个讨人喜欢的人，把它藏起几分钟，那我就感激不尽啦。

男　人　（厚道的）好说，我真巴不得帮你个忙哪，请教贵姓——贵姓——

少　年　史密斯。

男　人　谢谢你，史密斯先生。这可怪了，真怪啊！

少　年　怪在哪里？史密斯这个姓吗？

男　人　是啊，怪就怪在你姓这一个，因为我也姓这一个。

少　年　哟，你也姓史密斯？说起来，反正世界上我们这种人多得很呢——我是说，姓我们这个史密斯的多得很——所以这样巧合也不用大惊小怪——

男　人　那当然啦，那当然啦——不过，我还想到这红色康乃馨。

少　年　哦，我可不觉得——

男　人　当然啦，也许我想得没有道理。不过两个人都姓史密斯，在同样的时间同样的地点等人，双方都戴着朵红色康乃馨！你该承认这可有点儿——

少　年　我的老天！真有点那个啊！（怀疑地目不转睛地望着这男人）我希望你肯到别处去，要不，把你翻领上的那朵花摘下来，要不——难道你非得戴它不可吗？

男　人　正是这样！绝对非戴不可！而你，如果不走开，或者改姓，或者至少扔掉你的康乃馨的话，将给我带来天大的麻烦哪。

少　年　我什么都不干，我不能！天哪，她不认识我啊。我是说，她不知道我相貌如何，所以她要求我戴朵红色康乃馨。

男　人　我的处境可完全一样。我在等的那个女人不认识我的脸。她要求我戴朵红色康乃馨。所以你看，我没法帮你的忙。说到底，人总得首先照顾自己的事情啊。

少　年　这巧合多糟糕啊！（脸露喜色）唷，也许没有问题。她们总有一位会比另一位先来的。如果你认出那是你的——嗯——朋友，你可以马上打招呼，陪她一起走的。如果我的那位先来，我也这样做得了。

男　人　（沉思着）呣！你一见到你那位——嗯——朋友，就认得出来，是吗？

少　年　（吃了一惊）什么——哦——多少认得出来。我是说，她那双眼睛。随便在什么地方，她那双眼睛我总认得出来。

男　人　她那双眼睛！老天爷哪！

少　年　啊，你该明白，一个女人穿着戏装，还戴着面具——

男　人　穿着戏装，还戴着面具！

少　年　千真万确。哪错得了啊？我是在化装舞会上认识她的。

这毫无奇怪之处，不是吗？

男　人　这真是不可思议！十二万分的不可思议！（郑重其事地）有一点请告诉我：她当时穿的是什么装束。

少　年　她打扮成希巴女王[1]。

男　人　我的天哪！

少　年　怎么啦？

男　人　（竭力镇定下来）没什么！没什么！（差不多在自言自语）我说什么也不信！根本不可能！

少　年　什么事不可能啊？

男　人　哪里有不可能的事情啊！

[一个姑娘轻快地走上台来。她身穿时髦的下午上街的服装，头上戴的帽子遮住了眼睛，帽子前沿上没准儿悬挂着一小块面纱呢。她站住了，羞答答地望着那男人和少年，他们转身凝视着她，给弄糊涂了。男人和少年都不动弹，他们面面相觑。姑娘尴尬地低声咳了一声，走过他们身边，走到舞台另一端才住了步。男人和少年目送着她，随后你看着我，我看着你。

男　人　她就是——？

少　年　（仔细盯着姑娘）我看是吧，不过真该死！我看不清她的眼睛啊。

---

① 指《旧约》《列王纪上》第十章中提到的那位著名人物。她带了许多珍贵礼物，上耶路撒冷觐见所罗门王，请教他许多问题。所罗门一一作答，回赠她一笔厚礼。

男　人　我说得准她就是我的朋友。

少　年　什么？你说得准！

男　人　凭她挺着脖子昂着头的那副模样。

少　年　我可也肯定她正是我的朋友。但愿让我看一眼她的眼睛才好啊！

男　人　依我看，要解决这个问题只有一个办法：叫她的名字，我建议你先来叫。

少　年　我不行！我不知道她姓甚名谁。

男　人　你是说你不知道约了来见面的女人姓甚名谁吗？

少　年　她不肯告诉我姓甚名谁。你该上前去，弄明白她到底是不是你的那一位。

男　人　我不得不承认，事情变得越来越叫人难以相信了。跟你说实话吧，我也不知道跟我约会的姓甚名谁。

少　年　我的老天啊！真太糟糕了！听着，我们可不能整天价站在这儿为这个问题争个不休啊。我们中要有一个上前去打破这个僵局。如果发现不对，他可以退下，给另外那个一个机会。

［姑娘这时在往鼻子上搽粉，用一面小镜子照着自己的脸，不时扭过头来对男人和少年瞥上一眼。

男　人　这解决办法挺不错。你提出了这个方案，所以该有优先权来试试。我就在这儿等着，好在还是能注视着你的行动。祝你顺利！

少　年　（朝姑娘走去，接着掉回来对着那男人）可是我究竟跟她说什么好呢？

男　人　问问她，你是不是她约了来这儿相会的人。

少　年　如果她说不准怎么办？

男　人　什么？

少　年　她也许说不准我到底是不是那个人。

男　人　这是该由她来操心的事——不是你的事，你至少可以让她有机会来认你啊。

少　年　不过她也许会认错！

男　人　真要命！你到底去还是不去啊？

少　年　好，我去。（又朝她走去。又掉回来）你别走开，等我弄个水落石出，行吗？

男　人　行，行！当然不走开啦！去吧！

少　年　我走了。（他直走到离姑娘两三步路的地方，站住了。她转身望着他，可爱地微微一笑。他清清嗓子，开口了）你好！

姑　娘　（甜蜜地）你好！

少　年　（小心翼翼地）请你原谅，你就是——我是说——我就是——我想说的是——我约了个人在这儿相会，哦——我心里纳闷——

姑　娘　是啊，我也看得出来你在纳闷啊。

少　年　（不知所措地）我看你要拿我当傻瓜看待了，不过你该明白——哦，由于我俩都戴着红色康乃馨，同一时间在这同一地点，而且——

姑　娘　是啊，我看你们俩都戴着红色康乃馨。我觉得戴在你们身上非常合适。

少　年　（窘迫地）非常感谢你的好意，不过——说起来，这不是

我们要谈的问题。（他心情不安地笑笑）

姑　娘　（陪他一起笑）对，我看也不是。

少　年　要解释清楚真是烦难。

姑　娘　（同情地）对，真是不容易！（又好听地笑起来）

少　年　当然啦，要是你真是那一位——就是说，我约了在这儿相会的那一位，那也许你就能理解了。对吗？

姑　娘　不，我看我不理解。

少　年　（垂头丧气）唉！那我看你不是我约的那一位啰？

姑　娘　那一位——什么意思？

少　年　那一位——我约了来相会的。是你吗？

姑　娘　嗐，我真弄不明白。

少　年　（脸露喜色）这么说，你是在等人？

姑　娘　是啊。

少　年　这可有点眉目了。那么如果你看见他认得出来吗？

姑　娘　（不好意思）我怕不行。所以我才要求他戴朵红色康乃馨啊。

少　年　噢！这一点是肯定下来了。不过，没错儿，他（指指那男人）也戴着朵红色康乃馨。

姑　娘　对。这一来使问题着实复杂化了，对吗？

少　年　对啊，所以，你该明白，我们必须另想别法来识别他。

姑　娘　识别哪一位？你还是他？

少　年　（一时为难起来）我。不，也不一定。两个都可以。识别你打算相会的那一位。

姑　娘　这就对啦！我们必须识别我打算相会的那一位。

少　年　你想得出什么办法来吗？

姑　娘　我说不上。（思索着）啊，没错儿！我为什么想不到呢？（神采奕奕地）我可以请教你的尊姓大名啊！

少　年　好极了，开口问我吧。

姑　娘　那好，你是姓史密斯，对吗？

少　年　（起劲地）对！

男　人　（一直站在一旁，兴趣盎然地看着他们交流，这时响亮地说话了，讲得语气很重）我也姓史密斯！

少　年　（吃惊地陡的转身望着男人）对，对。（然后对姑娘）你瞧，这又是个问题，我——

姑　娘　什么？他也姓史密斯吗？我的天哪！

少　年　问题就在这儿。（激动地）如果他不姓史密斯，那就根本没有任何困难了。

姑　娘　（对少年）你怎么知道不该怪你不对呢？

男　人　（略微走上前来）正是这样。如果你的姓（对少年）不是史密斯，那就什么问题也没有了。我坚决要求你至少也承担一半责任。

姑　娘　问题在于哪一位是原来的那位史密斯。

少　年　原来的史密斯，你这是什么意思？

男　人　从时间观点看，我当然是原来的史密斯啦。在你（对少年）降生以前我早就姓这个姓啦。

少　年　荒乎其唐！这又有什么相干？在这场合中，原来的史密斯就是跟这位——小姐，请原谅，你还始终没有告诉我你姓什么——跟这位小姐有约会的那个。

姑　娘　对，我没告诉过你我姓什么，可不!（她富有感染力地笑出声）看来有点儿奇怪，不过——说实话吧，我想我过去也从来没有跟你讲过什么话啊。没准儿跟我讲过话的是他（指指那男人）。

少　年　在什么地方？什么时候？

姑　娘　星期五晚上化装舞会上。

男　人　喔，对了，是我跟你讲过话来着。

少　年（诧异地望着男人）你！你当时也在场！真叫我受不了啦！

姑　娘　为什么他不能在场呢？他跟你同样有权利来参加的啊。

男　人　这还用说！为什么一位姓史密斯的人该比另一位有优先权呢？

少　年　我马上要疯了！听好!（对姑娘）你必须好歹想办法解决这个问题。我坚决不愿整天价站在这儿给人愚弄。

男　人　如果你这样想，你应该马上走开，这一来可以使事情相当明朗化了。

少　年（存心吵架）我不走。别以为你能这样轻易地把我打发走!（对姑娘）你要解决这问题倒是有点办法的。如果说你上星期五在化装舞会上跟我们中间有一个讲过话，那你一定记得凭哪一点可以告诉你到底是哪一个。我们彼此一点儿也不像。仔细看着他!（指指男人，他顿时摆出一副英勇的架势）你怎么可能把他错当作我呢？

姑　娘　可是你忘记了，当时你们俩都穿着戏装，而且戴着面具。

男　人　千真万确。戏装和面具使人完全乔装打扮起来了。

少　年　不过戏装是各各不同的啊。我打扮成个阿拉伯酋长！

男　人　我也是这样。

少　年　什么话！（几乎愤怒地叫起来）你才不呢！真太岂有此理啦！我坚决不信！

男　人　我可要跟你说我正是这样。穿着阿拉伯酋长的装束参加化装舞会，毫无值得奇怪的[①]。就我所知，谁也没有对这个打扮有独享的特权啊。

姑　娘　经你提起了，我清清楚楚地想起在那次舞会上的确看到过不止一个阿拉伯酋长。

少　年　（狠狠地对姑娘说）那我看你见一位酋长就跟他搭讪啰！

姑　娘　啊，我哪有办法说得准！把一位酋长当作另一位，那还不容易！

少　年　那我看你跟他们都讲了那一套？

姑　娘　你这是什么意思？

少　年　（挖苦地）你不是邀请跟你搭讪的每个酋长四点钟在公园这一角相会，上衣翻领上戴一朵红色康乃馨吗？

姑　娘　（激动地）我哪会这么干！亏你想得出！是他约我来跟他相会的。

男　人　千真万确。我要求她今天在这儿相会。

少　年　不过我也要求过的啊！

---

① 美国默片时代著名电影明星范仑铁诺（1895—1926）于 1921 年主演《阿拉伯酋长》一片，以其热情洋溢的演出深受观众的喜爱。因此在 20 世纪 20 年代中，人们穿上酋长的服装参加化装舞会成为一时的时尚。

姑　娘　你们都肯定记得约过我的吗?

男　人　绝对肯定!

少　年　当然如此!

姑　娘　可是你们怎么可能呢?你们怎么知道你们中有一位不是约的别的姑娘呢?

少　年　难道你不是打扮成希巴女王吗?

姑　娘　对。一点不错。

男　人　她当然如此啦。所以她才引起我的注意啊。

少　年　真正该死!我受不了啦!(恶狠狠地转向那男人)你怎么知道舞会上没有另一位希巴女王呢?

男　人　就算有吧。不过问题是,眼前可只有一位希巴女王啊。

少　年　那你自以为是你约这位(指指这姑娘)希巴女王今天四点钟在这儿公园里相会吗?

女　人　(挖苦地)你的脑袋倒越来越开窍了!

少　年　而且你还跟她说你要在上衣翻领上戴朵红色康乃馨?

男　人　我惯常用这办法来让人家认出我来。

少　年　哼,我可知道这位是我搭话的希巴女王。我凭她那双眼睛认得的。这双眼睛在什么地方我都认得出。看起来她把我们俩都糊弄了,因为我跟你一样,也对她提出来这些建议,而她确实也接受了。

姑　娘　唉,真抱歉!我还以为你们俩是同一个人呐。

少　年　(冷冰冰地对男人说)她以为我们是同一个人呀!

男　人　至少我们对她的恭维是共同的。

少　年　难道你以为我们会犯口吃病,竟然会对你提出两遍要求吗?

姑　娘　我以为你们当时有点儿——也许可以说心不在焉。

男　人　你真懂得分寸，讲得这么婉转。

姑　娘　你该了解，我感到真是抱歉！不过当时跳舞跳得多兴奋啊——还有动人的音乐什么的——我准是——得了，真是抱歉!

少　年　嘿，我们了解。

男　人　千真万确。

姑　娘　而且你们可以明白，由于你们俩都姓史密斯，都打扮成阿拉伯酋长，而且都偏爱红色康乃馨，因此多么容易弄错人啊!

少　年　这还用说!

男　人　那当然了。

姑　娘　我看眼前的问题是该怎么办。

男　人　真是个着实使人为难的局面。

少　年　只有一个解决办法：该由她来在我们中间挑一个。

男　人　我们可以抛个钱币来决定哪一个留下来。

少　年　不。我坚决反对用这样浅薄的办法来处理这件事。如果我要走，那要由这位小姐提出要求。（挑衅地交叠起胳膊来）

男　人　好吧，这样可以摆脱我们的责任了。（对姑娘）“这位小姐”怎么说啊?

姑　娘　真要命！我看这下子把我难住了。我该怎么办？你们两位都是这样的有吸引力，对这个问题的态度又是这样的高尚！我没见过比你们两位更可爱的男人。（对少年）如果我请求你走开，你肯走吗？

少　年　肯。我将履行我的诺言。不过我有朝一日会再找到你的。

姑　娘　（逗他）你怎么找呢？你根本不知道上哪儿去找我。你不知道我姓甚名谁，住在哪里，什么都不知道。而且我下回去参加化装舞会，我没准儿不会打扮成希巴女王了。

少　年　没关系。我找得到。而且等我找你的时候，我要想办法使没有任何别的姓史密斯的在场来干扰。

男　人　说得多不客气啊！

姑　娘　嘿，会有另一个姓史密斯的在场的。只要我在场就总会有一个。你别忘了，我也姓史密斯啊。

少　年　（搞糊涂了）什么！不可能！

姑　娘　正是这样嘛。所以我很容易记住了你的姓和（对那男人）你的姓。人对自己的姓总记得住吧，即使有一个陌生人也姓这一个。

少　年　（气呼呼的）我认输了。我放弃了！我浪费了时间来跟一对疯子打交道。再会吧，史密斯先生——和史密斯小姐（他动身走了）

姑　娘　（一下子就慌了）嗨，别走啊！请你别走！你哪能抛开我们哪！

少　年　（差不多走下台去了）再见啦！

姑　娘　（对那男人）爸爸！请你叫他别走！

少　年　（陡地站住了，掉回来）你说了什么？

姑　娘　（拉扯着男人的手拐）爸爸，别老是站在那儿像根木头啊！

男　人（一半儿给逗乐，一半儿着慌）哦，我——说实话吧，我的亲亲，我看我已经完成自己的任务了。你不见怪的话，我想——（他挣出身姿，朝舞台另一端走去）

少　年（急步回到台中央的姑娘身边）这到底是什么意思？你是什么人？这个男人是谁？

姑　娘（带着悔过的语气）我是史密斯小姐，他呢——是史密斯先生。

少　年（严肃地）他是你父亲？

姑　娘（使劲地点头）嗯哼！（少年惊叫了一声，走开去了。她从眼梢上打量着他）你真气得不得了吗？（对方不答理）你肯原谅我吗？（还是不答理）对不起！（她悄悄地溜到他身边，拉拉他的衣袖）我很抱歉。不过如果你做了我的爸爸，你也不会愿意让我没人陪伴就到公园里跟陌生人相会的，对不对？即使希巴女王也得多加检点啊。再说，父亲不是真讨人喜欢，把他的角色演得挺出色吗？想想看：我存心把这事安排得富有刺激感，而结果的确挺有刺激感，可不是吗？

少　年（突然旋过身来，一把抱住她，亲她）你这小妖精！我恨不得把你卡死！

男　人（双手一摊，叫嚷起来）阿拉伯酋长！

姑　娘（竭力挣出身来）救命啊！爸爸，他亲了我！

男　人（跑到他们身边）你自作自受。把他带回家来，我们一起吃晚饭，也许他会再吻你的。（对少年）史密斯先生，你愿意接受邀请上史密斯家跟史密斯小姐和鄙人一起吃晚饭吗？

少　年　（高兴地）非常乐意，史密斯先生。（对姑娘）史密斯小姐，请挽住我的胳膊好吗？（他鞠了一躬。姑娘挽着他的胳膊，两人动身走了。但少年突然站住了，转身对男人说话）

少　年　不过你听着！你不是太冒险了吗？你关于我的底细一无所知哪。

男　人　孩子，我了解得一清二楚，可以给你写传记了。

少　年　这怎么可能呢？

男　人　我认识你的父亲，J. 罗德尼·史密斯有二十年啦。我有好多次看到你跟他一起在高尔夫球场上。即使我没见过，我也认得出你：你跟你爹长得一模一样。

姑　娘　事情真是十全十美！

少　年　嘿——我真要——

男　人　对，我们都要——来不及准时吃晚饭了！我还要及时赶回家去配制鸡尾酒哪，史密斯先生，希望你会喝酒吧？

少　年　啊对，怎么不会！史密斯家的人全都会！

［他们手挽手地下场。姑娘走在那男人和少年之间。

——幕　落

让史密斯和史密斯成为一家人

——《红色康乃馨》读解

这是个让人欲罢不能的作品，看过剧作已有按捺不住想看演出的欲望。剧作讲述一个姓史密斯的少年按约定要在公园与一位姑娘约会。一个男人也姓史密斯，也按照约定要在公园与姑娘见面。他们还共同的被要求在衣领上别上一朵红色康乃馨。经过交谈，两个史密斯都是在上周五的化装舞会上认识的一位姑娘。伴随交谈的相互试探，他们彼此得知都不知道对方叫什么。谈话还在不断深入，两个人所了解的姑娘，几乎都差不多。姑娘终于上场了，少年和男人商量后，由少年先去与姑娘接头辩白。这时我们得知姑娘也姓史密斯。少年愈加感觉蹊跷，他发现有可能姑娘约的并不是自己，因为他没有胜算，也没有信心，他有些泄气地要离开了。这时我们看到姑娘真急了，她喊男人爸爸，求助爸爸帮忙。少年停住脚步，他感觉自己被耍弄而生气，但他内心其实有些在乎的。姑娘解释了这样做是表示爸爸对女儿的不放心和重视，也表明自己想把约会搞得有些刺激有意思，她还向少年表示道歉。小伙子本来就不是真生气，一边把姑娘叫小妖精，一边抱住姑娘强吻。男人和姑娘约少年回家一起吃饭，还道出一个秘密，原来男人与少年的父亲是20多年的老友，他是看着少年长大的。这是亲上加亲的结合啊！

对不知情的观众而言，这是一部充满疑惑直到剧终谜底才被揭晓的剧作。对于剧中的小伙子而言，他又何尝不是因困惑而疑虑重重，但当结果明朗时却禁不住爆发出喜悦。关于相亲的故事被写得这么不寻常、这么诙谐有趣有戏，还真是不那么简单。

这真是一出充满悬念和好玩趣味的喜剧。剧作对悬念的设置，极有技巧，故意把父亲身份隐藏，故意让少年在等待的表现中笑料百出，经过这一番像似考验或者误会的等待之后，两家人才曲折而又自然地走到一起，充满戏剧性，也带着无限的喜剧色彩，很有观赏性。

除了悬念和误会的营造和构设，剧中对人物的安排和处理也很精巧。我们观者和少年一样不知情，所以我们的困惑和着急是通过少年的性情、心理和表现来呈现的。少年的困惑到解开疑团表现越充分，我们最后越是能够释怀和舒心。少年的心理揭示得越是可信，剧情就越是合理。剧作中对少年的约会全程，很有序地展开，而且真心的流露，都合情合理，有节奏有变化。少年一开始不愿意坐，以为一两分钟就会见到约会的人，而男人则十分宽松舒服地等着，不急不躁，他既扮演观察者，也担当剧情推动者。少年着急，他来安慰。少年不解，他来透露。少年无措，他来指点。少年退场，他来挽回。少年生气，他来救场。这两个人不仅是对手戏，还是少年不知情形下的合作者。一老一少相得益彰，合作把玩全剧的观众，把观众带入云里雾里，也把观众玩弄于股掌之间，但又收放自如，不失度，不跳戏，始终掌控剧情，把握火候，该放烟雾就放烟雾，该释放情绪就添油加醋，该推动深入就助力一把，该揭开谜底就全篇通亮。一老一少既形成对比，又各有担当，分寸感、火候都把握得相当到家。

作为约会的一幕，本来可能会很简单乏味，很容易陷入套路模式，却被剧作家处理得跌宕起伏，错落有序，富有戏剧性，条理分明，却又行云流水，畅快有趣。剧作对剧情构思有全局观，有条理性，有节奏感，鲜明畅爽，有滋有味，读来看来都趣味无穷。

剧作在有限的时空中完整具体地演绎了一个“约会”的全过程。由等待开场，出现的一老一少，适时地交谈着，在相互打探中逐渐步入相互竞争又相互协作的轨道。他们没有打压对手，没有使用阴损招法，而是在辩驳中逐渐形成共同面对的态势。剧作家合理地表现这对年龄不同的老少，以年长者的淡定自如衬托少年的躁急慌乱，这正是他们不同阅历和心态的鲜明准确的体现。姑娘的到来，才标明约会的真正开始。少年的怯懦、心虚，既显得可爱可笑，又让人滋生几分心疼。这时的长者好整以暇地看着这一切，只在适当的时机给少年增加难度，制造新的麻烦，进一步考验少年的坚韧和执著。少年果然有些无法把握，在年长的男人的困难设置下，被动无助，终于有些动摇，不甘心却又没信心地退却。当少年要放弃离去时，少女反而着急了，看来少女已经相中对方了；她喊年长的男人爸爸时，少年既糊涂又明白了，而观众至此也才明白男人和少女的关系。接下来其实无须再过多解释什么了。少年貌似假装生气，已经恋上的少女连忙解释原由并且道歉。终于大团圆结局，少年少女情投意合配对成功，而男人也成功地扮演了一个父亲对未来女婿的考察和审核通过的角色。

剧作以两男一女三个同姓的人碰撞出火花，让他们仨来串联剧情，发生交集，这是本剧创意点所在，也是全剧故事的引爆点。剧作者的突出创意和高超技法，把本来可能很普通的一个恋爱约会场面点染得趣味盎然、笑点连连。剧作家围绕三个同名人物的相互碰撞与交相辉映，激发出平淡中不同寻常的光彩。

冬天的烟火

【日】太宰治　著　林春　译

人　物

数　　枝——二十九岁。

睦　　子——数枝的女儿，六岁。

传 兵 卫——数枝之父，五十四岁。

阿　　佐——传兵卫的后妻，数枝的继母，四十五岁。

金谷清藏——村民，三十四岁。

其　　他

荣一（传兵卫与阿佐之子）。

岛田哲郎（睦子之生身父）。

二人均属从军未归者，不上场。

地　点　津轻[1]地区某农村。

时　间　昭和二十一年（1946年）一月末至二月初。

---

① 津轻，原陆奥国西北部岩川木流域，面向日本海。现属青森县。

一　场

[舞台：传兵卫家的饭堂。室内摆着较讲究的家具。舞台后方是通向二楼的楼梯。左侧是厨房，右方是门厅。

[幕启，传兵卫和数枝，围坐在屋角的火炉旁。

[二人默不作声。挂钟敲三响。一股不愉快的气氛。

[突然，数枝轻轻地怪笑起来。

[传兵卫扭头瞅数枝。

[数枝，默默地笑完了之后，好像为自己遮羞似地从炉旁的木箱里取出两三根木柴，填进炉内。

数　枝　（瞧着自己的手指甲，自言自语地）人们都说这次是战败，我可不那么想，我看是灭亡，是亡国。现在整个日本从南到北，全被占领了，我们全都当了俘虏啦！可是你看这些乡下人该多浑，连点羞耻都不懂。不知道他们打算按老样子生活到几时！整天只会说别人的坏话，就知道睡觉、起床、吃饭，看谁都像贼似的（轻声地怪笑）。他们到底是为什么活着呢？真是莫名其妙！

传兵卫　（吸烟）那些事你先不用管。我问你，听说你现在又有了丈夫还是情夫，这是事实吧？

数　枝　（不高兴地）谁爱说就让他说去，甭管！（厌烦地咋了一舌头）都怪我什么话也不该说。

传兵卫　你就是不说，也挡不住会传到我耳朵里来的。

数　枝　你还装模作样子干嘛？我明白，是妈妈告诉你的吧？

传兵卫　（稍感狼狈）不是。

数　枝　（轻声地抢着说）是的，一定是她。可是妈妈又怎么知道的呢？妈妈她也是瞎说八道。

［静场。

传兵卫　我是从她那里听来的。不过她并没有……

数　枝　（马上态度一变，改了话题）妈妈，到哪儿去啦？

传兵卫　说是要去买大头鱼。

数　枝　背着睦子去的？

传兵卫　大概是。

数　枝　背她去多沉啊！那孩子重得要命。外婆给她好脸，喜欢她，她就美滋滋地粘在外婆身上不下来。

传卫兵　这一点很像你小时候。（脸色严肃起来，提高声音）你妈说她要那孩子。

数　枝　（背过脸去）开玩笑！

传兵卫　不，是真心话。你听着！昨天夜里，她（微微的苦笑）她认真地和我商量这件事。她说：荣一是没指望了，三年都没从战场上来过一封信，只知道他随军队去守南方的一个小岛子，现在死活、音信无有，恐怕已经不在人世了。这次正好，你领睦子从东京回来了。可是，听说你已经秘密地找了个新对象，你自然还要回东京去的。你别急，你好好听着！这是你的自由，你愿意怎样就怎样，我不管。只是，能不能把睦子留下？

数　枝　（又发出怪笑声）这是真心话？怎么能想出这样的蠢

事来！我看妈妈有点儿不正常，是不是老糊涂啦？真无聊！

传兵卫 也许是老糊涂了，当时我也觉得她的想法有点儿莫名其妙。不过，看来她倒是很认真的。她说反正你早晚要到丈夫或是情夫那儿去的，要是把睦子也带去，说不定在你和那个男人的生活中会引起一些不愉快的事情来。你还年轻，结婚后为他家生几个孩子都没问题。反正想把睦子留下。看样子这是她翻来覆去想出来的好办法，对你也大有好处。

数　枝 这种操心是多余的。

传兵卫 对，也许是瞎操心。可是对阿佐，你不应该那么不尊重，她……

数　枝 （没等传兵卫说完）不对，我没有不尊重她。爸爸，人们不是说生身之母不如养身之母吗？我的亲妈妈在我比睦子现在还小的时候死了以后，就是这位后妈把我抚养大的。后来虽然有人说，那是你继母，和弟弟荣一不是一奶同胞，我也没在乎。什么继母，生身母，反正都是我的妈妈。不是一奶同胞怕什么，荣一是我的好弟弟，我向来不在乎这些事。可是，后来我上了女子中学，难免有时也感到一些寂寞！妈妈好，可以说是好过火了，一点儿缺点也没有。无论我怎么任性，和做错了什么事，妈妈从来没申斥过我，总是笑嘻嘻地惯着我。没有比她再慈祥的妈妈啦。慈祥极了！好极了！有一次，我的大脚指甲碰坏了，妈妈吓得脸色苍白，一边给我包扎一边哭哭啼啼的，我都有点烦了。还有一次，我问妈妈，我和荣一比，你是不是喜欢荣一？你看，她回答的多巧妙，她说，偶尔有时是这样。瞧！话说得既像真心话又很亲切似的，弄得我都有点儿讨厌她啦。她只让荣一干这个干那个的，可是连地也不让我扫。于是我就想出这口气，成心捣乱，故意不讲礼貌，故意做错事来气气她。但是，我并不讨厌妈妈，我非常喜欢她。我喜欢她，我爱她，简直都想扑在她身上。我看妈妈也喜欢我，因为妈妈太喜欢我，总让我穿得漂漂亮亮的，沾水的活儿从来不让我做。这些我心里都明白。说实在的（突然怪笑起来）妈妈和我俩，简直是同性恋的关系。也正因为如此，我对她又产生了讨厌、憎恶的感觉，我感到寂寞，我很想做件任性的坏事来气气她，我想和妈妈大吵一场！

传兵卫　（皱眉）快到三十岁的人啦，还满嘴浑话。你能不能说点正经的？

数　枝　（坦然）爸爸你感觉迟钝，什么也不知道。像爸爸这样的人，可以叫作老好人吧，简直是麻木不仁。（改变语气）不过，妈妈从前可很漂亮。我在东京见过不少女明星和阔家小姐，从没看见过像妈妈那么漂亮的人。我记得从前有一次我和妈妈一起洗澡，看她那样子，既让人羡慕，又使自己害羞，现在想起来，心里还热乎乎的。

传兵卫　你少在我面前说这些废话。我问你，怎么办？你准备把睦子留下不？

数　枝　（愕然）怎么，连爸爸也想干这种蠢事……

传兵卫 可是，你不是已经有了相好的男人了吗？

数 枝 （厌烦，低头）能不能好好说？

传兵卫 怎么说也都一样。（努力控制自己的情绪）你知道吗？你也做了蠢事。

数 枝 （抬起头来，冷冰冰地瞅着父亲）

传兵卫 从小时候起就任性，万没想到你会是这么个糊涂虫。为了你，阿佐不知操了多少心！你由弘前女中毕业，提出要入东京的专科学校，当时我坚决不同意，把我气得病倒在床上。阿佐为了你，坐在我枕边上哭着再三哀求我，说让数枝去她想去的地方吧！最后我才不得不同意。可是你，却满不在乎的去了东京，再也不回来了。你和那个什么小说家还是学校老师的岛田，鬼混在一起，竟连学校也退了。从那时起，我权当你死了，连想都不去想。可是，阿佐对你从没埋怨，甚至还瞒着我，把她自己攒的钱不间断地偷偷寄给你。阿佐宁可把自己的衣服卖掉，也要给你寄钱。你生下睦子不久，岛田就被征入伍去打仗，你说靠给人家缝衣服能自己维持，也没到岛田老家去。不，即使想去也不行，岛田是个不孝之徒，和他父母的关系不好，怎么好意思把自己的妻子女儿送到老家让父母照看呢？后来寻思你一定会回到老家来，可是也没回来。我当时根本不想再看见你，对你的事不闻不问。又是阿佐，不止一次地给你写信劝你回家来住。谁知你竟摆起架子，回信说什么缝纫工作太忙，不愿回乡下。后来，阿佐听说东京吃粮困难，她就不断地缝邮包寄吃的给你们。而你却好像觉得应该似的，接到东西后连句感谢的话都不写，你哪知道阿佐的辛苦啊！她为了让你们早日接到东西，一定要通过铁路寄，每次要步行到浪冈车站。要知道，从这儿到浪冈站差不多有一里[①]地远啊！冬天的暴风雪都拦不住她。有时为了赶上六点的上行早车，天不亮就爬起来奔车站去。可以说，从早起到晚睡，每时每刻在惦记你们。天底下没有比你再幸福的人啦！即使在东京遭了灾害，事先连个信儿也不给，笑嘻嘻地就回来了。你那不知羞耻、满不在乎的样子我看见就生气，真想一辈子不跟你说话。可是后来一想，你现在反正已经不是我的女儿，而是出征军人岛田的太太，不能一脚把你踢出家门。于是权当作一个不认识的灾民来求我收留她们，就什么也没说让你们在这儿住下去了。你不要得寸进尺！我现在没有必须照顾你们的义务，同时，你也没有在这个家里说长道短的权力！

数　枝　（头虽然低垂下来，话却说得明确）岛田恐怕是死了。

传兵卫　也许是。但是，骨灰没回来，也没举行葬礼。你，真浑！你说，你现在那个丈夫还是什么东西，到底是个什么人？

数　枝　你去问妈妈好啦，她不是什么都知道吗？

传兵卫　（下意识地握紧拳头）你还说混账话？阿佐她什么也不知道。她只不过知道你和一个人秘密通信的事，有时还给

---

① 日本里，每里等于 3.924 公里。

你寄钱来。睦子也常常提起东京的叔叔如何如何的。这样，不仅仅是阿佐，谁也会感觉出来的。

数　枝　可是，爸爸你就不知道嘛！

传兵卫　（难过地）这种事我连做梦都没想到！（叹息）我真不知道你将要堕落到什么程度才算完！

数　枝　（轻声地）这个家，要是不让我呆下去，我就领睦子回东京去。我和铃木已经讲好了，我在这里住到春天，这个期间里他在那边把房子找好。

传兵卫　铃木？就是他？

数　枝　（温和地）是的。

传兵卫　（严厉地）你和他搞在一起，有几年啦？

数　枝　（不语）

传兵卫　问问都不行吗？行，大致我也明白了（抑制着自己的感情，虽然轻轻地说，但声音很激动）你滚！现在就滚！去哪里都行。你给我走！把睦子给我留下，你现在就找那个男人去！

数　枝　（仰起脸）爸爸！你知道我在东京受的苦吗？

［门厅有人开门的声音。

继母阿佐的声音　真乖呀，真是乖孩子！冷也没哭嘛！

睦子的声音　你忘啦？睦子还帮你做事了。

阿佐的声音　对，对，对，你给外婆拿钱包，也没丢吧！真能干！不简单！

睦子的声音　那么下次还带我去？

阿佐的声音　带你去，一定带你去。快，进屋子暖和暖和！

[拉开右侧的隔扇门，阿佐、睦子上。睦子赶紧跑到数枝跟前，扑到妈妈怀里。

数　枝　（对阿佐笑着说）背她去，够沉的吧？

阿　佐　（边把装有刚买来鱼的竹篓和披肩在津轻地区妇女外出用的四方形毛毯等送进左侧的厨房那里）噢，岂止是沉，简直像背石菩萨走路似的。（拉开左侧的隔扇门，进厨房后又关上，下面的话只能听见声音）这小家伙，这阵子也变得滑头起来，你让她下地走一会儿，她就赶紧地装着睡着了，不理你，够淘气的啦！

数　枝　（发现睦子手里握着一把纸捻烟花棒）哟，这是什么？哪儿来的？

睦　子　这是玩艺儿。

数　枝　玩艺儿？（笑）这算什么玩艺儿？是外婆给你买的吗？

睦　子　（点头）

阿　佐　（在厨房一边干着活一边隔着门说话）现在孩子多可怜！连个像样的玩具都没有卖的。睦子说她要一个小国旗玩，找了半天也没有卖的。打仗那一阵子孩子玩的旗子，哪个杂货铺都卖，可是现在连个影子也不见。说实在的让孩子玩玩小旗子怕什么，看来也是不准许的样子。怎么向孩子解释好呢，简直把我难住了。（轻声笑）可是卖这种烟火棒的铺子可不少，这又是怎么回事呢？反正近来的商店挺怪，摆的东西都不讲究季节性，尽是一些麦秸草帽和苍蝇拍子之类的东西，你们说可笑不？谁去买那种东西，大冬天买苍蝇拍干什么？

数　枝　（笑）也许苍蝇拍能当打毽子拍用。恐怕比这种烟火棒还受该子欢迎呢！（从睦子手里接过烟火棒看）冬天的烟火！多不吉利呀！刚才我一瞧见睦子手里拿的这个，不知为什么，我心就噗咚一跳！

阿　佐　（解释性地）可是，别的玩具什么也没有，现在的孩子实在可怜！（改变口气）大头鱼很新鲜，做鱼火锅吃可以吗？

传兵卫　家里还有酒吗？

阿　佐　（隔着门）还有点儿吧！

传兵卫　那么晚上吃火锅，喝一杯？

数　枝　我也来一杯。

传兵卫　（失去控制，大声吼起来）混账！你想胡闹到什么程度才算了？（站起，又慢慢坐下）要做个正经人才行！

［睦子吓得哭起来，钻进数枝怀里。数枝冷冰冰地不动声色。

传兵卫　为了你……这个家为了你付出了…（嘴里嘀咕着哭起来）

［数枝抱着睦子，轻轻站起，向里面的楼梯走去。

传兵卫　（猛然站起）站住！

阿　佐　（从厨房里跑出来，阻拦传兵卫）咳！她爸爸，你这是干什么？

传兵卫　非揍她不行。非把她打清醒过来不可！

［数枝头也不回，抱着哭叫的睦子，一步步地迈上楼梯。从她那件和服的底襟下露出白色的过膝袜子。

［传兵卫挣扎，阿佐拼命地拦阻。

二　场

[幕启，舞台漆黑无光。电灯忽亮，二楼的数枝居室，是数枝在开灯。室内铺着两套被褥，其中一个，睦子睡在里边。数枝身穿睡衣，一只手摸着电灯开关，两眼瞅着一点，那是右侧的木板套窗。套窗轻轻地开开，雪花被吹了进来……接着是身穿着夹罩衣的男人，背着身子跨进室内。

数　枝　（严厉地，声音很低）谁？是谁？

男　人　（关上套窗，脱掉外衣，转过身来，端坐在那里，他是村民金谷清藏）是我，请原谅！（正经地，微微地点了点头）

数　枝　（吃惊）哟！原来是清藏先生，您怎么啦？（急忙拿起一件短衣罩在睡衣上面，边系着带子边走向炉子旁边，坐下）我还以为是贼呢！到底是怎么回事？

清　藏　对不起！我一直想把我的心思，仔细地说给你听听。我在你家门前转了很久，最后才下决心爬上房子，用手推了推二楼这间房子的套窗，没想到，轻轻地就打开了。于是我就……

数　枝　（冷笑）没想到你原来还是“鼠小僧”①（用火筷子拨炭火）

---

① 鼠小僧，江户末期的盗贼，名叫吉次郎。身体矮小，动作敏捷，经常偷入武家贵门的府邸的义贼。1832 年被处死。

在乡下，这种事并不新鲜吧？这成了乡下的、常见的一种恋爱形式！没有错。这不就是人们常说的那种“摸被窝”吗？

清　藏　哪儿的话呢！不是，那种下流的勾当，我决不干。

数　枝　（笑）不，如果不是那个意思的话，也不是什么有礼貌的行动。爬到人家的屋顶上，钻进二楼居室里，尤其是在这样深更半夜里找人谈话，根本不是正经人干的事。

清　藏　（沉痛地）求求你，别嘲弄我吧！怪我不好。没想到你会说我是来“摸被窝”，因为我是不得已才用了这个办法的。（抬起头）数枝，请你别再让我痛苦了吧！到底是yes，还是no，这一点请你今天晚上明确的答复我！

数　枝　（皱眉）哟，你喝酒啦！

清　藏　喝了。（沉闷地）这几天，我只喝酒。数枝，这都怪你不好！你要是不回来……算了……如今再说这个也没用。数枝，你还记得吗？恐怕已经忘了！想当初，你从女中毕业后到东京去上学那天，正是积雪融化的季节，路上泥泞难走，我背着你的行李，和你妈咱们三个人走到了浪冈车站。路旁的款冬草梗已冒出了新芽，你高兴地边走边唱起：“山山野野飘春霞，河水潺潺似情话，含苞待放桃花蕾……”的歌子。

数　枝　错啦，不是含苞待放，是水珠闪闪桃花蕾。

清　藏　是吗？看来那时候的事情，你还是记得的。我们到了浪冈站，时间还很充裕，我们就坐在候车室的长椅上，一起打开了饭盒。当时，你饭盒里的菜是煎鸡蛋和炒牛蒡丝，我的菜是咸鲑鱼子和烧葱头。你说想吃我的咸鲑鱼子就把煎鸡蛋和炒牛蒡丝换给我，你把我的鱼子和葱头吃了，我也把你的煎鸡蛋和牛蒡丝吃光了。这时我心里不由地产生了这样的想法：我们两个人的血液已经沟通了，在往一起流，即使在这里分手，决不意味着是永远的别离，我相信你总有一天会重新回到我身边来，我们肯定将结成……夫妻……那时，我大概是二十三四岁，在这个村里，中学毕业生只有我一个，有资格和你结婚的当然是我了。应当说这个想法早就在我头脑里转悠，可是从那次换菜吃以后……你还会记得的……当时你妈妈笑着对你说："好像清藏君的菜特别香似的。"于是你就说："清藏不是外人呀，是不是，清藏?！"然后对我又笑得那么甜……这些事你没忘吧！

数　枝　（用火筷子拨着炭火，漫不经心地）我倒不记得了。

清　藏　原来这样！（叹息）这一切都怪我太浑了……在当时，我听你的话以后高兴得流了眼泪，甚至连饭都不想吃了。我理解你的意思，是让我等你从东京的学校毕业回来时，我们就能结婚。看你妈的样子好像也不反对这件事情。

数　枝　我妈有这个意思，也许是可能的。因为你家和我家一直很亲近，再加上我妈妈也很喜欢你，所以我根本没拿你当外人看。但是……不过……

清　藏　（点头）恐怕是这样……都怪我当时太浑，把事情理解错了。但是，我确实是在等待你。我错认为你一定能嫁给我，在心里我悄悄地把你叫作 wife，等啊等啊……然而，你再也没回来。在这个地方，男人到了二十三四岁时，大半都要娶亲的。虽然也有很多人来提亲，全被我拒绝了。暑假过了，寒假到了，你总也没回到村里来。后来，你和你的老师、小说家岛田哲郎结婚的消息传来了。请你想想，我当时该多么难过啊！从那以后，就变成另一个人，我不再到家里的碾米房去作事了，我吸烟，喝酒，到处闹。“摸被窝”的事，我也干过。

数　枝　（*忍不住地笑起来*）谎话，谎话。这些都是谎话！你们男人，为什么那么喜欢编瞎话呢？把自己说的谎话当成真事似的说得那么认真！正像我去了东京之后把你忘掉了一样，你也会忘掉我的。你说自从咱们在浪冈车站分手后，十年当中一直在想着我的事，这怎么可能呢？一个人，每天来考虑与自己切身生活有关的事情，就已经够累的了。对于与自己生活毫无关系的、相隔遥远的人，也许偶然间会想到的，但是，转眼就会忘掉的。我认为你喝酒，胡闹，这些事丝毫也不能怪我。当然，你所以这样，我并不认为是由于你自己的本质所决定的，不过，你也应当承认，这些都是来自你自己的生活环境，自然演变而成的吧？一个人在这乡下，游手好闲，虚度时光的话，结果必然如此。就是这么回事。现在要把这一切推到我身上，那就太不讲理了。我忘掉你，你也同样能把我忘掉的。这一次，听说我回来了，你马上就想起这些事来，就恨起我来了，就是这样！

清　藏　（*厚着脸皮*）不对，我到现在还是独身，这就是证据。你想随便用花言巧语来哄骗我是不行的。我已经三十四啦！在这个地方到了三十四岁还独身，谁都要把你当成不正常的人看，人们到处议论，说我身上某处一定是有毛病。就是这样，我从来没把你忘掉。本来我想你已经嫁给别人，应当忘掉你，但是，无论如何也忘不了。这是有原因的。数枝，我读过岛田哲郎的小说。我想看看你丈夫写的小说是什么样子，抱着一种奇异的好奇心从东京的书店订购了四五本。说良心话，真不如不看好。我自从看了以后，我的痛苦更加深了。这一点你也许想象不到：岛田先生的，不，岛田的小说中描写的各种各样的女性，我觉得她们都是你，和你一模一样。从小说中我看到了他是多么的爱你，你又是多么无微不至地照顾他，这一切摆在眼前，我又怎能忘掉你呢？尽管你离我再远，我一看书就好像你们起居在我隔壁的房间里，我产生了一种既好奇又嫉妒的感觉。于是我立志不再看他的小说，但是，情丝难断，偶尔看到报纸上登有岛田的新书广告，不自觉地还是买来看。我就是这样边看小说，边苦闷着。事实上，我是不幸的男人，你说对吗？在岛田的小说里有这样的俳句[①]："啊，洁白布袜，套在爱妻双脚上，终日为我忙"，哼，实际上这是在污辱人。每当我读这首俳句时，你那勤快而又娇媚的姿态，不知不觉地出现在我眼前，使我坐卧不安。我觉得你们是在愚

① 俳句，由五、七、五共十七字组成的短诗。

弄和嘲笑我，我忍受不了，于是我就喝酒、胡闹起来，难道不对吗？我也想过，干脆娶个乡下姑娘算啦！可是，一想到“啊！洁白布袜，套在爱妻双脚上，终日为我忙”，你那娇艳的幻影，总在眼前闪烁，让我整天瞅着迟钝的乡下女子度日，未免太残忍啦！不仅对我残忍，连那个什么不懂只知干活的乡下女子也很可怜！数枝，为了你，我成了一辈子娶不了妻子的人了！岛田出征的事，我一点儿也不知道。这几年，岛田的小说一本没出，我以为因为战争，把小说家们也赶到军需工厂去劳动的缘故。但是，虽然没出新小说，我手里还保存着几本过去的书。我恨这些书，有时我想把它们全烧掉，但又觉得好像在烧你的身体，结果，我没勇气那么做。我憎恶岛田的书，但我又眷恋书中的你，所以我一直舍不得抛弃它。十年的时间，你始终在伴随着我。“啊，洁白布袜，套在爱妻的双脚上，终日为我忙”。你那美丽的身影，从早到晚在我眼前晃来晃去，不停地劳动着。想忘也忘不了！就在这时，你突然回来了。听说岛田很早就出征了，还说可能已经死在战场，我就……

数　枝　再往下，恐怕你说不出口了吧？我来替你说，自从我回来后两三个月，你从早到晚泡在我家里不走。我爸爸、妈妈为人懦弱，又不敢说不让你来。我看他俩很为难，我就到你家去（说着说着发现散落在铺席上的烟花棒，拿起一根点着火。烟花噼啪地燃烧，她眼瞧着火星）我当着你妈妈、你妹妹和你三个人的面说，你如果那样总呆在我家里，难免人们要说些难听的话。从那以后，你就再也没来。（烟花灭了。又拿起一根点着）当我刚刚放下心来的时候，你又突然寄来那么一封下流的信。你真的变了，你的名声在村里，看样子已经很臭了！

清　藏　你说下流，我也没办法。那封信，是我哭着写的。一个大男子汉流着眼泪写的。我今天是来听你对那封信的答复。是 yes，还是 no？只要你一句话！也许你很讨厌（从怀里掏出用毛巾包的一把菜刀，放在铺席上，微笑着）今天晚上我带来了这个东西。你别放烟花啦，你说，答应还是不答应？

数　枝　（烟花着完，接着又点着一根，如此连续燃烧了五六根）这些烟花，是在两三天前，我妈妈给我女儿睦子买的，谁料想，连那么小的孩子对在炉旁放烟花也不感兴趣，呆呆地瞅着觉得没有意思。归根到底，烟花应当是在夏天夜里放的。夏天的夜晚，全家人洗过澡，来到院子里乘凉，嘴里吃着西瓜，眼睛看着烟花，那才有意思呢！不过，那种生活恐怕是永远（不觉地叹息）永远不会再有啦！如今是冬天的烟花，冬天的烟花既无聊又愚蠢！（一只手拿着燃烧的烟花棒，另一只手在擦眼泪）清藏，你，我，不，所有的日本人，都像这冬天的烟火一样无聊和愚蠢！

清　藏　（泄了气似的）这，这是什么意思？

数　枝　没有什么意思，你仔细看看周围就会明白的。日本，（突然扔掉烟花棒，以袖掩面）一切都完啦！（露出脸来，呜咽着微微一笑）于是，我也完啦！再挣扎，再要强，也是没有希望啦！

清　藏（误解了她的意思，乘机向数枝跟前挪动了座位）对，对。这样下去是没有希望的。现在应该下决心改变生活！不就是睦子一个孩子吗？我保证把她照应好。你也知道，在这一带只有我家这儿一个碾米房，吃饭问题不用愁。现在开碾米房最好，吃饭问题比地主，比什么人都方便。

数　枝（根本没听见他的话，在膝盖上玩弄着自己的衣袖）日本人，从什么时候起变得像现在这样无聊和好说谎话的呢！到处是冒牌货，不懂装懂地欺骗人。甚至还想凭着一知半解、根本算不上学问的道理，喊着要救国救民。救国救民！真是痴心妄想。（发出在一场出现过的那种怪笑）厚颜无耻也该有个限度。到底从什么时候起，日本人变成了提线木偶似的，走路不正常呢！是从很久以前就这样？对，已经很久很久啦！

清　藏（退缩地）那是城市里的人，不错，他们是那样的。但是，我们农村人的天真热情，过去，现在都一样。数枝，（不正常的笑，又往前凑了凑）请你想想过去的事情吧！我和你老早就结合在一起了。我们已经是必须结婚的关系了。数枝，你想想吧！这件事就我一直不好意思往外说。数枝，你忘啦？在我们还小的时候，有一次咱两人钻进你家稻草棚子里去玩……那次的事情，难道说你就忘啦？后来，你要进女子中学，我便装着没有发生那件事似的对谁也没说。但是我要说，事情在那时就决定了，将来你必须嫁给我。从那以后我已经不再是孩子，你的贞操也……

数　枝　（惊愕地站起）哼，你在说些什么？完全是在耍无赖！去你的天真热情吧！像你这样的人才是真正的恶棍。你走吧！你要是不走，我就要喊人来。

清　藏　（完全一副无赖相）你老实些！（拿起菜刀在数枝面前一晃，轻轻地扔在铺席上）你看见这个了吗？今天晚上，我是要豁出性命的。我不能让你总是笑我。说！同意还是不同意？

数　枝　收起你那一套吧！下流！难道说一个女人，只因为孩子时代的一点小事，就得受人攻击一辈子？那未免太残忍啦！我真想杀了你！（转向清藏，往后倒退两三步，用背后的手突然拉开隔扇门。门外是楼梯口。阿佐站在那里。数枝好像事前已经知道阿佐站在那里似的，眼盯着清藏）妈妈，求求你！你快把这个人赶走！他像毛毛虫似的叫人讨厌！我不再想和他说什么啦！我要杀死他！

清　藏　（见阿佐出现在跟前，大惊）啊，大婶，原来你在那儿？（感到羞怯，慌张地拾起菜刀塞进自己的怀里）打扰了，我该回去啦！（站起，穿罩衣）

阿　佐　（战战兢兢地走近清藏身旁，帮他拽了拽衣服，温和地说）清藏，你赶紧娶媳妇吧！数枝她已经……

数　枝　（小声地）妈妈！（以目光制止）

清　藏　（忽然明白过来的样子）原来是这样：数枝，没料想你是个无情的女人！（蔑视的一笑）好毒辣的手腕啊！我服啦！如果说我是毛毛虫，你就是一条毒蛇、淫妇、婊子。我要把你的事告诉大家。你等着瞧，我不会饶恕你的！（转身拉开套窗。雪花刮进室内）

阿　佐　（低声，坚决地）清藏，你等等！（上前抱住清藏，手伸进清藏的怀里，摸出菜刀，返过手来对准清藏的胸膛）

清　藏　（顺势抓住阿佐手腕）你要干什么？你疯啦！臭老太婆！（夺下菜刀，踢倒阿佐，逃走。传来从房顶跳下去的沉重声音）

数　枝　（扑向阿佐）妈妈！我受不了！（小孩似的哭起来）

阿　佐　（搂着数枝）我都听见了。我本不应该偷听，但是为了你……我就……（哭）

数　枝　我知道你在那儿。我听见妈妈在门外哭，我就明白啦。妈妈，我的事你不要再操心啦。我已经完啦，一点儿希望也没有啦！我是一辈子也得不到幸福的。妈妈，在东京等我回去的那个人，是个岁数比我小得多的人！

阿　佐　（一怔）原来你……（紧紧地搂抱）你这个苦命的孩子！

数　枝　（哭得更伤心）有什么办法呀，有什么办法呀！我和睦子要活下去，才不得不如此啊！这不能怪我，不能怪我啊！

［寒风凛冽，飞雪涌进室内。铺席上，母女的头发、肩上，渐渐变成了白色。

三　场

［舞台是传兵卫家的里间居室。正面是讲究的壁龛，被前

面的屏风遮住一半。古老的银色屏风，已变成灰色，但并不破。左侧是木格拉门，拉门外面是走廊。早晨的太阳透过走廊的玻璃，把拉门照得很亮。右侧是隔扇门。

[幕启，阿佐病卧在屋子中间。她头朝拉门，仰脸向上，看样子很虚弱地睡着，枕旁摆着药瓶、药袋、水壶等等。病榻前放着两个梧桐木火盆。火盆上都放着铁水壶，水蒸气不停地向外喷。数枝面向拉门，坐在一张小桌前，在写信。

[二场的十天以后。

[数枝，放下自来水笔，两肘垫在桌上以两手托腮，呆呆地出神。少顷，啜泣起来。

[静场。

[阿佐，闭着眼睛，痛苦地呻吟……

数　枝　（看了看阿佐，把没写完的信叠起来塞进怀里，然后站起来走到阿佐跟前，把阿佐叫醒）妈妈，妈妈！

阿　佐　噢，（睁开眼睛，长吁一声）噢，是你呀？

数　枝　哪儿痛吗？

阿　佐　不，（叹息）刚刚作了一个可怕的梦……（改变语气）睦子呢？

数　枝　今天一大早，外公带她到弘前去了。

阿　佐　弘前？去那儿干什么？

数　枝　哟，你还不知道？昨天来给你瞧病的那位大夫，是弘前的鸣海内科医院的院长，爸爸是到鸣海先生那儿去取药。

阿　佐　睦子不在跟前，我就像少点儿什么似的！

数　枝　她不在家闹哄，倒安静些。你看，那么点儿的孩子倒讲究现实。她看外婆病了，就躲开你，不再到你跟前，而一个劲儿地向外公撒娇，整天缠着不放。

阿　佐　不怪孩子。那是因为外公拼命地讨好她。我看你爸爸正在想办法让睦子和他亲近。

数　枝　那是为什么？（一会儿往火盆里加木炭，一会儿往水壶里添水，或整理整理阿佐的被子……以轻松愉快的语气和阿佐谈着）

阿　佐　这还不懂？等我死了以后，睦子要是离不开外公，你也就只好不回东京去了呗！

数　枝　（笑）你瞧你说些什么呀！别说了，说这些没有意思。我削个苹果给你吃吧？大夫说，只要能多吃东西就好得快。

阿　佐　（微微摇头）不想吃，什么也不想吃。昨天大夫看完了病，怎么说的？

数　枝　（踌躇了一下，毫不掩饰地）他说你可能是胆囊炎。说这种病，像妈妈现在这样吃什么都吐的话，身体衰弱下去，就很危险，但是，只要能做到吃了东西不吐，有一个星期就会好的。

阿　佐　（微微一笑）要能那样当然好。不过，我总觉得我好不了啦！可能还有别的病，手脚都不听使唤。

数　枝　在大夫眼里，连健康的人也可以找出各种毛病的。要是尽相信这些，就没完啦！

阿　佐　他还说了些什么？

数　枝　没有，没说什么。他只是怀疑你有轻微的脑溢血，说了些脉搏、血管之类的话。这个那个的，谁记得住。（诙谐地）一句话，要是能多吃东西，病就会好的。这就是女医学博士数枝大夫的诊断。

阿　佐　（严肃地）数枝，我自己也不想好啦！像现在这样，在你的照看下，早一点儿闭上眼睛，对我来说就算最大的安慰！

［邻室的挂钟，缓慢地敲了十响。

数　枝　（不理睬阿佐的话，装着没听见）哟，已经十点啦。（站起身来）我给你冲点儿藕粉喝。真的，不吃东西可不成！（说着拉开左侧的格拉门）看，今天真是少有的好天！

阿　佐　数枝，你坐在这儿别走！现在吃什么都得吐，岂不是找罪受！你哪儿也别去，坐我跟前！我有话对你说。

数　枝　（轻轻关上拉门，坐在阿佐身旁，爽朗地）什么事？妈妈你说！

阿　佐　数枝，你还想回东京去吗？

数　枝　（干脆地）想回去。爸爸不是说叫我走吗？从那次吵嘴之后，他不愿意再理我了。我只好离开这里。

阿　佐　扔下我不管？

数　枝　妈妈的病，就会好的嘛。我想过了，在妈妈病没好以前，爸爸怎么撵我走，我也不走，留下来照顾你。

阿　佐　拖几年也不怕？

数　枝　干嘛几年呀？（笑）妈妈的病，就会好的。

阿　佐　（摇头）不，不对。我自己心里明白。数枝，如果我有那么一天，你就忍心把你爸爸一个人扔下不管，自己去东京？

数　枝　别说了！我不愿听这些话。（扭过脸去落泪）万一有那么一天，情况真是那样的话，数枝也跟你一块儿死！

阿　佐　（叹息）我本来想把你扶持成一个天底下最幸福的孩子，没料想适得其反！

数　枝　不，不幸福的不只我一个人。如今在日本，哪有幸福的人呢！妈妈，刚才我写了这么一封信（从怀里取出那封未写完的信）我念给你听听。（小声念起）敬启，汇来的三百元钱收到了。我来到乡下以后，没有用钱的地方，你寄来的钱，还原封不动地放在那里。我想你那儿的生活很费钱，今后请不要再寄钱来啦！倘若你有急需的时候，请打电报来通知我，用多少都没关系，我可以马上寄给你。这些钱我先给你存着。听说今年的美术展览会不久就开幕，知道你正埋头画画儿，快完成了吧？你上次来信说，应当画新的现实，那么这次你画的什么？是上野车站前成群的流浪者？如果是我，就画广岛的废墟。再不然，就画从东京上空朝我们头上落下来的“美丽的火焰。”（意指炸弹——译注）我想一定很精彩。我这里，因为妈妈在十天前由于发生了一件讨厌的事情，受了刺激，当场昏倒，一直卧床不起。我每天要护理她。说实在的，很久以来我对妈妈没尽什么孝道。现在我爱妈妈胜过爱我的生命。妈妈也同样地爱我。我的妈妈是位高尚的妈妈，是位漂亮的妈妈。回想当年，在日本全国遭受轰炸的情况下，我不听你们的劝阻，带着睦子疯疯癫癫地爬上开往青森的火车离开了东京。半路上不断遭到空袭，几次被迫下车，露宿在荒野上。最后没有吃的，我和睦子团在一起，娘儿两个抱头大哭。有一个女学生可怜我们，送饭团、海带丝、干面包给我们吃。没想到，睦子也许因为过于高兴而昏了头，突然生起气来把饭团又扔给了女学生。你看，多可怜啊！就这样母女俩宁可落魄成一对乞丐，忍受着痛苦，也要回自己的老家来。现在回想起来，当时就是为了在被炸死之前能亲眼再看看我那漂亮的妈妈。我的妈妈是位好妈妈！妈妈这次的病，说到底，恐怕还是由我引起的。我现在要想尽办法让妈妈能幸福些，其他的事情，我什么也不去想它。只要妈妈说让我永远陪伴她，我就一辈子也不离开妈妈。我不想再回到你那儿去啦！我爸爸出于对社会舆论的顾虑和妈妈的情面方面考虑，本来是叫我早点儿回东京去。可是，妈妈一病倒，我爸爸更加懦弱，好像又不坚持他过去的想法了。所以，我恐怕不能回东京去啦：假如你心里还爱我的话，你就改行不当画家，来到乡下和我一块儿当农民。恐怕你不会同意这样！不过，不管什么时候，只要你愿意，就请你来吧！再过些天，气候转暖，积雪溶化，田间长出绿草的时候，我将每天扛起锄头，到田地里默默地劳动。我要做一个普通的农民妇女，不仅我自己，我也想把睦子培养成一个农民的女儿。

我对今天的日本的政治家、思想家、艺术家，谁也不相信。现在大家为解决自己的生活，已经是筋疲力尽啦！那些人按理说应当坦率地讲实话。可是，一个个却厚着脸皮说什么要领导国民创造愉快的生活呀，前途充满希望呀，尽是些空洞的说教，说什么这一切要靠发展文化，真是岂有此理！文化是什么意思，就是文明的恶化吧！为什么日本人都那么爱当领导者呢？在大战中出了那么多的变态的领导人，我们已经吃够苦头啦！现在又是口喊再建日本，出现了那么多头头儿，简直是领导人的通货膨胀。太可怕啦！这样下去，日本将更要糟糕。年轻人要学习，成年人要劳动，这本来是正常的道理。可是他们逃避这些问题，却东拼西凑地另编造一套道理，这怎能不越走越倒退呢！我认为我们应当创造像中国的桃花源那样的世界。让我们和那些情投意合的朋友们在一起，耕田插秧，种起桃、梨、苹果的果园，不听那种广播，不看那些报纸，没有来信也没有选举和演说，人人牢记自己过去的罪孽，老老实实地生活，劳动，像关心自己那样去爱别人，疲劳了就睡觉。这样的家乡能不能创造出来呢？我认为，现在正是时候。我准备先当个农民，自己先来试试。雪化了之后，我马上就下田！（读到这里停住，把信放在膝盖上，以僵硬的笑脸望着妈妈）信就写到这里。这是我最后的一封信，从此恐怕得和铃木先生分手啦！

阿　佐　他叫铃木？

数　枝　嗯，我母女给他添了很多麻烦！幸亏他帮忙，我和睦子才能在战火中生存下来！不过，妈妈，我会把这些都忘掉的。从今天起，我陪妈妈过一辈子。我想过了，反正荣一已经不能回到妈妈身边（发现自己说漏了嘴，一阵慌张）我想荣一没问题，一定能精神百倍地很快地回来的。

阿　佐　只要有你和睦子在这个家里，荣一不回来也没关系。我对他，已经不抱希望了。数枝，我觉得你和睦子比荣一更可怜!（哭）

数　枝　（用手帕给阿佐擦眼泪）我……像我这样人，怎么都行，无所谓！我早有思想准备，（低头）因为我做了不少坏事嘛!

阿　佐　数枝!（沉痛的声音）每个女人，都有自己的秘密啊！你是个不掩盖自己的伤痕，敢于承认事实的人!

数　枝　（奇怪地瞅瞅阿佐）妈妈，瞧你，脸色干吗那么严肃?（羞怯的微笑）

阿　佐　（不在乎地）到今天是几天啦?

数　枝　从哪天起?

阿　佐　从那天晚上起。

数　枝　嗯……恐怕有十来天了，那天晚上的事，别再提它啦!

阿　佐　十天？是呀，仅仅十天，我觉得好像过了半年!

数　枝　妈妈，因为那天晚上你昏倒在楼梯下面，接着又是三天昏迷不醒，所以才觉得那天晚上的事，像梦似的发生在很久以前。真是一场梦！我不再去想那件事了。我要把一切统统都忘掉。今后我要做一个农民，去建设我们的桃花源。

阿　佐　清藏，后来怎么样？你听到什么消息了吗？

数　枝　他的事情，我不想知道。我把他已经忘掉了，去他的吧！昨天他妹妹来说，现在酒已经戒了，人也变了，也愿意劳动了什么的。不过，我看根本不可靠。

阿　佐　他本来应该早点儿娶媳妇！

数　枝　他妹妹说这一回有信儿啦。还说奇怪的是对这次提亲，他非常起劲儿。不过，我心里明白。

阿　佐　你明白什么？

数　枝　清藏他所想的。

阿　佐　为什么？

数　枝　那还不明白？那天晚上妈妈对他那么宽宏大量，他若再不悔改，这样的人不是傻瓜就是魔鬼。

阿　佐　不，真正的傻瓜和魔鬼是我，是我。说真话，那天晚上，我的确想杀死他。

数　枝　妈妈，算啦，别再说啦！你是为了我，一切都是为了我呀。妈妈，请你原谅我吧！今后我（哭起来）一定尽孝道，来报答你的恩情。你不要再说啦！现在，日本已经没有任何东西值得向世界夸耀的了，但是，我的妈妈，只有我的妈妈……

阿　佐　不对。我是一个比你更坏的女人！那天晚上，我之所以要杀死他，并不是为了你。我是为了自己。数枝，你让我就这样死去吧！死，对我来讲是最幸福的。数枝，他在六年前，也用那种办法把我……

数　枝　（抬起头，脸色苍白）

阿　佐　我是个糊涂虫，我被他骗了！女人，我们女人为什么这么苦……（哭）

数　枝　（痛苦难忍，心情激动地站起。信从膝间飘落，眼瞅着信纸）什么桃花源，理想的家园，农民？（如同第一场出现过的低声的怪笑）见鬼去吧！一切的一切，都是愚蠢和欺骗，这就是日本的现实。（高声大笑）来呀，日本的领导人，快来救救我们啊！你们能吗？能做得到吗？（说着，拾起信，三把两把地撕得粉碎）哼，去你们的吧！我要回到东京去找我所爱的那个人，说我荒唐我也不怕，反正我要沿着自己的路走到底！这个世道上还有什么理想可言？

［粗暴的敲门声。

［送电报的声音："电报！岛田数枝的电报！"

数　枝　啊，我的电报！讨厌，讨厌！绝没有好事。如今，日本人谁还能有好消息！准是又发生了倒霉的事情。（犹豫，把握在手里的纸屑，猛地撒入火盆，火焰升起）啊！这也是烟花。（狂笑）是冬天的烟花：我所向往的桃花源，还有我那可怜的决心，都是愚蠢骗人的冬天的烟花！

［从门厅传来声音："电报！屋里有人吗？岛田数枝先生，加快电报！"喊声继续。

——幕　落

绝望与痛苦撕扯而挣扎的现实

——《冬天的烟火》读解

剧作反映昭和二十一年（1946年）战败后的日本弥漫着的悲观无望的时代情绪，通过数枝从东京回到乡下娘家的所看所感，数枝与传兵卫父女间难以消弭的矛盾冲突，从知识分子数枝的视角暴露出村民粗俗愚昧的落后生存状态，凸显部分知识分子消极无望的抑郁低落心绪及终于决意奋起、与幻想、虚妄告别的期许。剧作初看平淡，终感凝重，借一个贫弱寡母带着孤女从东京避居乡下，展示了战后日本颓唐萧条的现实境遇，在一再隐忍退让到试图抗争终于不可遏制的爆发宣泄的剧情轨迹中，若有若无地再现了民众在战争中的无偿牺牲和莫名付出，剧作含蓄地引发人们思考剧情背后的日本现实难题，袒露剧作家忧患悲切的心迹。

该剧起笔平淡平凡，但随着剧情的深入，便为剧作家举重若轻的写作笔法所折服，其特点的鲜明也逐渐浮现而出，概括如下：

首先是剧作结构完整，首尾衔接井然有序，起伏得法，线索明晰、简约，最后的爆发是在隐忍和试图突破后完成的，给人短剧中难得的震撼。全剧明确分为三场，由三个主要场景构成：第一场表现父亲对女儿的不满和后母的劝和。第二场是上一场三天后旧日同学加恋人的勉强入侵没有得逞。第三场继上一场十天后，是全剧揭秘、心力爆发等高潮迭起的部分。继女照顾上一场事发受挫和打击交错压迫而昏倒的后母，可心里还是有所挂念远在东京的现任男友，不过她似乎更想尽孝心照顾对自己视如己出的后母。终于通过书信表达甘于久居乡下在类似桃花源的农家世界里做一名农民的愿望。可是后母却自我剖白六年前就被痞子——第二场继女的前同学恋人侵犯得逞，隐忍了6年的后母其实一心求死。上一场后母就想通过杀死数枝的同学以求解脱不成，现在才道出不再想活的心思，而原本以为同学恋人有所悔改，还愿意相信纯情友爱的数枝终于彻底对乡下，对这个与世隔绝、自我逃避的世界表示深恶痛绝，丧失希望和信心。她决意要再度离开乡下，投入新生活，去探索不可知的未来。此时东京传来急电，似乎也在催促数枝早日返回重建。剧情在无情的冷峻和残酷的梦碎交错夹击下隐藏着许多新奇的信息。

其次是人物的构设饱满有张力，而且有不断累积、递进的上升空间，后母阿佐，特别是数枝的塑造更具匠心。数枝身上兼任多重角色多种功能，不仅是父亲眼里裹挟沉沦和耻辱归来的女儿本色，她还是战败国日本无数战死者的遗孀代表，是为了女儿不得不自我委屈饱受百般辛苦的弱母和逃难中一心保护女儿的尽职母亲，还是一个被人垂涎或者依然有想法的旧情复燃的引火线，而且还带有知识分子的反省思考和必须有所反抗有所作为对未来有所行动的思想的化身。她最后内心挣扎后的总的爆发是对现实的抗争，对现状的不满。这种爆发是从第一场就出现的，而且一直在累积添加储蓄，直到最终后母的剖白心迹，数枝的自我反思与反省，在现实的一再打击和摧残下，终于达到临界点；于是悲从中来、情由心发，从起初的鄙夷、龃龉到后面的质疑和总爆发，这种积累与挣扎把握得很沉稳和老练，显得甚是精彩有力。

再次是全剧的语言清丽干净，铿锵有力，冷冽爽脆，色调斑斓。有第一幕父女之间的较劲、对抗，一方的训斥，另一方的嘲弄冷笑，还有第三方后母的温馨暖意；有第二幕数枝与旧日同学加恋人之间，一个余情未了，似乎沉浸于往日的念想与回忆中，语言松弛沉缓，另一个冷言冷语，不时插话，似乎无意打断，却又分明有意终止缠绵，以及第三方后母的突入，像似挡驾，像似拒斥，又在假意中隐忍多时的余力爆发；还有第三幕后母的终于倒下，语言显得低微乏力，却又充满对继女的怜惜和爱意，而继女对后母的感激之情终于全部表露无遗了，由先前对后母的貌似冷淡和怨怼，转而为理解同情和充满敬意和尊重，语言变得浓重热烈，那封长信虽略显冗长，经由作者洁净的语言描述似乎也不显得烦厌和啰唆了。

最后还值得一提的是把背景、历史置于剧情和人物叙述的内里，显示人物性格和剧情发展的同时，连贯起对背景的领悟和对时代历史的参照。某些象征、反讽的运用平添了许多复杂意味：如“冬天的烟花”是一种不合时宜、衰败颓废的象征。如数枝的怪异的笑声，当她反对或者不能苟同时，或者无奈时，总是发出让人熟悉而又陌生的奇异怪笑声，叫人发冷，或者战栗，或者不寒而栗等感受。全剧充斥着类似小说的笔法，尤其体现在对话的叙事性和条理性。这不是简单或者冗长可以轻易概括的，而是通过类似小说叙述的口吻表达人物的心理和行动过程等。这种写法在戏剧剧本中较多地出现在舞台提示上，而本剧的小说笔法则灌注于字里行间，在人物的交相呼应的对白中，这就显得少见，但它的运用总体上并不显得琐碎，因为语言的联系还比较密集联结，具有生动的形象性和强烈的真切感，因而不会感到面对空中的无物感或者空洞感。如第一幕父女间关于数枝后母的对话，数枝在叙述不在场的后母的言语活灵活现，而数枝父亲在讲述后妻对数枝的所作所为也显得真切而自然，具体而实在，丝毫不感到飘忽游移。还有第二场旧日同学叙述与数枝的过往，特别是多次描述数枝丈夫岛田及岛田小说写到的女子引发对数枝的狂热爱恋，也都充满小说的气质和笔调，细腻而浪漫，富有质感，因而也不让人感到厌烦或违和。剧作对细节精心构设，伏笔与呼应对位协调。如第一场数枝质问父亲只知数落和辱骂她甚至要和她动粗，而不知道她在东京所遭受的苦，这个苦部分的在第三场理解她的后母那里得到宣告：她为了幼女忍受了诸多颠沛饥寒并且不得不找了一个岁数比她小得多的男友。这使她经常会不由自主地喊出绝望的完蛋了和一辈子也得不到幸福的长叹。第一场数枝被父亲又一次辱骂急步上楼，舞台提示语写到她的“和服的底襟下露出白色的过膝袜子”，这并不是一处可有可无的闲笔；第二场纠缠数枝的旧日同学恋人搬出数枝丈夫写的俳句“啊，洁白布袜，套在爱妻双脚上，终日为我忙”，由此幻想数枝娇媚的姿态和美丽的身影，既是巧妙的呼应，也是细节的画面感的铺设，充满无限寓意，展开漫天遐想。

关于回归与出走、旧爱与新欢，总有许多不同的表达与叙述。本剧的创意点是把这一切落在对民族的拷问和战争的反思这些大背景上。这凸显出不同以往表达类似题材剧作所罕见的力量。

祖　母

【匈牙利】拉育思·皮洛　著　邵修青　译

人　物

祖　母

她的孙儿女

白皙型少妇

浅黑型少妇

新　娘

活泼的姑娘

忧郁的姑娘

善感的女中学生

愉快的青年

文雅的青年

讨厌的青年

[关于祖母，只有这一件事值得一提：她头发雪白，两颊红润，眼睛是紫罗兰色的。她是为儿孙所热爱的最最朝气蓬勃、最热情、最善良和最诚恳的祖母。

[布景：在一个宽敞的，阳光照耀着的大平台上，设置着花园用的桌椅等家具：几把椅子，一张小桌子和几把一头有靠背的长椅子。平台背后是祖父的漂亮的夏季住宅。宅后是一座英国式的大花园，正盛开着四旬斋的鲜花。那个讨厌的青年走进来，打了几个哈欠，不满地伸了几个懒腰，懒懒散散地踱来踱去，从桌子上拿起一本书，然后躺在右边的一把长椅上，点燃一支烟，看起书来。其他的孙儿女们，三三两两地走进来，各自坐下。

愉快的青年 我说，孩子们，我肚子胀得简直说不出话啦！多么丰盛的酒席呀！现在来一支好雪茄和一把软椅子，我就像国王那样富足了。

白皙型少妇 多好的天气，这花园不是像一座乐园吗？

浅黑型少妇 你们喜欢那个饭后演说吗？

活泼的姑娘 海因里希叔叔讲得真妙。（一阵笑声）

文雅的青年 海因里希叔叔从来就不大会讲话，但是一开头就连德摩斯梯尼[①]也要结结巴巴呢。

愉快的青年 问题是，德摩斯梯尼讲开头的地方，海因里希叔叔就打住了。再说，一个制造商嘛，哪有时间嘴里含着卵石在海滨散步。

---

① 德摩斯梯尼（Demosthenes，前384—前322）古雅典雄辩家，民主派政治家。

[更多的笑声。

文雅的青年 孩子们，谁要抽烟？

白皙型少妇和浅黑型少妇 我！

文雅的青年 （把纸烟递给她们，还给她们擦一根火柴。他问新娘）你要抽烟吗？

新　　娘 不，谢谢。

愉快的青年 天啊！她决不能抽！高贵的新娘不应该让烟草味玷污她玫瑰色的嘴唇。（众笑）

活泼的姑娘 我也抽一支烟，好吗？

愉快的青年 你要小心，不然的话，露丝的不幸，同样也会随时临到你的身上。（指着新娘，递给活泼的姑娘一支烟）

活泼的姑娘 要是我的新郎讨厌烟草味的话，那就请他卷起铺盖——滚！

浅黑型少妇 喂，年轻人，接下来我们做什么呢？

忧郁的姑娘 我们就待在这儿吧，这个花园多美啊！

白皙型少妇 哦，我反对。我们待在这儿等太阳下去一些再打网球去。（他们同意）

忧郁的姑娘 为什么不待在这儿呢？让我们享受一下这满园的春光吧。

愉快的青年 还是打网球罢，稍稍运动一下，是治疗罗曼司的最好的药品。你在那边也同样可以欣赏你的春光——你这个梦想家。（众笑）

讨厌的青年 你们订起计划来，就像围攻耶利哥城的百姓那样地吵吵嚷嚷。[①]

愉快的青年　瞧，他演讲啦！（众笑）

讨厌的青年　一顿庆祝酒，把你们撑得太饱了，简直叫人摇头。整整一个钟头，你们都毫无理由地吃吃傻笑。你们有这么多的空闲，可是都不知道该干些什么！

浅黑型少妇　柯特，你怎么总是在大家高兴的时候来泼冷水？

讨厌的青年　至少你们能离开这里就好。

浅黑型少妇　不过，你得承认，今天大家有充分的理由来寻欢作乐。

讨厌的青年　是吗？你们吃了一顿丰富的酒席，现在正在慢慢地享受消化。你们年纪轻，而且胃口好得像动物一样；但是为什么偏要装出感伤主义的样子呢？

文雅的青年　对不起，难道你以为一个人在这个值得纪念的日子所得到的，就只有一顿好酒席吗？你难道没有一点领悟力吗？你难道不知道，今天对于我们大家都有着什么意义吗？

讨厌的青年　好呀！老弟，现在请你告诉我，你们为什么这样地欢天喜地？

文雅的青年　当然，我要说，我高兴，因为我能庆祝我祖父的金婚；我高兴，因为正是三十年前的今天，祖父创办了他的工厂；我高兴，因为我们有这个幸福的大家

---

① 见《圣经·旧约》,《约书亚记》第六章第二十节："……于是百姓呼喊，祭司也吹角。百姓听见角声，便大声呼喊，城墙就塌陷……"

庭，有这么多可爱和善良的人来庆祝这件大喜事。他们全都善良和兴旺。

讨厌的青年 兴旺！

文雅的青年 对，我为他们的事业兴旺而欢欣鼓舞。

讨厌的青年 但是在那边那些铁工厂里的工人们，对于这种兴旺，决不会像你们这样高兴。就是为了你们的兴旺，他们一直挨饿了三十个年头！

文雅的青年 祖父待他的工人总是很好的。

讨厌的青年 的确！我们的祖父用种种方法积累了一大笔财富。你们高兴，因为他已经发了财，你们用不着采取那些可疑的方法。

文雅的青年 （不快地）可疑的方法？你是不是想说我们的爷爷……

讨厌的青年 我没有说什么，不过提醒你一下，人只有一个正当的方法去得到一大笔财产，那就是继承得来的。你如果不用一些可疑的手段，你就发不了财。

文雅的青年 不害臊，说出这种话来！

浅黑型少妇 这样说祖父太不应该了。

［大家都烦乱和骚动起来。祖母出现在平台上。

祖　　母 喂，孩子们，怎么啦？出了什么事啦？

善感的女中学生 想想看吧，奶奶，柯特说爷爷是用可疑的手段来发财的。

讨厌的青年 我不是这样讲的。

文雅的青年 是的，你是这样讲的。

其他的人　（一致地）你说的，是的，你是这样说的。

祖　　母　（竭力振作起来）我以为你错了，柯特。在你爷爷的全部财产中，没有一个铜板不是他用最正当的方法挣来的。

讨厌的青年　可是，您瞧，奶奶——我说的是——在一般的情况下，没有一个人——

祖　　母　（不快地）我已经告诉你了，孩子，事情就是这样。无论我告诉你什么事情，我的孩子，你都不应该怀疑。

讨厌的青年　是呀，奶奶，您的话一点也不错。不过我坚决认为，人类的知识和经验证明了——

文雅的青年　你怎么还不住嘴？大概你想侮辱奶奶吧？你不要欺我们脾气太好——我告诉你！

讨厌的青年　如果你们都有一点头脑的话——

文雅的青年　够了，别说了，知道吗？

其他的孙儿女　……别说了，（攻击他）是的，他说得对，住嘴——别说了！

［讨厌的青年不顾这样的局面，还想继续说下去，但是众人的抗议，压倒了他的声音。他对他们轻蔑地看了一眼，耸耸肩膀，坐到沙发上去开始看书。

文雅的青年　现在别再为他生气了，亲爱的奶奶，和我们一起在这把椅子上，好好地休息一会儿吧！

愉快的青年　那边，奶奶，老人们都围着桌子坐着。我们年轻人都在这儿呼吸新鲜空气。我们单单缺少一个最最年轻的，而您恰巧来了。

［当祖母坐下时，一片欢呼。

活泼的姑娘　您坐得很舒服吗？亲爱的奶奶，您要不要什么东西搁搁脚？

祖　　母　谢谢，我的孩子，我很好，也很快活。

白皙型少妇　对，奶奶，您应该觉得快活。

浅黑型少妇　您看上去多年轻，多可爱，脸色多红润呀！

新　　娘　奶奶！

祖　　母　什么事呀？我的天使？

新　　娘　请告诉我，一个女人该怎么做才能让她的丈夫爱慕她整整五十年，就像祖父爱慕您一样？

浅黑型少妇　是呀，您是怎么做到的？

祖　　母　五十年以后，你们都会像我一样受到爱慕，一个人一定要善良，我们必须彼此相爱。

文雅的青年　可是奶奶，像您跟祖父那样，一个七十岁，一个七十五岁，还爱得这样的美好，这样的纯洁，这不是很了不起吗？

祖　　母　你们应该永远彼此和睦、忍耐，还要勇敢，永远不要失掉勇气。

活泼的姑娘　可是，您瞧，奶奶，即使我也不能像您那么勇敢，可从来也没有人能说我没有勇气。（众笑）但每当我想起 1848 年 3 月间的那些日子里，您不得不出走的事，或者在 60 年代，当这城市被轰炸，您带着我的妈妈和奥尔加姨母，从着了火的房子里逃出来的事，我还是要吓得浑身发抖。

善感的女中学生　这多么有趣呀！奶奶，给我们再讲一个故事吧！（一片赞同声）对，对，奶奶要给我们再讲一个故事啦！

祖　　母　但是我已经给你们讲了那么多，所有我们的故事，你们都听过了。

善感的女中学生　我可没有听过，奶奶，我还没有听过您在弗里特列希罗德森林里迷路的故事。

祖　　母　那个故事，我讲过好多遍了，孩子们，问你们的妈妈去；她会告诉你们的。

文雅的青年　可是奶奶，我也没有听过。就讲这一个吧，然后我们打网球去。

讨厌的青年　请原谅我，奶奶，我想您今天应该给我们讲一个不同的故事。那个故事我已经听过好多遍了。您给我们讲讲当年的一些事情吧！关于第一架缝纫机呀，或者第一条铁路呀，或者撑骨裙子呀，或者戏园子，或者艺术。

白皙型少妇　不要，不要，就给我们讲森林的故事。

其 他 的 人　对，对，就那个好——就是您怎么迷路的故事。

［讨厌的青年耸耸肩膀，埋头看书。祖母开始叙述，她的崇拜者和注意倾听的听众，围得更紧了。

祖　　母　好啦，我的孩子们，那是发生在1840年，就在祖父差点儿被错杀的后一年。在那些日子里，一些偶然的事件使我们远离这儿到弗里特列希罗德去。亲爱的孩子们，那是你们从来没有去过的地方。你们的祖父在那边有一小块田产，我们就是靠它生活的。我们总是希望和祈求，能够管理许万豪生伯爵的大庄园，但是当时我们却还是很穷苦地住在那个小屋子里。

白皙型少妇　我妈妈也住在那边吗？

祖　　　母　不，那时她还没有生呢，一年以后她才出世。就这样你祖父和我住在那座红瓦顶的小房子里。你们的祖父常常整天在地里忙着。那时我正在发胖，为了减轻体重，我总是在乡下长途散步。十月里的一天——下午——那是一个阳光明亮，秋高气爽的天气——像往常一样，我又出发作我的长途散步。乡下非常美丽——所有的小山——全部盖着浓密的树林。那天下午，我走进著名的弗里特列希罗德森林。我在那儿一边走，一边不时地停下来采一朵花。

白皙型少妇　别忘了，奶奶，您离家的时候已经很晚了。

祖　　　母　不错，我的亲爱的。我们晚饭后，我还要在家里做一些家务，所以那天是比往常出发得晚一些。我穿过树林，越走越远，我忽然觉察，天在黑下来。那时正是秋大，白天在变得短了。我看到天已经黑了，我就转身回家。但是这当儿黄昏比我料想的来得早，一下子全黑了。我想，现在我得赶紧点儿，我拼命地赶路，但是不管我赶了多少路，还是到不了家。如果我没有走错路的话，那我早就该到家了。于是我有点明白，我迷路了。

善感的女中学生 啊呀！

祖　　母 是呀，我的孩子，我真的在森林里迷路了，而且是在弗里特列希罗德森林里。那是一种什么情景，你们现在是无法想象的。从那时候以来，这些森林已经被清除了不少。今天我们也生活在一个完全不同的世界上。那时候弗里特列希罗德森林是一个非常非常阴森森的地方。它一直延伸到哈尔茨山的边缘，是一个荒凉的，原始的，阴森的森林。那儿还是拦路抢劫的强盗藏身的地方。冬天的时候，到处都是从山里来的狼。（静寂了一会儿）

活泼的姑娘 您那会儿怎么办呢？奶奶！

祖　　母 真的，我的孩子，我感到非常焦急。我站住了，想辨清方向。然后我转向一条我认为应该引我回家的路。我走了半个钟头，结果，我发现树林不是越来越稀，反而是越来越密了。我改变了三四次方向，不管我怎样做，我在黑暗的森林里却越走越深。虽然有月亮，因为树枝太密，我只能看见一点点月光。我所看见的一点点，只有使我更加害怕。每一个树桩子，每一条挂下的树枝，都激起我的恐惧。我的脚不断地绊在大树根上，矮树丛划破了我的脸和脚，血都流出来了。天冷起来，我觉得冻僵了。森林里的夜晚，是既阴沉寂静，又黑暗得可怕。（沉默和焦虑了一会儿）

善感的女中学生　天哪，真可怕极了！

祖　　母　后来我仔细地思量了一下。我对自己说，如果我再这样走下去，我就会越走越不对。还不如就在这里等着。祖父回到家里看不见我，他就会带了一伙人，找我。他们会带着火把到森林里来——这样我就会远远看见火光，和听见他们叫喊的声音——那样，我就能回家了。

忧郁的姑娘　我们的奶奶多么聪明啊！

活泼的姑娘　又是多么勇敢啊！

祖　　母　我这样想定以后，就找一个可以躲藏的地方。在两棵大树干中间有一个洞，铺满了柔软的苔草，像一间小屋子，一个舒服的露宿的地方。我倒在那里面，准备等一段时间。我等着，等着，夜的森林，充满着各种各样的声音：口哨、低语、哼唱、喘气声、尖叫声，还有一次，从远处传来一种拖长的、低沉的嚎叫，不用说，那是狼群。

善感的女中学生　慈悲的上帝啊！

祖　　母　那时候即便我也失去了勇气。我想跑，能跑多远就多远。但是我认识到，还是勇敢地留在这里比较聪明些。于是我咬紧牙关继续等下去。嚎叫声逐渐停止了。就这样，我坐在草堆上，瞪着前面想到许多事。突然，我听到一阵响声，我挺直了身子听着。这是一个破裂的声音和沙沙的声音，好像有人擦过外面的矮树丛。……这响声越来越近，越来越近。

善感的女中学生　哦!

祖　　母　我专心倾听。我现在能够清楚地分辨出，那是人的脚步声。我万分惊恐，从黑暗中看到，在暗淡的月光下，确实有一个人在浓密的矮树丛里走过来。我该怎么办呢？我紧紧地靠着树干，我蹦蹦乱跳的心，好像就在喉咙口。那男人径直朝我走过来。当他离我大约三步路的时候，我可以清楚地认出他的面貌，我几乎吓昏了。他就是“红米基”，我们这一带一个很危险的家伙，大家都知道他是强盗，后来为了杀人关进了监牢，但是他从监牢里逃了出来。现在，他在这儿……我该怎么办呢？

活泼的姑娘　（屏住气）那您怎么办呢？奶奶!

善感的女中学生　老天爷啊!

祖　　母　我吓呆了，紧紧地靠着树干。我想躲起来。但是这个强盗径直朝我走来。好像在黑暗中，他也能看见我躲在树干后面。后来等到他被捕了，我才知道他正是把这个地方做他过夜的地方，是他把这些柔软的苔草铺在这儿的。当然我当时不知道，他只不过是来睡觉的。我看见的，就是他直向我走来。我本该紧挨树干，让他过去，但是我已吓得不知所措，所以当他走得够得着我的时候，我就尖叫一声，拔脚就跑。

［哑场，大家非常担心。

忧郁的姑娘　那强盗怎么样？

祖　　母　我这么突然叫喊和飞快逃跑，把他吓得愣了一下。但是我一出现在月光中，他就看清了刚才吓着他的，只不过是一个女人。他大约迟疑了半分钟，就追起我来。我逃，那时我年轻，还能跑得快，但是因为很黑，我又不认得路，我紧向前逃，撞到低枝上，它扎破了我的脸，流出血来，我的裙子也扯碎了。忽然我被绊住，摔倒在地上，摔得我好疼。但是我顾不了这些，马上就爬起来，再向前逃。这个强盗始终跟在我背后，我一直听得到他紧跟在我后面的脚步声。等我想躲到一棵粗大的树干后面的时候，我的两只脚好像都要散了。那个强盗在最后看到过我的那个矮树丛里仔细察看，终于发现了我，就走近过来。

活泼的姑娘　多可怕啊！

祖　　母　我一跳闪开一边，又跑起来。我再摔倒，又爬起来。我没有方向地在树根和乱石间奔跑，那强盗始终跟住我。……我们之间的距离，越来越短。突然，我听到他的脚步声靠近我了。为了逃开他，我正准备从他的身旁冲过去，可一下子他却跳到我的身旁。他抓住我的肩膀，把我摔倒在地。我仰面一跤。他跑得太快了，一时收不住脚，冲出去好几步。他转过身来。……那时我看见他手里拿着一把长刀。

善感的女中学生　（恐怖地）仁慈的老天爷啊！

祖　　母　我动弹不得……说不出的惊慌抓住了我……我迸出

了一声尖叫……强盗走近了我……我叫起来……（哑场）

忧郁的姑娘　后来呢？后来呢？

活泼的姑娘　对，后来怎么啦？怎么啦？

祖　　母　我好像疯子那样叫了起来……那个强盗靠近我……他向我弯下身来……忽然间响起了一个声音——“谁在这儿叫呀？”这声音似乎很近，脚步声也听得见了。“谁在这儿叫呀？”又问了第二次。树枝分开了，一个身穿猎装手里拿着枪的男人出现了。那强盗拔脚就跑，逃进森林里去。猎人走近我，并招呼跟在他后面的第二个人。他们把我扶起来，搀着我走到一块空地上。我看见一辆轻便二轮马车停在那儿，他们扶我上了车。一会儿，他们牵来了马，半个小时后，我已经在许万豪生城堡里，呷着他们为我准备的热白兰地。那个穿猎装的男人就是许万豪生伯爵。他正在森林里打猎。

善感的女中学生　多有趣啊！

祖　　母　在城堡里我很快就恢复过来。后来伯爵就吩咐另一辆马车送我回家。早晨六点钟，我已平安到家。你们的祖父已经急得要死了……他和那些帮忙的人，在森林里找了我好几个钟头。这就是我几乎迷失的故事。几天以后，祖父为了伯爵救我的事去向他道谢。伯爵对他很赏识。

白皙型少妇　就是那个老伯爵吗？

祖　　母　是的，就是那个老伯爵，是我们一家的恩人。祖父很有礼貌地向他道谢救了我的命。伯爵赏识他，不久他当上了许万豪生全庄园的总管家。这就成为他交上好运气的奠基石。这些，我的亲亲们，就是我在弗里特列希罗德森林里夜游的故事。

［在一片赞叹声中，祖母被团团围住。大家都感激她。除了讨厌的青年之外，他们都立刻谈开来。

“我们衷心地感激你。”

“这真妙呀，奶奶，亲爱的。”

“真有趣。”

“真美。”

活泼的姑娘　奶奶真是一个讲故事的天才！

文雅的青年　最了不起的天才！

祖　　母　好了，亲爱的，现在玩你们的网球去吧，待一会我要过来看。（大家同意）

文雅的青年　为我们最亲爱、最可爱、最迷人的奶奶三呼万岁！

［他们一起欢呼三次，然后围住她，吻着她的颊和头，轻拍她的头发。

白皙型少妇　Adieu[①]——老心肝宝贝。

浅黑型少妇　Aufwiederschen[②]——宝贝的奶奶！

善感的女中学生　（激动地）奶奶！……（她向她冲过去，连连地

① Adieu 法语：再见。

② Aufwiederschen 德语：再见。

吻着她。）

祖　　母　（愉快地接受了所有这些亲热友爱的表示。她给这些走出去的孙儿女们，这个摸摸，那个拍拍。她亲热地注视着他们出去，笑着向他们频频点头）柯特，——你不跟他们一起去吗？

讨厌的青年　不去。

祖　　母　为什么不去，柯特？为什么你不跟他们一起去？

讨厌的青年　他们说我坏，我却知道他们笨。（祖母沉默地坐着。讨厌的青年继续看书。他又点燃一支烟。点烟的时候——）

讨厌的青年　奶奶！

祖　　母　什么事呀？我的孩子。

讨厌的青年　当然啰，无论您说些什么，我们都不该怀疑……

祖　　母　不，我的孩子。

讨厌的青年　但是请您告诉我，奶奶，那个故事真的是那样发生过吗？

祖　　母　什么故事？

讨厌的青年　就是您穿过弗里特列希罗德森林夜游的故事。

祖　　母　当然它发生过。

讨厌的青年　就像您讲的一模一样吗？您肯定把那些细节都记得清清楚楚吗？

祖　　母　是呀。怎么啦？

讨厌的青年　哦，就是这样，我不过想问问，奶奶。

祖　　母　可你为什么要问呢？

讨厌的青年　我只是很感兴趣。非常谢谢您。我不再打扰您了，奶奶。

［他拿起书来继续看着。祖母仍然坐着，但是心烦意乱。她想继续眺望园景，享受她的安静，可是她不能集中思想。她越来越烦乱了，静默了一会儿。

祖　　母　柯特！

讨厌的青年　唔，——奶奶，亲爱的。

祖　　母　柯特，你为什么要问我，那个故事是不是那样发生的？

讨厌的青年　我只是想弄弄清楚，奶奶。

祖　　母　你只是想弄弄清楚，但是你问这句话，总有个道理。

讨厌的青年　我只是因为感兴趣。

祖　　母　兴趣，但是你为什么感兴趣呢？

讨厌的青年　我不过随便问问，您别再为这件事烦心了，奶奶。

［祖母沉默着。讨厌的青年拿起书本。祖母本想就此放下这件事，可是她做不到。她继续望着这个青年。他还在看书。

祖　　母　柯特！

讨厌的青年　嗯，奶奶，亲爱的。

祖　　母　柯特，你这会儿一定要告诉我，到底什么缘故你要问我那个故事是不是真的那样发生的。

讨厌的青年　可是，奶奶……我已经告诉您了……

祖　　母　别再对我说你问这件事只是因为你感兴趣。如果你没有什么特别的原因，决不会问这样的问题。

讨厌的青年　但是，奶奶——

祖　　母　柯特，你到底为什么要这样问。如果此刻你不告诉我，那么，我就永远不——（她的声音变得异常有力而且颤抖起来）我今生今世就永远不和你讲话了。

讨厌的青年　可是，奶奶，我并不想要侮辱您呀！

祖　　母　如果你开诚布公的话，你就不会侮辱我。要永远诚恳……你就不会侮辱我。不过，你如果想隐瞒着点什么，你就是侮辱我了。这样下去不行，我一定要知道你在想些什么，我一定要知道。

讨厌的青年　奶奶，我怕您要生我的气。

祖　　母　如果你还要瞒我，我就会生气。不管你说些什么，我都不会因此对你生气。

讨厌的青年　您现在不生气吗？

祖　　母　不，我答应你，我不会生气，你尽管说吧！

［讨厌的青年犹疑不决。

祖　　母　好啦，就——说吧，说出来，我的孩子——不管是什么话，只要老老实实，坦率地说出来就好。现在你说吧！

讨厌的青年　好吧，奶奶。我想，这个故事不可能是那样发生过的。

祖　　母　（恼怒地）你说是我瞎编的吗？

讨厌的青年　哦，不，我不是说根本没有这件事，我只是以为这件事不可能像那个样子发生的。

祖　　母　为什么不可能呢？

讨厌的青年　从细节上看起来，有些不可能，奶奶。您说，您那天开始散步的时候，是在下午……

祖　　母　是的。

讨厌的青年　先假定您家务很多，开始走出去的时候，已经很迟了——大约四点钟吧？

祖　　母　（惶惑地，但紧张地听着盘问）是的。

讨厌的青年　很好，您在四点钟的时候出去，舒服地散步了一会儿，花了——让我们说大约一个半钟头吧！

祖　　母　是啊！

讨厌的青年　是吗？那就到了五点半了。在十月里，在浓密的树林中，又是在五点半的时候，这时天已经很黑了，您就是在这个时候迷路的，是吗？

祖　　母　（点头同意）

讨厌的青年　迷了路又乱走了一个半钟头——这样就到了七点钟。这时您就到了那个强盗的窝里了——您就在那儿休息的，对吗？

祖　　母　正是这样。

讨厌的青年　一点也不错，您就在那儿等待和休息——我们给它估计一个较长的时间——三个钟头——就算它三个半钟头吧！

祖　　母　（不自觉地）没有那么长……

讨厌的青年　哦，是的……那么我们……这样就算到十点半。这个绿林强盗回来的时候不会比这更迟的了。不过这些强盗也决不会睡得更早一些。他们要躲开亮光，一定在天最黑的时候才去睡觉。即使在最黑的森林里，白天他也不能睡觉。总之，那该是十点半了吧？

祖　　母　十点半。

讨厌的青年　现在开始，一个逃，一个追。您跑了——让我们说——足足二十分钟。那是很长的时间。我在大学里是赛跑选手，我知道跑二十分钟的路程是怎么回事。现在我们说您跑了二十分钟，行吗？

祖　　母　二十分钟……

讨厌的青年　无论如何，您平安脱险的时候，不会过十一点钟吧！

祖　　母　是的。

讨厌的青年　于是在半个钟头以后，您在许万豪生城堡里喝热的白兰地了。

祖　　母　是的。

［讨厌的青年不作声。

祖　　母　（激动得颤抖着）那么，——还有什么呢？

［讨厌的青年不作声。

祖　　母　（因害怕听到后面的话而颤抖着，却又强自镇定着去接受）唔，说下去……还有什么呢？

讨厌的青年　第二天早晨六点钟，您回到家里，而且……（他停住了）

祖　　母　（她叫喊了起来。如果她高声说话，可以称为叫喊的话）是呀……还有什么……后来又发生了什么……

说下去……说呀……还有什么呢？

讨厌的青年　（他再次企图马上勇敢地说出一切来，却又犹豫着）早上六点钟您到家了。别人不知道许万豪生和弗里特列希罗德之间的距离。但是我想亲自看一看，所以去年我和一个朋友，作了一次徒步旅行，经过那个地方。我估计了这个距离。慢步走了半个钟头，我从这个地方走到了那个地方。伯爵马房里的马和庄园的大路，那个时候和现在一样地好。可以知道您是五点半从城堡里动身回家的；但您到达城堡，是头天晚上十一点半。……您在城堡里待了整整六个钟头……而且，还有一点——他们一讲到那个伯爵，就是“我们一家子的恩人”，都管他叫“老伯爵”……五年前他死的时候，当然，他是一个老伯爵——一个七十岁的老人……但是三十五年前，他还是一个三十岁的青年伯爵。

［祖母呆呆地盯住讨厌的青年看。他被祖母的惊恐吓坏了。他站了起来，很想抚慰她一下，但又无话可说。祖母站起来，她在颤抖，用一只发抖的手，神经质地整整她的衣裙。她两次转向这个青年人，想跟他说话，可是一句话也说不出来。于是她转过身去；想要回进屋子里，却又停留在门口的台阶旁边。她又转过身来；她快要走进去时，但是又一次转过身来，站住。

讨厌的青年 （惊慌地）奶奶，您答应我不生气的。

祖　　母 （她踉跄地向前走几步，心神不安地，颤抖着，狂乱地，几乎像是哽咽地埋怨着）你是一个坏孩子！你是一个坏透了的小坏蛋！五十年来我一直讲着这个故事……一直是这样讲的……从来也没有，没有想到过这事发生得不是这个样儿的。

——幕　下

你是一个坏透了的小坏蛋！

——《祖母》读解

一帮孙儿孙女参加祖母和祖父50年金婚的庆宴。年轻人酒足饭饱、喝好吃好之后到花园里还在抽烟逗笑，意犹未尽，唯有一个与众人格格不入、扫兴的讨厌青年嫌弃大家太笨，待在一旁看书。一会儿奶奶到来，众人簇拥着、夸赞奶奶年轻、勇敢、充满智慧，而且婚姻幸福美满，新娘子还向奶奶讨教如何拥有50年的稳固婚姻，而且能够让男人依然爱她的窍门。奶奶告诉大家无非要勇敢、善良，要面向生活之类的。大家你一言我一语地又缠着奶奶给大家讲故事。奶奶先是已讲过许多遍了，或者让他们回去问他们的爸爸妈妈为由婉拒，后来经不起他们一再奉承讨好，于是只得又讲起了不止一次讲过的30多年前自己在森林里迷路夜游的故事。奶奶讲到自己傍晚误闯森林，天黑得很快，要回家时才发现越陷越深，慌乱迷路失去方向。她累了，只得找个地方先待着，渴望祖父等人会打着火把来找自己。这时发现从监狱里逃出来的强盗来到自己跟前，原来是自己误入强盗歇息的巢穴。赶紧逃开，强盗却紧追不舍。正当要被抓住之际，幸得打猎的某伯爵及时赶到，从强盗手中救下来。于是奶奶到伯爵家里喝上热白兰地。早上6点回到家中，与急坏了的祖父重聚。众人听了奶奶绘声绘色的故事讲述之后，满足地离去。唯有那个讨厌青年这时却欲言又止地质疑奶奶讲的故事的真实性。在征得奶奶不生气的情况下，他终于吞吞吐吐地分析了当时的时间、地点，而且还确凿地举出自己和朋友曾经专门去探询过奶奶所讲述的故事中的地点。奶奶的气色渐渐不对。等到听完了所有，奶奶悻悻地骂了一句：你是一个坏孩子！她又自言自语道：50年来一直是这样讲的啊！

首先，这是一个外表以为相当浪漫的温馨故事。不仅祖母已经和祖父结婚50周年了，充满太多的相亲相爱的剧情，而且剧作营造了一种清新的环境，充满抒情的意味，为下面剧情的激烈发展先期营造一个十分温情妥帖的空间。可以说空间在这部剧作中的作用很不寻常。这不仅是家庭和睦美满的象征，这也是金婚喜庆的合适色调，这也是奶奶接下去要讲述的浪漫故事幻想故事所不可或缺的环境因素。试想，如果环境过于沉闷压抑，则后面的故事色调就完全不和谐，无法得以顺利展示、展现和展开。所以，正是这样一个充满美好温馨气氛愉悦情调的烂漫氛围，才是奶奶要讲述的故事不二之选的空间标配。

其次，这也是一个内里带有讽刺喜剧色彩的含蓄冷峻剧作。在剧作中，安排了一群无脑的儿孙。他们只知道吃喝的满足饕餮，根本不动脑，不用心，所以他们很轻松，很快乐，无忧无虑，一会儿谈吃的，一会儿打网球图乐子、找乐子。相反地，扫大家兴致的，专门和大家不一致不一样的、爱提问、爱钻研的青年，反而被起名叫“讨厌的青年”，这种对比形成相悖逆的喜剧对抗，带有一丝讽刺色彩。无忧的人无脑，无脑的人轻松快乐；爱质疑者多虑，多虑者乏趣讨嫌；可是正是质疑才有发现、才有收获。似乎生活中这么较真，对什么都要问个为什么，神经兮兮的，也显得不合群。为了营造全剧的喜剧气氛，特别是在奶奶讲述的故事中增加剧情吸引力，剧中悬念设置值得我们注意。其实讨厌青年的出现，如果说前面还不算什么，后来他不合群独自留下我们就猜测大概要发生些什么，但实在想不到会发生那样的质疑和答对，真是残酷而独到。悬念，还在于大家都走了，讨厌青年不言则已，而且打破砂锅问到底，终于把奶奶讲述了50年的精彩故事给打碎了，把奶奶的好心情给作弄没了。这到底好不好呢看写法的视角而定，是让奶奶保持一个虚假的快乐的故事，还是要去戳穿奶奶编造的离奇剧情呢？剧中奶奶的故事还充满离奇和巧合的布置。奶奶躲藏的地方恰恰是强盗的窝，也就是奶奶无形中待在逃出来的强盗的歇息处所，偏偏又碰到打猎的伯爵救助，后来伯爵还很欣赏祖父，祖父甚至成了伯爵的管家，这些地方稍微有点过于离奇，但是在故事里似乎也可以成立，要不然就不可能讲述了50年，唯有讨厌的青年才会不识趣地去戳穿它。

剧作采取戏中戏结构来讲述故事。如果仅仅年轻人来参加祖母金婚，饱餐后议论饭食似乎太单调单一了，现在让金婚的主角奶奶出场，让众人簇拥她，让她声声念念地讲述50年来的故事大餐，似乎这个金婚才有意义才没有白过，才让人意犹未尽，才合乎喜庆的气氛，才把喜庆推向顶点。但故事没有到此结束，而是反转一笔，以讨厌的青年的插足，把一个圆满的日子给搅黄了，把奶奶的所有快乐无情地碾碎了，把一个喜乐的故事给改写了，留下无尽的悲伤，奶奶再也无法平静和快乐了，其中的卑劣与虚伪丑态暴露无遗。这是令人敬佩的剧作家，也是让人感到十分残忍的一笔。这种结局实在无法用言语来简单形容。

此外，剧中对气氛、情景的渲染铺设可谓巧夺天工。与剧中的浪漫情调，温馨的氛围，都构成剧作十分有吸引力的有效方法，值得为剧作家打 call。

解构向来被人拥戴宠爱的祖母形象，在本剧应是一种突破。对祖母形象的逼问、怀疑乃至于辛辣嘲讽简直是冒天下之大不韪。本剧就这么做了，勾画出一个类似《皇帝的新衣》里小男孩的少年形象，竟被赋予“讨厌的青年”出场。他落寞寡合，横竖不招人喜欢。如何破坏喜庆和谐的气氛和情调，如何在一团和气的环境中撕破虚伪的面具，尤其是面对自己的慈爱长辈，这是颇有几分冷酷无情的决绝。一个几十年的谎言如何被戳破，纠错的人如何成为被记恨被不待见的坏孩子。这些点都可谓本剧的创意点所在。

上了锁的箱子

【英】约翰·麦斯非尔德　著　丁西林　译

人　物

托德·格地——农民

维格地斯——托德的妻子

杜罗尔夫——维格地斯表弟

英齐尔德——贵族

士　兵——英齐尔德的卫兵

[冰岛。一间屋子，一只可当凳子用的箱子，一张桌子等等。

[维格地斯在一块布上刺绣。

维格地斯　（唱）

我心爱的人淹死在劳兰，

不在了，哎哟!

我心爱的人淹死在劳兰，

劳兰不见了。

……

[托德·格地走进。

维格地斯　怎么样，托德，我希望你的买卖做得好。（唱）

他的头发冰冷的缠着海藻，
不在了，哎哟！
他的头发冰冷的缠着海藻，
劳兰不见了！
……

来，挨着火炉坐下来，好吧？（唱）

喔，我心上的爱人淹死在劳兰，
不在了……

托　　德　我的天，不要这样。
维格地斯　不要怎样？
托　　德　这样猫叫。
维格地斯　猫叫？
托　　德　在我头痛的时候，我不许这样的叫嚷……
维格地斯　对不起，在你头痛的时候，我唱了。我不知道你头痛。
托　　德　我经常头痛。
维格地斯　对不起，托德。
托　　德　不要对我左一个对不起，右一个对不起。如果你真是这样地对不起，一顿好晚饭早该做好了。可是，你看，事情老是这样。

维格地斯　让我替你做去。

托　　德　喔，现在我不想吃了，多谢多谢。我吃不下。为什么不在我一进来的时候，就替我做好？

维格地斯　可是，托德。我亲爱的。

托　　德　你要我再告诉你多少次，在我头痛的时候，不要对我来什么“我亲爱的”？

维格地斯　我很抱歉，托德。

托　　德　如果你知道，这多么使我恼火。可是，你看，你要这样做，只是要我发疯。

维格地斯　我不是这样，托德。

托　　德　你要跟我顶嘴，顶吧。好，跟我顶嘴。我看你还要往下说……你看，事情老是这样。

维格地斯　托德！

托　　德　唉，为什么我一进来的时候，晚饭还没做好？

维格地斯　你说你要回来得晚，要到七点半才吃晚饭。

托　　德　你该知道，这次集市是不会好的。

维格地斯　这次的集市不好么？

托　　德　喔，动动你的脑筋。动动你的脑筋，女人。

维格地斯　我动了，托德。

托　　德　如果集市好，我现在会在这里？你分明知道我不会。

维格地斯　我很抱歉，托德。

托　　德　（咆哮地）对啊，你抱歉没有更多的钱买你的首饰。

（坐下）我累了。

维格地斯　让我替你把靴子脱了。（她拉下一只靴子，扔在地上）

托　　德　喔……看老天爷分上。我不是已经告诉你我头痛么？不，那一只我自己会脱。我累死了。

维格地斯　让我给你一点白兰地。

托　　德　白兰地？在我头痛的时候？你知道白兰地几乎送了我的命。请你看老天爷分上，不要管我。

维格地斯　你累了，托德。你累了，托德。在这箱子上躺下吧，一直躺到吃晚饭。你累死了。

托　　德　如果不是你的啰唆使得我快要发疯，我不会累的。让一次瘟疫把所有的老婆、所有的集市消灭得干干净净！

维格地斯　跟我谈谈集市的情形吧！托德，如果你不太累的话。

托　　德　我已经跟你谈过了。

维格地斯　到的人很多么？

托　　德　足够填满一个坟场。把他们埋掉一些，我才高兴呢。

维格地斯　有什么新闻吗？

托　　德　新闻？你要知道新闻干什么？

维格地斯　可是我喜欢听听发生了些什么事。大家在谈些什么？

托　　德　谁在谈些什么？

维格地斯　集市上的人。

托　　德　与他们毫不相干的事。这就是他们在谈的。他们在谈一件人命案子。

维格地斯　一件人命案子！

托　　德　（嚷）一件人命案子。我在和你讲话，你能不能用心一点，我说是一件人命案子。你为什么不好好听？

维格地斯　谁被谋杀了？

托　　德　我没说谁被谋杀。

维格地斯　可是，刚才你说……

托　　德　我没有说这一类的事。在海滩上发生了一场决斗，一个人被杀死了。

维格地斯　什么人？

托　　德　那个臭架子十足的家伙——贺尔。

维格地斯　贺尔？英齐尔德的兄弟？

托　　德　是的，是英齐尔德的兄弟，同时也是一个草包。

维格地斯　谁把他杀死了？

托　　德　谁把他杀死，这跟你有什么相干？

维格地斯　没有。不过，我想知道。

托　　德　你总是想知道，你想知道的事太多了。贺尔跟你有什么关系？

维格地斯　一点也没有。我的表弟是他的合伙人。这就是我所知道的全部有关他的事。他们一天到晚吵架，就像两夫妻那样。

托　　德　我认为你这话的意思是在说我。好，我不知道是谁把他杀死的。可是，有一点我可知道。

维格地斯　什么呢？

托　　德　我可怜做这件事的那个人。

维格地斯　为什么？

托　　德　你到底有点脑筋没有，女人？

维格地斯　为什么要可怜他？我不懂。

托　　德　好，我懂。你以为像英齐尔德这样一个大人物会放过杀死他兄弟的人？

维格地斯　可是你说这是海滩上一场决斗。

托　　德　我说了，我说了，我说了。啰唆，啰唆。就说是一场决斗，你以为像英齐尔德这样的一个人会让这个人逃脱吗？他一定要把他逮住。这个凶手的命运是注定了。

维格地斯　太可怜了，我说。

托　　德　活该。我说，活该。

维格地斯　到底是谁呢？我倒想知道。

托　　德　不知道是谁。有两三个嫌疑犯。

维格地斯　我希望不是表弟杜罗尔夫。

托　　德　啊，如果是他，他应该承担后果。

维格地斯　贺尔是一个很不好共事的人。我讨厌说一个死人的坏话，不过他是一个出了名的坏家伙。

托　　德　他是一个粗暴的醉鬼。

维格地斯　他曾经有一次用斧头对付杜罗尔夫。

托　　德　啊，我可怜那个用斧头对付他的人。晚饭到底什么时候才有？还是要我在这里说一晚的空话？

维格地斯　你不进去躺一会儿么，托德？晚饭一会儿就会好。

托　　德　我怎能躺下？你知道得很清楚，我要去看看那些短工。我不放心那些雇来的人。

维格地斯　我可以去看看他们，托德。

托　　德　你？我连晚饭都不能依靠你，不要说看看那些短工。不行，我得自我牺牲，我头痛，累得要死。可是，你看，事情老是这样。我要做一件事，就得自己干。把我的靴子给我。

维格地斯　让我去，托德。我去把牛赶进去，并且把奶挤了。

托　　德　把……我的……靴子……给我。我对你说了没有？不要告诉我你要做什么，不要做什么。咳！（着靴子）我以为我一回来可以得到一点休息。可是，你看，事情老是这样。（转身准备走出）还在那里瞪着眼做什么啊？做……晚饭……去。我料想，把我折磨到坟墓之后，你才高兴。

维格地斯　我这就做去，托德。

托　　德　你存心要把我逼得发疯。你看，事情老是这样。（他走去）

维格地斯　真不幸，我们没有生一个孩子，托德和我。他们说，家庭里有一个小孩很重要，他会使你感到家庭的甜蜜。如果我们有一个小孩，他也许不至于像现在这样。啊，的确。在我们恋爱的时候可不是这样。这就是一个做妻子的所盼望的。“我头痛”，“喔，如果不是这样累”，除了说这些话，再不说别的。我不过想知道那件人命案子。我们并不时常有命案可谈。他竟把它说得像我们每天都有的事。啊，贺尔他被人杀死了。我一向就不喜欢这个人。我想知道是谁把他杀了。有一点可以安心，我的表弟杜罗尔夫不会去杀死一个人，即使对贺尔他也不会。他连一只苍蝇都不打死。我的表弟杜罗尔夫他不那样。他像一个顶可爱的孩子。（后门上传来猛烈的敲门声）上帝保佑，消灾降福。

［门外传来杜罗尔夫的声音。

杜罗尔夫 让我进来，让我进来，维格地斯，托德！

维格地斯 是谁啊？

杜罗尔夫 开门！开门！看上帝的分上，让我进来。

维格地斯 进来吧，如果你是上帝的人。

杜罗尔夫 开门。

维格地斯 （向门跑去）进来吧。是谁？（杜罗尔夫走进）杜罗尔夫！表弟杜罗尔夫，你好吗？

杜罗尔夫 向后站站。不要和我亲嘴。

维格地斯 怎么回事，杜罗尔夫？

杜罗尔夫 向后站站。不要碰我。

维格地斯 可是，我是你的表姊啊，杜罗尔夫。

杜罗尔夫 是的，可是你也许不再这样地高兴你是我的表姊，如果你听到出了什么事。

维格地斯 出了什么事，杜罗尔夫？

杜罗尔夫 有关贺尔的事。

维格地斯 他死了。你这话是什么意思，杜罗尔夫？

杜罗尔夫 我把他杀死了，维格地斯。

维格地斯 你，杜罗尔夫？

杜罗尔夫 他欺骗了我。喔，现在我不能来细谈这个。因此我们就打起来了，我把他打死了，是一场规规矩矩的决斗。

我没有存心要打死他，上帝知道。

维格地斯 男人一拿起剑来，就丧失理智了。

杜罗尔夫 是一场规规矩矩的决斗。

维格地斯 我不责备你，杜罗尔夫。看起来好像男人不时地要你杀死我，我杀死你。不过现在你怎么办呢？

杜罗尔夫 怎么办？对了。

维格地斯 你知道这是怎么一回事吗？你必须要知道这是怎样一回事。他们知道是你做的吗？

杜罗尔夫 英齐尔德会知道的。

维格地斯 可是你知道英齐尔德是哪一种人。事到如今，他今晚就不会放松你。那么，你想怎么办呢？你想怎么办，杜罗尔夫？

杜罗尔夫 你不是我的表姊么，维格地斯？

维格地斯 当然，我是你的表姊。

杜罗尔夫 你不会把我丢开，你不会因此就把我当作一个坏人。我的意思是说这场决斗是规矩的，是公平的。

维格地斯 当然我不会把你丢开。你是我的表弟。男人在任何时候都没有脑筋，手里拿着剑的时候更是什么都会做出来的呀！

杜罗尔夫 维格地斯，你肯帮助我吗？

维格地斯 你是我的表弟，杜罗尔夫。我救你。可是不要这样浪费时间，你想藏在哪里？谁能隐藏你来违抗英齐尔德呢？连皇帝自己也难做到。隐藏你就是死。你准备往哪里去呢？想想啊，想想啊，你想往哪里去？

杜罗尔夫　我想你也许会把我藏起来。

维格地斯　我，杜罗尔夫？

杜罗尔夫　你和托德。

维格地斯　和托德？

杜罗尔夫　我想你也许会。

维格地斯　反抗英齐尔德？

杜罗尔夫　直等到我弄到一条船。只不过等到我弄到一条船。

维格地斯　违抗像英齐尔德这样一个人？

杜罗尔夫　我知道这是冒险，亲爱的。我知道这是冒险。

维格地斯　你是知道的，杜罗尔夫，我的男人托德是没有多大勇气的。

杜罗尔夫　时间不会很久的，亲爱的，我只要能藏一两晚就行了。

维格地斯　违抗英齐尔德，我们该怎样办呢？

杜罗尔夫　把他蒙混过去，亲爱的，这样我就可以溜到白老德佛斯，找到一条船。这不过一两晚的时间。

维格地斯　托德终究是托德。我仅仅是一个女人，女人对于这类事情在这种情形之下是没有多大用处的啊！

杜罗尔夫　让我留在这里，维格地斯。你肯吗？

维格地斯　但愿我能想出一个办法来。

杜罗尔夫　还有其他什么地方我能去呢？

维格地斯　去？你不到任何地方去，你就是留在这里，待在你现在待的地方。对于这一点你不必担心。我所想的是英齐尔德和托德。

杜罗尔夫　我的上帝，维格地斯，你真了不起。为了这个，我要和你亲嘴。

维格地斯 不要胡闹，这不是亲嘴的事。不，你不能老待在这里。放开我的手，不然，我就要给你一记耳光。好吧，到这里来，我要把你关在羊栏里。赶快来，趁我的男人还没有回来之前。（走向一个旁门）

杜罗尔夫 我只要把英齐尔德蒙混过去，亲爱的，赫鲁特老头子会帮助我弄到一条船。

维格地斯 首先把英齐尔德混过去，我的朋友，然后我们再考虑船的事。来啊。（两人一同下场）

［另一个旁门推开，托德走进。

托　　德 维格地斯！维格地斯！晚饭还没有做好吗？嘿！太不像话了。这个女人在想些什么？维格地斯，我说，好像我单是头痛还不够，差不多焦急得要死还不够，还要我老等着吃晚饭。维格地斯！维格地斯！我说……

维格地斯 （走进）什么事，托德？

托　　德 晚饭，晚饭在哪里？究竟为什么晚饭还没有做好？

维格地斯 有一个人来看我，托德。一个客人。

托　　德 一个客人，唉。谁邀请他的？

维格地斯 没有人邀请他。这位先生算是我的亲戚。

托　　德 原来是一位先生。他要来折磨我多久？

维格地斯 我想留他在这里住一些时候，如果你不在乎的话。

托　　德 你知道我在乎。你和我同样知道，我家里不能接待生人。他们简直把我的家当作一个客店，只是不付一文房饭钱。我不干。我头痛得快要发疯，这已经够受的了，偏偏还要来一个生人。可是，你看，事情老是这样。这个生人是谁啊？是个上等人吗？

维格地斯　他是我的一个亲戚，我刚才不是已经对你说了吗？

托　　德　一个亲戚？如果是个生人，我倒还可以不在乎，可是要接待一个亲戚，我还得对他很客气。维格地斯，我实在认为你也该稍微替我想想。可是你看，除了对你自己，你就不替任何人想想。你们这些娘儿们总是这样。

维格地斯　时间不会很久的，托德。

托　　德　我对你说，维格地斯。如果是一个上等人，他可以在这里住一宵，早饭前就走；如果是一个无赖汉子，或者闯下了什么祸事，我可不让他来到我的附近，我自己就要放出恶狗来对付他。

维格地斯　你不能这样，托德。我已经让他进来了，我不能说话不算数。我答应了他可以在这里躲一躲。

托　　德　躲一躲？

维格地斯　你懂吗？他闯了祸。

托　　德　闯了什么祸？他是谁？干脆一句话。

维格地斯　表弟杜罗尔夫。

托　　德　杜罗尔夫？他干了些什么？他是一个懒惰的坏蛋，杜罗尔夫。

维格地斯　他不是。

托　　德　他是，我说。不要跟我顶嘴。他干了些什么？

维格地斯　就是……那是……那是一场规规矩矩的决斗。

托　　德　一场……规规矩矩的……决斗？你……你不是在说……

维格地斯　在那海滩上。

托　　德　不……不……不是跟贺尔？

维格地斯　是的。他把贺尔杀死了。

托　　德　英齐尔德的兄弟。

维格地斯　英齐尔德的兄弟。

托　　德　你蠢到这样的地步，收容了他。收容了杀死贺尔的凶手，收容了杀死英齐尔德兄弟的凶手？

维格地斯　是一场规规矩矩的决斗，托德。

托　　德　是……一场……规规矩矩的决斗……杀死英齐尔德兄弟的凶手……一场规规矩矩的决斗……

维格地斯　他们是用剑决斗的。

托　　德　他在我的家里？在这里？杀死英齐尔德兄弟的凶手？你收容了他？他在哪里？

维格地斯　暂时藏在屋子后面的羊栏里。那是一个很好的隐藏地方，他们绝不会到羊栏里去查看。

托　　德　我的脑袋像磨子城的七面磨子，在那里不停地打转。在我的家里。喔，我的脑袋。喔，我这个悲惨的人。摆在我面前的是死。我单是头痛还不够，筋疲力尽地回到家来还不够，还要英齐尔德来对付我。他会把我的房子烧掉。他会……他会……我知道英齐尔德，他会把我的房子烧掉。他一定会发现，即使不烧我的房子，也要把我杀死。他要罚我交出成群的羊。我焦急得要命而吃不到一顿现成晚饭，这还不够，还要损失我的牲畜，在我的床上被人烧死。你看，事情老是这样。

维格地斯 你自己决不会这样。可怜可怜不幸的杜罗尔夫吧。

托　　德 可怜？让不幸的杜罗尔夫可怜我一点吧。我这个人完了。英齐尔德会揪住我的头发，一上一下地拽着我。他会用拳头捶我的肋骨。他会……他会……我知道英齐尔德。而你啊却全不管这一切，收容一个凶手，一个凶手。如果是杀死一个平常人的凶手，我还可以不在乎，可是他是杀死英齐尔德兄弟的凶手。

维格地斯 我已经对你说了这不是谋杀，杜罗尔夫不是一个杀人的凶手，对于好多事情他像一个女人那样。杜罗尔夫是这样。我对你说过了这不是一件谋杀案子，是一场规规矩矩的决斗。

托　　德 英齐尔德会这样说，是的，他会说：我要你的羊；他会说：还有那九条好牛，托德；他会说：是一场规规矩矩的决斗，所以现在我把你烧死在你的床上；他会说：我知道。英齐尔德……哎唷！哎唷！

维格地斯 唉，我才不愿意做一个爱哭的孩子呢。有好多比被烧死在床上更坏的事。来，做一个男子汉！托德，人们会以为你是一个贪生怕死的人。

托　　德 喔，闭起你这张啰唆的嘴巴，看在上帝的分上。哎唷！哎唷！

维格地斯 一切会顺利的，托德。看，我要做一餐好晚饭给你吃。

托　　德　再过一会儿你会使我发疯。晚饭，只有英齐尔德的刀子是我将要得到的晚饭。闭起你那啰唆的嘴巴，让我安安静静地死去。

维格地斯　很可能英齐尔德就会来到这里。他不是一个站在路上老等着的人。他会像一只老鹰那样飞来。英齐尔德就是这样。

托　　德　我怎么办？我怎么办？

维格地斯　怎么办？鼓起勇气来。只要不怕，就没有危险。指着他的面孔，教他滚开。

托　　德　现在也许他就来了。维格地斯，到门口看看。看，是不是他已经来了？

维格地斯　有一个人来了。是一班人，足足有一打人。

托　　德　我不应该死。我不应该……

维格地斯　做一个男子汉。他们来得很快，马上就要来到这里了。不错，是英齐尔德。我看到一件红色斗篷。他走在其余人的前面。咳，要像一个男子汉，托德。不会出岔子的！

托　　德　喔！喔！

维格地斯　你能想出比羊栏更好的地方吗？

托　　德　喔！

维格地斯　喔，我为什么没有嫁给一个像样的男人？你想他会去查看羊栏吗？所有的羊全在里面。我深信他不会。

托　　德　杜罗尔夫可不必担心。我在想的是我自己，是我自己。喔！

维格地斯　我奇怪你竟这样的不感到羞耻。

托　　德　日子正渐渐地好过起来。明年我就能把罗伯的田地买进……

维格地斯　替可怜的杜罗尔夫想想吧。鼓起勇气来，托德！英齐尔德看见你这鬼样，即刻就会起疑心。你的性命值什么？我的性命值什么？要紧的是我们客人的性命。

托　　德　一个懒惰流氓的性命比我的宝贵？现在他简直是一个国王了。

维格地斯　托德，你自己先鼓起勇气来。杜罗尔夫在羊栏里很安全。英齐尔德拿不出任何证据来。你客人的性命全靠你的神情怎样。不要垂头丧气，活像一个悲观失望的老鳏夫。把胸膛挺起来，凶凶地瞪着眼看他，就像一个海盗那样瞪着眼。这就要好得多。他们来了。

[一阵敲门的声音。

托　　德　喔，我是死定了。

维格地斯　喔，我会推动你。为了杜罗尔夫，摆出你的架子。（一阵敲门的声音）进来。去把门打开，托德。

托　　德　我不能，你怎么要我去开门？（一阵敲门的声音）

维格地斯　走呀，托德。去，把门打开，你。

托　　德　维格地斯，你不在乎，你去开门。你的神经和我的不一样。

维格地斯　快点，托德。开门是主人的事。

[门外英齐尔德的声音：里面的人开门！我以法律为名义命令你们开门！

维格地斯 既然这样，我得去开。（向门走去）进来，进来。

［英齐尔德和士兵走进。

英齐尔德 上帝保佑这里所有的人。谢谢你，维格地斯。

维格地斯 我的男人今晚有点不舒服，英齐尔德大人。

英齐尔德 真糟糕。什么倒霉的事啊，托德？

托　　德 喔，喔！

英齐尔德 （敏锐地看他们两人）我总以为这里的生活是很安静的。没有斗争，没有赌博，没有忧愁……

维格地斯 我的男人身子累坏了，英齐尔德大人。就是那些集市把他累坏的。他回到家，我一看他的神色就知道了。他冷冰冰的，像一个死人。这是神经上的毛病。（稍停）我能替你做些什么呢，英齐尔德大人？你不请坐么？要不要吃点什么、喝点什么？我们不常在这里看到你。可不是，我相信有好久没有见到你了，自从去年十月到现在十二个月了，不曾见到你。

英齐尔德 对了。我敢说你没有。（他向托德那里走去，在他的肩上捶了一下）

托　　德 哎唷，怎么了，英齐尔德？不要这样。

英齐尔德 我要和你谈谈，我的朋友。

托　　德 谈……谈。喔，是的，是的。那个……是的……很好。

英齐尔德 （对他带来的人）出去，站在外边。在没有得到我的命令之前，动也不要动。

一 班 人 是，是，老爷。（一同下场）

维格地斯 你的那些人喜欢不喜欢喝一点什么？你一定不是从羊

岛一直来到这里的。有什么事我们可以替你效劳呢，英齐尔德大人？也许你知道，我的男人今晚有点不正常。请告诉我吧！

英齐尔德　谢谢你，维格地斯。我要在这里和托德谈谈。

托　　德　我……我有病，很厉害，英齐尔德。是由于这样的天气。有什么事你告诉维格地斯好了。我的头！我的头糟得很。天气一潮湿，我的头就使我受罪。

英齐尔德　我知道这是什么。我自己的头也使我痛苦。不过我必须和你谈谈。也许你可以叫你的老婆去替我烫一点麦芽酒来。

维格地斯　你得让我在这里替你烫。厨房的火已经灭了。

英齐尔德　我当然愿意。不过我的神经不能忍受麦芽酒烫出来的气味。它老是使我不舒服。（向托德）也许你可以叫你的老婆去……去欣赏落日。最美丽的落日，在外边。

维格地斯　对啊，在过去半个钟头，我们就一直在看。

英齐尔德　原来如此。好吧，维格地斯，我必须在这里私下里跟托德谈谈。你可不可以到隔壁屋子里去待一会儿？我不会让你等得很久。

维格地斯　当然可以，英齐尔德大人。唉，我可不容许你和我的男人谈瑞贾危克的那些烂婊子。他已经知道得够多了。

英齐尔德　我一个婊子也不提。（他呼唤一个士兵）埃利克，伺候这位太太一会。（私下向士兵）注意不要让她离开这所房子。

维格地斯　我懂得你们这些男人。（她想法使托德向她看）我会使

他把你所说的每个字向我重说一遍。（她若无其事地走出）

英齐尔德　（旁白）唔，不能说你不是一个妙人。（尖锐地）来吧，托德，我只有一件事要对你说。杜罗尔夫在哪里？

托　　德　杜罗尔夫？

英齐尔德　唉？

托　　德　你问的是哪个杜罗尔夫？

英齐尔德　你分明知道是哪个杜罗尔夫。

托　　德　你问的是后山的那个老头子杜罗尔夫吧？啊，对了，那个胖子，他……

英齐尔德　唉，托德。（逼视他）

托　　德　喔，那个年轻的杜罗尔夫，科尔欧戴尔的那个小伙子。他现在进学校了。

英齐尔德　（拍桌子）托德。

托　　德　不要这样，英齐尔德。别让人不知道怎样才好。

英齐尔德　杜罗尔夫在哪里？维格地斯的表弟，你的表弟，杜罗尔夫。

托　　德　咦，哈，哈！那个杜罗尔夫！对了，那个懒惰的坏蛋，对了。

英齐尔德　对。那个杜罗尔夫，他在哪里？

托　　德　我没有看到他，英齐尔德。

英齐尔德　我想，你也没有听说到他。

托　　德　没有。

英齐尔德　没有？靠得住？

托　　德　没有。我是说对了，当然我听说到他。

英齐尔德　听说到他今天所做的事吗？

托　　德　我不知道他今天做了什么事。

英齐尔德　你听说到我的兄弟吗？

托　　德　你那可怜的兄弟，贺尔。我伤心得很，我难过透了。

英齐尔德　那就是杜罗尔夫做的事。

托　　德　杜罗尔夫？

英齐尔德　他现在哪里？

托　　德　你的兄弟？

英齐尔德　我看出了，你不愿意答复我。

托　　德　你不要性急，英齐尔德。你竟这样性急，你不给我一个机会。你想要知道什么？

英齐尔德　杜罗尔夫在哪里？

托　　德　我没见到他，英齐尔德。我怎样会知道他在哪里呢？

英齐尔德　有人看见他走向这所房子。

托　　德　走向这所房子？

英齐尔德　只不过一小时以前。

托　　德　杜罗尔夫？

英齐尔德　少说废话，我的朋友。他在哪里？

托　　德　我不知道，英齐尔德。我不知道。

英齐尔德　你这个扯谎的无赖，一个胆小的畜生。你这狗一样的东西，我要把这剑鞘塞进你的喉咙。你说你不知道？他在哪里？再说一句谎话，我割掉你的舌头。

托　　德　不要，英齐尔德，不要，你在伤人。不要这样……

英齐尔德　好。既然如此，不要再扯谎。

托　　德　现在你伤了我，我的喉咙要肿一个星期。

英齐尔德　这是对你的一个好教训。（停顿）好了吧？杜罗尔夫，是在这里，不是吗？唉？

托　　德　是的，英齐尔德。

英齐尔德　我预料到我们迟早会走到这一步。这就是有耐性的结果，所以他是在这里。他藏在哪里？

托　　德　是的，英齐尔德。

英齐尔德　他藏在哪里？

托　　德　哦，这我可不能告诉你。如果我告诉了你，我就得离开家乡，谁也不再理睬我，如果我把这告诉你。

英齐尔德　这与我毫不相干。唉，好了，他在哪里？

托　　德　喔，我不能告诉你。

英齐尔德　嗳？

托　　德　我得离开我的农场。发点慈悲，英齐尔德。

英齐尔德　慈悲，唉？

托　　德　我受不了。我身体不好，英齐尔德。我的头……

英齐尔德　看见我这把小刀吗？

托　　德　喔，不要这样，英齐尔德，英齐尔德，你不要真想这样。英齐尔德，如果我告诉你，我得离开我的家乡。

英齐尔德　放明白点，托德。在我走之前，我要得到杜罗尔夫，让我们彼此说开这一点。

托　　德　喔，是的，英齐尔德。什么事我都愿意替你做，什么话我都愿意对你说。但是，我不能告诉你他在哪里。

我不能……我得离开我的家乡。

英齐尔德　唉，你无须告诉我他在哪里，不需要明说。你懂吗？

托　　德　喔，英齐尔德。

英齐尔德　让我们商量出一种办法。你不愿意你的邻居说你是个叛徒，这我明白。你不愿意把你的房子烧掉，或者把这把刀子插到你身体里去，这我明白。你可以不声不响地把杜罗尔夫交给我。

托　　德　我不能，英齐尔德。他们会知道的，他们会知道的。维格地斯会告诉他们。

英齐尔德　我不说你“出卖”了他。你这个傻瓜。

托　　德　那应该怎样呢，英齐尔德？

英齐尔德　给我一点暗示，他在哪里，使我可以找到他。我来搜查屋子，假装是碰巧找到了他。来吧。

托　　德　可是……

英齐尔德　来来来，看见这个口袋吗？（拿出一个钱袋）

托　　德　看见了。

英齐尔德　听见吗？唉？（晃动钱袋，发出钱币的叮当声）他在哪里？

托　　德　我不能……

英齐尔德　来呀，听！三个银马克。唉？只需咬个耳朵。在哪里？来来来。

托　　德　三个银马克？

英齐尔德　三个银马克。你用不着直说。听见响吗？

托　　德　钱可不少。

英齐尔德　对你很有用处，唉？来来来，老家伙，他在哪里？

托　　德　让我掂掂它有多重。

英齐尔德　当然可以，拿去吧。来来来，就在这里咬个耳朵。他在哪里？告诉我他在哪里，他在哪里？他在这只箱子里？

托　　德　不，不在箱子里。

英齐尔德　不在？箱子里放的是什么？

托　　德　维格地斯的东西。

英齐尔德　那么，他在楼上？唉，楼上？

托　　德　不。他不在楼上。

英齐尔德　在房子外面？唉？

托　　德　（把钱袋放到桌上）英齐尔德。

英齐尔德　唉！好，怎么？

托　　德　我把他藏起来了，你不跟我计较吧？

英齐尔德　不，不，当然我不计较。

托　　德　发个誓你不计较。你不要我罚款？也不拿走我的牲口？

英齐尔德　只要你告诉我杜罗尔夫在哪里。

托　　德　你首先搜查房子，英齐尔德。做做样子？

英齐尔德　对，我装做搜查房子。以后呢？

托　　德　你看见那扇门吗？

英齐尔德　对，对。以后呢？

托　　德　你一定要从那个门走出去；不，不，从这个门，然后在房子的周围转转。

英齐尔德　是么？走向哪里呢？到草堆里去？

托　　德　不，不到草堆里去。

英齐尔德　到牛棚里去？

托　　德　你不妨到牛奶房里去看一下。

英齐尔德　还有其他什么地方，唉？

托　　德　就在牛奶房的左边。

英齐尔德　去到牛棚里，唉？

托　　德　不，不。然而你不妨到牛棚里去看一下。

英齐尔德　还有哪里？

托　　德　英齐尔德。

英齐尔德　说吧。

托　　德　你发誓不告诉任何人？你发誓不对任何人说是我告诉你的。

英齐尔德　当然不告诉任何人。

托　　德　你可以数一数有多少羊。你懂吗？

英齐尔德　在牛奶房的左边，唉？

托　　德　在牛奶房的左边。

英齐尔德　我一定把它们数一数。谢谢你，托德。

托　　德　你这就假装到楼上去看看？

英齐尔德　是的，现在我们可以让维格地斯进来了。

托　　德　不，不要让维格地斯进来，不。

英齐尔德　让她来好了。喂，这儿来，埃利克。

埃 利 克　老爷。

英齐尔德　请那位太太进来。

埃 利 克　是，老爷。（开开门，对门外）你可以进来了，太太。

（维格地斯走进）

维格地斯　（进）啊哈，你们谈得很好吗？

英齐尔德　不。也许不是我所希望的那样好。今晚你丈夫的精神不好。请原谅我一下。咳，来人，罗卜，贺斯谷尔德。

士　　兵　（走进）老爷！老爷！

英齐尔德　对不起得很，维格地斯。我必须搜查这所房子。已经得到你丈夫的许可，我必须要查看所有的房间。

维格地斯　搜查我的家，嗯！

英齐尔德　决不会不必要地把它搞乱。

维格地斯　搜查我的家，说得真好听！为什么你要搜查我的家？

英齐尔德　为了你的表弟，杜罗尔夫。

维格地斯　我的……表弟……杜罗尔夫？请问：为什么要找我的表弟杜罗尔夫？

英齐尔德　来，维格地斯。我很抱歉，现在不要让我们吵架。

维格地斯　吵架，谁跟你吵架？我决不让人把我的家搞得一塌糊涂。

英齐尔德　他们不会使你受到任何损失，维格地斯。

维格地斯　不管损失不损失，我不容许任何人在我家的周围搜查。这样的无礼，我从来没有见过，这是我的家，不是杜罗尔夫的家。你为什么要找杜罗尔夫？

英齐尔德　你知道得十分清楚，维格地斯，为什么我找杜罗尔夫。

维格地斯　（向托德）我在自己的家里被人侮辱！我奇怪你竟能坐在那里让你老婆受侮辱。至于你，英齐尔德，不管你有多大的大人身份，你从来不比一个在猪圈里长大的更懂礼貌。你的这种行为我一点不感到意外。至于你，托德，我替你羞耻，快保护你的老婆，你这男人！不要让这些混蛋把整个家都抄了。

英齐尔德　（向他的来人）你们上楼去，搜查这房子里的每个房间。

维格地斯　你竟这样大胆欺侮一个女人！你们这些高贵的人要使你们丢丢脸才好。如果我是一个男子汉，你们就不敢这样。

埃利克　我说，队长。

英齐尔德　什么事？

埃利克　那只箱子，队长。（指箱子）

英齐尔德　箱子怎么样？

埃利克　我是想，他可能在这箱子里。

英齐尔德　喔，不要胡说，上楼去。（他们一齐跑上楼）（向托德）你也来，托德。要不然，丢了什么东西，你要怪我们的人。

托德　（旁白）让维格地斯去，英齐尔德。把维格地斯带走。

英齐尔德　（看维格地斯）不，她不疑心。你来！

托德　不，我想她不会疑心，她一点也不疑心。

维格地斯　你往哪里去，托德？

托德　跟英齐尔德同到楼上去。

维格地斯　我是跟一个男人结婚的，还是跟一只没有出息的老绵羊结婚的？你把自己当做一个人么，托德？（旁白）英齐尔德打算干什么？

英齐尔德 来，托德，来呀！

托　　德 （向维格地斯）去做好晚饭，不要站在那里。（跟着英齐尔德下场）

维格地斯 做好晚饭，做好晚饭，他要干什么？托德为什么不给我一个暗示？他要去搜查羊栏的。当然他要去，一会儿就要去。我为什么把他藏在羊栏里呢？为什么我竟把他留下呢？我怎么办？我怎么办？一会儿他就要下来了。这一口袋的钱是怎么回事啊？这一口袋钱是怎么回事？托德把他出卖了。我知道这是血腥钱。喔，上帝啊！我怎么办？

托　　德 （在上面）维格地斯。

维格地斯 唉，托德。

托　　德 好了，没有什么。我不过要知道你是不是在那里。

维格地斯 我能做什么呢？我知道了！（她轻轻地、敏捷地从屋子里走出去。两秒钟之后，领着杜罗尔夫走回。楼上声音和喧哗）不要作声，不要作声，不要咬耳朵。

杜罗尔夫 要怎样呢？

维格地斯 不要咬耳朵。

托　　德 （在上面）维格地斯，你还在那里吗？

维格地斯 我还在这里。你怎么了？到箱子里去，杜罗尔夫，钻进箱子里去！（她打开箱盖）

杜罗尔夫 （吻她）再见，万一……维格地斯……

维格地斯 你这个傻子，钻进去！我要把你锁在里头。不要打喷嚏，看上帝的分上。如果想要打，咬紧你的上唇。这

是唯一的机会，杜罗尔夫。（她把他锁在箱子里，拿走钥匙。然后急忙地，轻轻地把面包和啤酒放在桌上供晚饭用）

［英齐尔德、托德和士兵再一同走进。

维格地斯 啊，大人，你碰巧找到我的表弟杜罗尔夫没有？

英齐尔德 我还没有搜遍呢！

维格地斯 还没有吗？你不妨到厨房里的碗橱里去看看。如果我是你的话，我要这样做。或者炉子里，对了，英齐尔德，看看炉子。托德，告诉他，炉子在哪里。

英齐尔德 （向几个士兵）到厨房里看看炉子去，你们其余的人跟我一道来。我们一定要到农场上去到处看看。

维格地斯 不要惊动你的那位令兄。

英齐尔德 令兄？

维格地斯 那只毛驴。

英齐尔德 啊，你太俏皮了，维格地斯！好吧，我说，最后笑的才是笑得最好的。（和士兵一同走去）

维格地斯 托德。托德·格地。

托　　德 唉，维格地斯。

维格地斯 这一袋子钱是怎么回事啊？

托　　德 一袋子钱？

维格地斯 这一袋子钱，是怎么回事？

托　　德 是我从集市上带回来的。

维格地斯 没有这回事。

托　　德 喔，不对，不是那样。

维格地斯　那么？

托　　德　那么……我猜想，英齐尔德进来的时候把它放在那里的。

维格地斯　你亲眼看见英齐尔德放在那里的吗？（*旁白*）喔，我在想些什么？

托　　德　看老天爷的分上，不要啰唆了。听！

维格地斯　什么？

托　　德　我好像听到院子里的声音，有叫喊的声音。

维格地斯　我的上帝！有叫喊的声音。（*他们向门走去*）

托　　德　我希望他们找不到他。

维格地斯　感谢上帝，我已经尽了我所能做的一切。喔，老天爷使他们瞎了眼吧！

托　　德　我担心他们一定会找到他。刚才那一声叫喊是什么？

维格地斯　我的上帝！他们很勇敢，可不是，十三个对一个？

托　　德　那么，你听到的是一种叫苦的声音吧？

维格地斯　可怜的杜罗尔夫！可怜的杜罗尔夫！

托　　德　我们尽了最大的努力，维格地斯。

维格地斯　是啊，愿上帝也这样帮助你，就如同你帮助杜罗尔夫那样！

托　　德　是啊，我为他尽了最大的努力，我一想到就会感觉到愉快。

维格地斯　对了，托德，我想你会这样，我希望你会这样。

托　　德　可怜的家伙。

维格地斯　可怜的杜罗尔夫。

托　　德　不要难过了，维格地斯，我们全都会死的。啊，啊！不要站在门口，到这里来。（外边叫喊）

维格地斯　（掩盖起眼睛）喔，我亲爱的，我亲爱的。喔，杜罗尔夫，棕色头发的小杜罗尔夫。

托　　德　好了，好了，现在一切都过去了。

维格地斯　喔，我的杜罗尔夫，我的表弟杜罗尔夫。

托　　德　好了，好了。不要难过了，不要难过了，你这样哭哭啼啼刺激我的身体。

维格地斯　你有棕色的头发，杜罗尔夫。你有美丽的头发……喔，我的孩子！我可怜的表弟！（外边叫喊）

托　　德　（旁白）他们把他抓住了，他们把他抓住了！（搓手）我们注定总要死的，可怜的杜罗尔夫！可怜的家伙！这样年轻！

维格地斯　阳光暖和的早晨，看到他走过山头，多么令人称心悦目啊！喔，杜罗尔夫，女人看到你真是眼福不浅。你像一只雄狮那样庄严，你像一个皇子那样清秀。喔，我的孩子，我可怜的表弟，我心爱的人儿，我心上的宝贝——杜罗尔夫！

托　　德　他这样年轻，这样有前途的一个青年人，突然死了。生命原来就是短促的，他这样年轻。懒惰、欺诈、酗酒的无赖，教你早死是件好事。（外边更多的叫喊）

维格地斯　他有棕黄的软发，点缀着金色的珠子，炫耀得如同凤鸟灿烂的羽毛那样。现在染上鲜血了，染上鲜血了，染上鲜血了。

托　　德　染上鲜血了。喔，喔，天啊！

维格地斯　嘘，年轻的人；喔，西方的宝贝；喔，皙白、清秀、俊美的杜罗尔夫！你是长眠在冬天的枯草下，一个凄凉的新娘子的坟墓中。

托　　德　看老天爷分上，安静一下吧。

维格地斯　一个凄凉的坟，一个孤单的坟，一个纯洁的坟。

托　　德　你可不能把我们的被单浪费在他的身上，我告诉你。

维格地斯　三支白蜡，冷静静地立在风前，三个火焰，流着蜡泪，你却悄悄地长眠在它们下面，杜罗尔夫。

托　　德　维格地斯，你要把我逼成一个疯子吗？不要多说了。

维格地斯　美丽的杜罗尔夫，游泳、划船，在青年人的队伍里你是一个皇帝。没有人驾船能赛过你。皇后也从来没有为了比你更可爱的情人蓬松了她的头发。你有礼貌，你很善良，你身强貌美，你很勇敢，如今你长眠地下，羊群在那里吃那绿草的嫩芽。

托　　德　唉，维格地斯，有了这些就够了！杜罗尔夫已经死了！这里英齐尔德回来了，不要作声了，看老天爷分上。

[英齐尔德和他的人再走进。

英齐尔德　我要跟你算账，托德。

维格地斯　把我的死人还给我，把我的死人给我。你们这些屠夫，你们这些杀人不眨眼的人！

英齐尔德　你听见没有？

维格地斯　十三个对一个！十三个对一个！你们这些屠夫！你们

这些杀人不眨眼的人！把我的死人还给我，把我死了的亲人还给我。你们这些懦夫！你们这些懦夫！

英齐尔德　你怎么了，维格地斯？

维格地斯　让我看看这孩子死了的面孔。喔，发白的面孔，染上了鲜血。喔，我的孩子，我亲爱的孩子，杜罗尔夫。

英齐尔德　他的面孔是会发白的，如果我逮住他，那是毫无问题的，维格地斯。这我可以保证。托德，我要拧掉你的耳朵。

维格地斯　我死了的孩子在哪里？你们这些狗！你们这些屠夫！领我到他的尸首那里去！

英齐尔德　你死了的孩子？没有死了的孩子呀！

维格地斯　没有死？喔，天啊！（假装昏厥）

托　　德　什么？

英齐尔德　我可以告诉你是什么！你这个爬着走的混蛋。你这个野狗！你这个犹大！你把他怎样了？

托　　德　把他怎样了？

英齐尔德　把杜罗尔夫，唉？他在哪里？唉？你把他怎样了？

托　　德　我什么事也没有做，英齐尔德。什么也没有做。

英齐尔德　不要对我说你什么也没有做。

托　　德　我没有把他怎样。

英齐尔德　你这个扯谎的混蛋，你敢坐在那里说你没有把他放走吗？

托　　德　我没有把他放走。

英齐尔德　你扯谎。

托　　德　我怎么能把他放走呢?

英齐尔德　怎么?我怎知道你是怎么?不过我会知道是怎么，我要活活地把你身上的皮剥掉，把你腌起来。我要……我要……

托　　德　喔，不要这样，英齐尔德。我赌咒……我赌咒我以为你已经把他逮住了。

英齐尔德　我对你说，你把他放跑了。

托　　德　我没有，英齐尔德。

英齐尔德　（向他带来的人）看看他，看看这个扯谎的人。我到这里来找这个扯谎的人，我对他说我要杜罗尔夫。他奉承我，对我哭诉，像狗一样地舔我的靴子。这样我才能像一个神父那样和善地对他讲话。我一向和善像一个神父，我太和善了。他奉承我，对我哭诉，求我不要打他，只要你不伤害我宝贵的皮肤，他说，我愿意告诉你杜罗尔夫在哪里。

众　　人　听听，他出卖了他。他说出杜罗尔夫在哪里，他还要钱，钱就在那桌子上，三马克银钱，一分也不少。钱就是再少一点，他也会出卖他的亲娘。你会不会，唉?

托　　德　我不会。

英齐尔德　我知道你会。三马克银钱你就眼红，就告诉我杜罗尔夫藏在羊栏里。

众　　人　奸诈的猪。他自己的亲表弟，他自己的亲表弟。

英齐尔德　后来，当我在别的地方搜索的时候，他偷偷地把他的人放跑。现在他还想要我出三个银马克。

众　　人　主人，让我们把他绑在牛尾巴上，拖着他走。

英齐尔德　所以你愿意出卖你的表弟，你愿意的是不是？现在你又想反悔？（向他走去）你把杜罗尔夫弄到哪里去了？

托　　德　他原来是在羊栏里的，在我告诉你的地方。英齐尔德，他是在那里的！真的！他是在那里的！

英齐尔德　喔，原来在那里，是吗？他现在在哪里呢？我想，到奥拉夫那里去了吧？

托　　德　他可能是到奥拉夫那里去了。

众　　人　奥拉夫那里很可能是他去的地方，我们最好马上就到那里去。

英齐尔德　上帝保佑你，托德，如果我们找不到他……你懂吗？我毫不含糊。那就走吧。

一 士 兵　你还没有看看那只箱子呢，队长。

英齐尔德　喔，对了，那只箱子。（他试开箱盖）钥匙在哪里，托德？

托　　德　问维格地斯。

英齐尔德　这只箱子的钥匙在哪里，维格地斯？

维格地斯　这只箱子的钥匙？嗯……你是什么人？要我的钥匙？我不允许你查看我的箱子！你和你的狐群狗党已经在这里做够了坏事。你得不到钥匙！少说废话！

英齐尔德　来来来，钥匙。

维格地斯　我告诉你了，你得不到这把钥匙。

众　　人　把它撬开来，队长。

一 士 兵　不要管这箱子了。如果我们不赶快追，杜罗尔夫会在奥拉夫平安无事。

英齐尔德　把钥匙给我！

托　　德　交出钥匙，赶快！

维格地斯　我告诉你，你得不到这把钥匙。你们已经把我的家都抄了。滚出去！滚！

英齐尔德　交出你的钥匙，赶快，维格地斯。

维格地斯　好，拿去，倒你的霉去吧。（把钥匙扔在地板上）在这儿，打开吧！

英齐尔德　（退还钥匙）谢谢你，我所要的不过如此。唉，托德，把那一袋子钱还我。

托　　德　喔，英齐尔德。

维格地斯　交出去，托德。交出去，你这个犹大，你……你不要以为我准许在我的家里留下这种血腥钱。交出去，快点！

［众人走出，在门口等待英齐尔德。

英齐尔德　好了，走吧。

维格地斯　（取了钱袋）我只有一件事要对你说，英齐尔德。我说，拿走你的钱，滚出我的家。（她让他退到门口）拿走你肮脏的血腥钱。（把钱扔在他的脸上，把他推出门去。她看着他走开）到奥拉夫那里去，去找另一个犹大。这就是我要对你说的，大人阁下。

［维格地斯转身开了箱子上的锁，但没打开。然后回转身向托德。托德走到门口，往外看看，走回来，坐在箱子上。维格地斯不理睬他。

托　　德　唉，他们走了。（停顿）他们走了。（没有得到答复）我跟你说话，你不能回答吗？

维格地斯　我能。我能回答。听我说，托德·格地，从今以后，你我分离。你接受钱，出卖杜罗尔夫——你的客人，我的表弟。我一向只知道你是个小人，我现在知道你还卑鄙龌龊，是个懦夫，是一条狗。上帝饶恕我，我曾经爱过你。啐，我让你吻过我，我曾拥抱过你，好了，好了，好了，拿去！（她把戒指扔给他）现在我们分离，我的老爷。感谢上帝，我幸而没有替你生孩子。

托　　德　（神经质地笑）我头痛。我不能……哦……（箱盖升起。托德从上面跳下来。杜罗尔夫出现。）杜罗尔夫！

杜罗尔夫　杜罗尔夫！

托　　德　杜罗尔夫，我没有想要——我发誓我没有。我没有想要那样。只是开个玩笑，我要解释。

杜罗尔夫　托德。啐，你不值得一揍。

托　　德　喔，杜罗尔夫，你可以……我情愿把我的钱给你，所有的钱。

杜罗尔夫　啐。维格地斯，亲爱的，他们到哪里去了？

维格地斯　他们走了，杜罗尔夫。现在我们可以偷偷地到白老德佛斯去了，十分安全。来，来，我们一道走，我的朋友。（他们转身走）

托　　德　上帝太不仁慈了！

——幕　落

为尊严喝彩

——《上了锁的箱子》读解

这是一部相当紧凑而且吸引人的佳作。表弟与贵族兄弟平等决斗，杀死贵族兄弟，逃到表姐家里来躲藏。表姐把他藏到羊栏里，和羊群混到一起，希望能够蒙混过去。贵族找到表姐家，把表姐赶开，留下表姐夫，单独审问他。表姐夫假装头疼身体不适，没有混过去。贵族拿出银钱利诱他。表姐夫见钱眼开，说出表弟藏在羊栏里。由于当地人做出卖人的事情就不能待在村子里了，所以为掩人耳目，表姐夫还要贵族假装让他的士兵上楼搜查，然后在房子周围转到左边的羊栏，显得是无意中抓住表弟的。而表姐进屋发现桌上多了银钱，知道丈夫已经出卖亲戚了。她当机立断把表弟带进屋里，让他藏到丈夫已经明白告诉贵族那里只是妻子放东西的箱子。表姐等到贵族搜了房子后去搜羊栏时，故意与丈夫说了许多哀叹表弟被杀死的情形的话语。贵族没有找到表弟，又进屋逼问丈夫，叱责丈夫是个骗子。丈夫很无辜地表示没有欺骗他。士兵们担心表弟已经逃到另一处地方了，催促贵族赶紧动身前往。一个士兵还是盯住箱子表示要打开检查。贵族向表姐要钥匙。表姐先是顶撞不肯，后来只得交出钥匙，但故意扔到地上。

贵族说就是要看她有没有给他的态度，既然给出来了，说明箱子里没人，他反而不查了，带人去另一处追赶了。坐在箱子上的丈夫跳下来，表弟从箱子里冒出来。妻子看穿丈夫不仅是个懦夫，还是个出卖灵魂的叛徒，和丈夫当即分离，护送表弟并一起出走。

该剧结构隼合巧妙，节奏把握得特别好，开头有戏，中间人物之间的纠葛入戏，最后人物之间的命运变化颇有戏剧性，是一个经得起咀嚼的作品。

其次，对人物的描绘颇见功力，一对农村夫妻的塑造符合人物特征、性情，而且形成截然鲜明的对照。对妻子的塑造尤为出色，她先是顺从的、忍耐的、认命的，像是一个欠揍的受气包似的。随着剧情的展开，我们发现妻子的光彩愈加耀眼醒目。如她果断地藏起表弟，又如她说服丈夫做一个果敢的人，保护表弟安全。当贵族大敌当前时，她淡定自若，力图和丈夫在一起，稳住阵脚。可是狡猾的贵族硬是把她支开；当见到桌上多出的银钱时，她清醒地决断表弟已经暴露了，并不慌张失措。她假装认为表弟被发现被杀害来迷惑丈夫，而心里却是胸有成竹。当贵族去而复来盘问逼迫丈夫和自己时，她故意把锁住表弟的箱子钥匙气愤地抛到地上，她的沉稳冷静，让疑虑未消的贵族放弃了开箱的念头。特别是到剧末，她看透丈夫不仅懦弱无能，对于他的卑鄙出卖灵魂的勾当已经一时半刻都无法再退让和忍受了，她毫不迟疑不再犹豫地坚决与这样的丈夫分离。剧作合理而完整地表现了她的心路历程、性格全变化，使得这个女性富有魅力地顶起全剧的荣华光彩。丈夫的小人形象同样鲜活毕现。这是一个平日窝囊龌龊卑劣的小人物，对妻霸蛮残横成性，毫无尊重可言，连一点恩爱温情都没有。未婚时的表现，到婚后没有孩子的生活，使他丧失热情，只有怨言怨气。这些还不算什么。当贵族到家里来盘问欺压欺凌时，他毫无男人气概，装怂认蔫，甚至连应对开门都手足无措，还得妻子担起按当地习俗的一家之长的男性去开门的角色。而且面对贵族的威逼利诱，他装病，讨饶，继而轻易被三个银马克击溃，不顾廉耻，马上泄露表弟藏身之地，演化成出卖亲人的犹大形象。他还要掩饰自己的恶行，生怕当地人把他当作叛徒驱逐出村。剧作表现这一人物在平日里恶意满盈，在非常情境下人格缺陷暴露无遗。他成为这个家庭被贵族突破的最脆弱的软肋，着实可悲可叹。他的所作所为，实在是咎由自取，最后落得个家破妻离，孤家寡人过日。

第三是该剧的矛盾对抗、多重对立相互映衬都很有讲究。一个是夫妻的反差。一个是表弟和合伙人（即被他杀死的人）的对抗。一个是贵族与夫妻的纠缠厮斗。这些头绪纷争的线索，都把剧情有机合理地编织组成一体，从不同方面来合力完成对剧作的多条塑造和凝聚。

第四是场景设置有序展开，情境表现渲染到位，道具使用节俭精当，语言简洁诙谐、趣味十足，给全剧制造不时的宽松，为一个紧张剧情平添诸多喜剧成分。箱子道具用得太好了，既醒目又自然，既惊险惊艳又有惊无险，简直妙不可言。看完全剧，才会理解，它不是一个简单的“炸弹”伏笔，它本身是个促人了解人物推动剧情的导火线，最大最有力的悬念和线索。前面先是让来搜查的贵族貌似不经意地提到，接着有士兵无意再次提及，等到注意力被吸引到藏匿人物的羊栏时，又不得已转移到箱子里来，从现实境况中看是一招不得已的险招，而究其实是编剧暗藏之随时可能爆炸的炸弹，是一种套路。虽是套路，但巧妙高明，成为剧中非如此不可的现实需求，成为妙招之上策。

这个戏的创意充斥全剧，其剧情不断给人惊喜，不断冲出常规，不断刷新读者深刻印象。剧中人物的精彩转移，人物之间内心的惊险较量与撞击，几近让人紧张窒息，叹为观止。

别墅出让

【法】沙夏·纪特瑞　著　张翼亭　译

人　物

盖司顿

琪安妮

朱丽蒂

埃尔·司米斯夫人

女　仆

[景：接近玛厄河挪琴地方一座小别墅的会客室。

[幕启时，女仆和朱丽蒂在场。

女　仆　太太，您不觉得舍不得吗？

朱丽蒂　一点儿也不。要是出让牌子一挂出去，当天就有人要买，那也许会舍不得，保不准还后悔呢——好好一座房子一抢就走，只有自己是傻瓜。可是现在牌子在墙上挂了一个多月啦。我都急着怕没人要，尽抱怨自个儿买进才傻呢。

女　仆　想当初出让牌子拿来的时候，太太犹豫了老半天，不准马上就挂，还是到天黑您自己才好歹悄悄地挂上啦。太太。

朱丽蒂　可不是，那时候捉摸一挂牌子，房子就会被抢走啦，多留一晚上也是好的，反正晚上不会有人来看牌子。自个儿心里七上八下像是做了什么亏心事，老觉得邻居都睁着眼盯着我，至少折腾了一个星期。唉！这都是一个月前的想法。现在我恨不得再便宜点让到十万法郎，情愿早点脱手，早离开这讨厌地方。我买进还不止这个数：五万！挂牌子时满想会有好价钱，不多不少卖二十万，这才害得这么长时间拖下去。半月以前，差不多有四个人眼看快成交啦！唉！我早不在乎这房子啦。老等着简直是受罪。我忘了经纪人说几位太太什么时候来？

女　仆　回您话，四五分钟。太太。

朱丽蒂　那只得等她们啦。

女　仆　不过，太太，您在这儿度周末也挺不错。

朱丽蒂　也是。……可是生意不好，没心思在这儿过。

女　仆　这样的话，太太，如果这时候能让出去可不很好吗？

朱丽蒂　不敢这么说，……但是……看起来一生中有时候适宜买进东西，只不过没有适宜卖出东西的时候。前十五年，大家手头都有钱，所以就很少出卖东西。这年头没见谁发财，也就没人买进什么。但是……即使如此……我也不信就不能倒腾这房子出去！如果离这块叫做法国好莱坞的约因费尔这么近的地方，要价十万这么点钱都倒腾不出去，这不太滑稽了吗？

女　仆　您说起约因费尔我倒想起来啦，太太，我要求您一件事。

朱丽蒂　求我？什么事，孩子。

女　仆　我求您让我在明天早晨九点到中午出去办件事。

朱丽蒂　从早上九点一直到中午吗？

女　仆　是的。他们要我为约因费尔一家影片公司拍一部片子。

朱丽蒂　你要去拍电影？

女　仆　是的，太太。

朱丽蒂　他们要你演什么呢？

女　仆　太太，就演女佣人。他们要一个真实的佣人，他们说女佣人的派头是天生的，是装扮不像的。他们为这事答应给我一百法郎的报酬。

朱丽蒂　一百法郎？

女　仆　是的，太太。您这儿每月给的是四百，我当然不能把这一百法郎随便推出去。您以为我想得对不对，太太？

朱丽蒂　有一百法郎，真叫人不敢相信。

女　仆　太太，您容许我冒昧把这会儿想到的事说给您听听吗？

朱丽蒂　啊，什么？

女　仆　这家公司拍片还要一个烧菜的，问我有合适的人可以介绍不。我想起您刚才说日子不容易……是否让我介绍您也去拍片子试试？

朱丽蒂　啊？

女　仆　这样就能补贴一点，太太，而且您的长相也挺逗人笑。

朱丽蒂　这太劳你费心啦。

女　仆　（不觉得她的语气）太太，他们雇用八天，就给您八百法郎。这便宜事真是吃现成的啊。您不过削削洋山芋啊，煎几只蛋卷啊，费不了多少手脚，太太，连我都可以教您怎么动手。

朱丽蒂　谢谢你的好意啦，……谢谢，我眼下还不到这一步呢。……

女　仆　是的。太太，您不会为我刚才这番话生气吧？

朱丽蒂　哪里，不会的。

女　仆　说真的，太太，附近街坊可都打主意占点便宜，在影片里演个什么的。您瞧，卖肉的昨儿就没做上买卖，他一大早就试着拍镜头；还有，我敢说今儿谁也甭想找得着四位警察，他们打昨儿起就在米尔顿先生的新片子当中演打架的镜头啦。这会儿街坊们除了拍片，什么活儿都不想，您瞧，钱又多，又省事。经理出到一千法郎的高价，雇个饿过两天的真叫花的。这不是转时运来，面包落到嘴里边！太太，您不也考虑一下吗？

朱丽蒂　谢谢啦，我再考虑一下。

女　仆　只要您稍微把头发往后拢一点儿，我敢担保他们准能用您，太太。说实在的，这事可真够意思！太太，您化妆起来真逗人！

朱丽蒂　多谢您的好意。（铃响了）这会我得上楼去歇一会儿。如果那位太太来看房子，你说我很快就来，别让她看出我等她半天了。

女　仆　是，太太。

[朱丽蒂下。

女　仆　（跑向前门）啊！我要是能成为格瑞泰·嘉宝，可有多好啊！谁又敢说我永远不会呢，啊？

[外面传来声响，随即，女仆引盖司顿与琪安妮上。

女　仆　请两位坐一会儿，我上楼去告诉太太。（下）

琪安妮　谢谢。

盖司顿　他们把这个地方叫做花园！什么花园，横竖不过栽着堆草的天井罢了。

琪安妮　盖司顿，房子里面看起来满不错的。

盖司顿　二十五码的棉布窗帘，加点装饰花色……哪儿都碰得见。

琪安妮　别尽说气人的话。你不会等到看过其他房间再说吗？

盖司顿　我为什么不这么说？不必再看厨房了！花园已经是胡吹一顿，客厅还能好到哪里去？

琪安妮　花园跟客厅有什么关系？

盖司顿　怎么没关系？你真能把这耳房叫客厅吗？

琪安妮　说不定还有一间呢？

盖司顿　还有一间有什么用？我说的是这一间。

琪安妮　这一间我们可以布置得别致一点嘛。

盖司顿　别致？做个花园的套间吗？

琪安妮　那做间书房成不成？

盖司顿　书房？亏你想得出！亲爱的，你是不想真看书的吧？

琪安妮　别傻里傻气的。你知道眼下书房都干什么用的？

盖司顿　那倒要请教，我不懂。

琪安妮　就是……哦……眼下书房是……用来聚亲会友的。

盖司顿　聚亲会友又干吗？

琪安妮　你用不到生气，用不到逼我。你说吧，不要咱们就走。

盖司顿　早说过啊。穿马路朝这儿走那会，就说过不要这房子的啊！是你一招眼“别墅”什么就催着看。真是狂热病。

琪安妮　你说狂热病是什么意思？

盖司顿　你们做女人的真怪……总抵不住想偷闻一下别的女人浴室的诱惑，特别是不认识的女人。明摆着的嘛，你想刺探野花比家花香、别家冷霜比自家香的秘密。

琪安妮　唉！冤家啊冤家！咱们到底打算不打算找房子呢？

盖司顿　不找。

琪安妮　不找，你什么意思啊，从此撒手不找了吗？

盖司顿　当然不找。你自己也不过一个月前灵机一动罢了。

琪安妮　可这阵子，咱们只谈房子没有谈别的事啊……

盖司顿　只能说你没谈别的事。我可没专谈房子，你瞧，你自个儿别墅长别墅短的念叨，都把自己说糊涂啦，压根就没留意我说什么来的。你说你一个人在找别墅，这还差不多。……

琪安妮　那好。……不管是我找你找，说为咱们找一座房子总可以吧！……

盖司顿　也不是为咱们，只不过是为你的父亲母亲。你为他们要我买一幢别墅，好养着他们。对不？我全明白。只要你一找到房子，你说会怎么安排？准是我们在别墅里住一个八月份，而你父母得从每年四月住到九月。还不说它，还得把你姐妹的一大堆淘气鬼都带来。话说回来，我也是喜欢你们那一家子，只不过没有像你那么喜欢而已。

琪安妮　那上个星期你东奔西跑地张罗看房子是干什么来着？

盖司顿　那是陪你去看，我甩不开手的苦。

琪安妮　就算。那么……

盖司顿　那么什么？

琪安妮　那么就省得你苦了，咱们一走完事，别买了，也别谈它啦。

盖司顿　说的一点不差！

琪安妮　不过话说明白，咱们争啊争的，就算我真要为父母买一座别墅，那又犯了什么天条了？

盖司顿　亲爱的，我理解你的孝心，为父母买一座别墅。但是也请你理解我，我是不预备掏钱买别墅的。

琪安妮　我当了嫁妆买。

盖司顿　嫁妆？乖乖，咱们早十年八代的花干净了。

琪安妮　但你忘记花了咱们就发财啦。

盖司顿　那不错。我发财了，你可没有发财。别谈了，一句话，反正我不会买它。这不得了？

琪安妮　那咱们早不该踏进屋的。

盖司顿　是啊，在门口我就说这句话。

琪安妮　既然这样，咱们走拉倒。

盖司顿　我打心眼里赞成。

琪安妮　只是那位太太会弄不懂怎么回事儿？

盖司顿　我不管人家说长说短。走啊！（走到门边）

[朱丽蒂上。

朱丽蒂　下午好，夫人，先生。……

琪安妮　您好，夫人。

盖司顿　您好。

朱丽蒂　你坐吧！请坐。（三人坐下）这屋子给你们第一眼印象可好？

琪安妮　很不错。

朱丽蒂　就是，我真信您的话。说起房子，这儿真是叫人高兴的地方。外表是朴素大方，又有它自己的魅力。我敢说一看见你们，我就知道你们准会喜欢。您不见怪的话，我还要说，你们也配得上这房子。照我看来，你们到这儿也有一种宾至如归的舒服感觉吧？我这样说你们也许会奇怪。可不是，像您夫人这样见多识广趣味高雅的人，找称心的房子真不容易啊！（显然在奉承琪安妮）这房子用起来，又真方便：电啦，煤气啦，水啦，电话啦，排水沟啦。浴室设备又漂亮、又周全，屋顶还是去年翻修过的。

琪安妮　啊，亲爱的，那是很重要的，是不是？

盖司顿　为了谁啊？

朱丽蒂　花园不是很大……不很长，不很宽……

盖司顿　但是很高，我说。

朱丽蒂　您不明白我的话。夫人，您这位先生真聪明。像我说的，花园不很大，但是你看，它是给四周围的人家的花园包着的……

盖司顿　原来是没有孩子而爱孩子的要住在学校边的道理！

琪安妮　盖司顿，别尽说笑话了。这位太太说的并不错。夫人，现在请您说明白，得多少钱您才能出让这房子？

朱丽蒂　哦，我说心里话，您瞧，我忽然又不想出让了。

盖司顿　（立起来）那就用不着说什么了。

朱丽蒂　甭着急，我说……

琪安妮　亲爱的，让夫人说下去。

朱丽蒂　多谢。我说别人不想出让。至于你们两位，那又当别论。我布置房子，图的是看上去合心意，是合于自己个人的趣味。您会明白我的意思，住着称心。常见出让房子的不愿让给不识货的庸人。至于你们两位，我打心底里愿意。是这样，我很愿意出让给你们。

盖司顿　这的确是您的好意。

琪安妮　确实是……是……不过，哦，夫人，到底房子要多少钱呢？

朱丽蒂　说出来您都不会相信……

盖司顿　我只相信上帝。说下去……

朱丽蒂　这房子家具齐备，装置周全，那边还挂着签着克罗特画家名字的图画。我不知道这克罗特名字你们听到过没有？

盖司顿　没有。我可从没听到过。

朱丽蒂　我也没有。至于说到价钱。楼上楼下，一共廿五万法郎，我可是赔本买卖，是看在你们分上。别人来再多点钱我也不会出让的。这价钱实在是……

盖司顿　实在是太贵啦。

朱丽蒂　哦，不贵。

盖司顿　哦！太贵，夫人。

朱丽蒂　那好，实在的，我想说我碰到……

盖司顿　碰到意外了是不是？您想得对。

朱丽蒂　您的意思是二十五万太贵了，那您还个价吧，我是最随和的。

盖司顿　说起来，恐怕差得很远呢。

朱丽蒂　还一个价有什么关系？

盖司顿　真是难于出口……我……我……

琪安妮　亲爱的，说一个数吧……即使是为了使我高兴。

盖司顿　那好，我不知道……六万……

琪安妮　啊！

朱丽蒂　啊！

盖司顿　这“啊”一声是什么意思？我敢说不会比我说的多值一点。

朱丽蒂　先生，您再听我说一句，二十万，不能再少了。

盖司顿　夫人，您有权利这么说。

朱丽蒂　我说了，我要二十万是看你们分上，是博爱的精神。

盖司顿　我也是看在您的博爱精神，才让您自己把房子留着的。

朱丽蒂　好。我们之间没有什么可商量的了，先生。

盖司顿　再见，夫人！

琪安妮　亲爱的，在你没有最后决定之前，再待一会儿吧。我想请您陪我上楼去看看。

朱丽蒂　我很乐意。太太，这儿走。先生，这儿……

盖司顿　谢谢，我不……真的，我已经打定主意了，再说，我不喜欢爬楼梯。

朱丽蒂　那您请便吧。（对琪安妮）要我带路吗？

琪安妮　谢谢您的好意，夫人。

［朱丽蒂上楼。

琪安妮　（对丈夫）你实在太讲礼貌了吧？

盖司顿　亲爱的，看在老天爷面上，别为这种芝麻绿豆的事儿吵嘴。你去吧，早点看了那浴室，马上下来。

［琪安妮上楼。

盖司顿　几码长的地要二十万……她大概以为我是个疯子。

［门铃响，女仆引埃尔·司米斯夫人上。

女　仆　太太，您请进。

埃　尔　听我说，我没有工夫，你们干脆点，出让这房子要多少钱？

女　仆　太太，我一点儿也不知道。

埃　尔　唉，干嘛不在牌子上写好价钱呢，你们法国人办事情真叫人不明白。你去报告你家太太，我没工夫。她不马上下来我就走啦。我最不喜欢办件事半路上又给什么事拦住了。（女仆上楼）您大约就是那位太太的先生啦。您好，您会说美国话吗？

盖司顿　会说得很……您是……

埃　尔　那好，干脆，房子要多少钱？

盖司顿　多少……好……噢，先请坐。

埃　尔　我是站着办事的。

盖司顿　是这样吗？

埃　尔　哦！您太太呢？

盖司顿　我的太太？哦！她在楼上。

埃　尔　好，让她在楼上好了。是不是非得问过她才出让房子？

盖司顿　我吗？哪里，太不是这样了。

埃　尔　你这样的人真少见。法国人办件事，非得和十来个人商量不可，听我说，你是不是想出让这房子？

盖司顿　太想了。问我是不是？

埃　尔　那么条件怎么样？我最多呆五分钟。

盖司顿　请无论如何坐三分钟，要说起这房子，是我祖父手里造起来的。

埃　尔　我不问令祖父怎么造的！

盖司顿　我不说这个……但是，我想告诉您……哦……

埃　尔　你听着，我要你说个价钱。

盖司顿　我得从头说清楚……

埃　尔　用不着。

盖司顿　这房子有电，煤气，电话……

埃　尔　我不要听这些。我只问要多少钱？

盖司顿　您总得先看一下……

埃　尔　也用不到……我买了拆了它，在这造一所有凉台的平房。

盖司顿　哦，原来是这样。

埃　尔　对，我要的是这块地。我住在帕乐门附近就合适，我要拍电影。

盖司顿　啊？

埃　尔　您瞧，我是个大明星。

盖司顿　真是这样？

埃　尔　（高兴地）对！您好。要多少钱？

盖司顿　好，让我去商量一下……在这种情况下，又是样样周全，还加上一张不知名画家的小画……那是我祖母的纪念品，我非常想保存它。

埃　尔　呵，欧洲人真是这么爱祖父母吗？

盖司顿　可不是，这是我们传统的美德。

埃　尔　你们可真奇怪，老想着过去的事。我们美国人总是想未来的事。

盖司顿　每个人都爱属于他自己的东西。

埃　尔　你们为什么不学学我们的办法呢？

盖司顿　学是学不来的，模仿你们总不比原来的好。我们和你们太不一样了。你瞧，我们欧洲人到美洲是赚钱去的，你们美洲人到欧洲却是花钱来的。

埃　尔　那其实是一码事。你们应该懂得怎么样做生意。

盖司顿　那不错。我们正在学，从眼前的实际中学。

埃　尔　好了，那么，房子要多少钱呢？

盖司顿　让我算一下……房子么……得三十万法郎……公平买卖谁也不欺侮，都是一个价。就是对您，一个美国人，也不抬一点儿价。

埃　尔　公平对待，你是说要三十万？

盖司顿　“我买你时花了高价，我就更加珍惜。”①

埃　尔　说吧，我问你，怎么个公平对待？

盖司顿　对不起，我刚才念的是莎士比亚写的……我要的是现钱。

---

① 这里英文的高价与珍惜是同一个字：dear。

埃　尔　绕了一大圈才明白你的意思……现钱，喂，是这个即期现钱？跟我来！（从皮包中拿出支票本子）

盖司顿　（胡乱地掏着抽屉）等等。我不知道他们把我的钢笔和墨水都放到什么地方去了……

埃　尔　让我忠告你，你顶好把卖了房子的钱抽一点买一支自来水笔吧。今天什么日子？

盖司顿　二十四号。

埃　尔　你自己回头在支票上签个名。我住在凡顿路瑞芝旅馆。我的律师是……

盖司顿　啊？

埃　尔　就是。

盖司顿　谁？

埃　尔　我的律师是霍先生。他住在坎朋路五号。他会为你办好一切手续。再会。

盖司顿　再会。

埃　尔　你几时搬走？

盖司顿　这……哦……我还说不上来……你说几时就几时好了。

埃　尔　我要明天。我的工程师下星期二就来。再会，我这一下可高兴了。

盖司顿　夫人，我等候您的吩咐，（她下，盖司顿看着手里的支票）事情办得皆大欢喜，真是绝妙的杰作。

［琪安妮和朱丽蒂上。

盖司顿　怎么了？

琪安妮　是的……很好……

朱丽蒂　是很好。我是这么说的。地方并不太大，我说过有两间大卧室，加上一间小的。

盖司顿　不错。这就很不错。

琪安妮　（对盖斯顿）亲爱的，你说得不错，我想这房子不一定合用。夫人，麻烦您了，我们不必再打扰了。

朱丽蒂　哦。没什么。

盖司顿　等一下，等一下。亲爱的，你不是说有两间大卧室，还有一间小的……

朱丽蒂　对呀，还有两间仆人睡的下房。

盖司顿　哦，还有两间下房吗？

朱丽蒂　是的。

盖司顿　那可是太好啦。

琪安妮　你老爱开玩笑。

盖司顿　那浴室是怎样的？

朱丽蒂　东西周全，有一个大澡盆。

盖司顿　哦，真是这样？浴室还有大澡盆？

朱丽蒂　当然。

盖司顿　这才地道，浴室里面有一个洗澡盆。两间大卧室加上一间小卧室，还有两间下房，还有一个花园。这可真是不错。刚才你们一上楼，我就为丈人和丈母娘着想，亲爱的，你瞧，我不是考虑我自己，还考虑你的姐妹，她们的一大堆孩子，亲爱的，最要紧的……我还考虑到我们的晚年……那是迟早总是要到来的。老年人总想呆在一个僻静的乡下地方……（对女主人）您说的是二十万，对不对？

琪安妮　你嘀咕啰嗦些什么啊？

盖司顿　亲爱的，就为的使你高兴称心啊。

朱丽蒂　对。我至少要二十万，而且要付现钱。

盖司顿　行了，就这样说定了，我不再还价了。（取出支票簿）

朱丽蒂　可是有些事情还得商量一下……

盖司顿　不必了，不过，我既然没有还价，又不当做一件买卖，我想求你一件事。是不是？咱们得讲个礼尚往来，好来好去的。你得答应我，把那一张小画送给我。你们上楼的时候，只有它一直陪着我啊。

朱丽蒂　这倒不是值多少钱。

盖司顿　当然不是，是留作纪念，纪念我们的友情。

朱丽蒂　好，就留给您吧。

盖司顿　谢谢，夫人。您给我一张收据，我们的律师会把其他一切手续办好的，请你签个字……今天是二十三号，对吗？

朱丽蒂　不，是二十四。

盖司顿　差个把天大约没什么吧。（朱丽蒂签了收据，还给他支票簿）好极啦。

朱丽蒂　谢谢了，先生。

盖司顿　这是我的名片。夫人，再见。哦，还有件事，请您明天早晨就搬走，行吗？

朱丽蒂　那么急啊，明天。

盖司顿　那就最迟明天晚上吧。

朱丽蒂　也好，我可以来得及收拾，再见，夫人。

琪安妮　再见，夫人。

盖司顿　要是您同意，我现在就带走这美丽的小画啦。（取下画）真是绝妙的纪念品，你看……

朱丽蒂　好，出去的时候我还顺便带两位去看看那花园。（下）

琪安妮　你都干什么啊？

盖司顿　干什么？赚了十万法郎，还有一张克罗特的画。

琪安妮　怎么回事呀？

盖司顿　待会儿我再告诉你。

——幕　落

一桩叫人哭笑不得又心服口服的买卖

——《别墅出让》读解

这是关于买买买的故事，也可以说是一出关于“买——不买——买”的剧作。

房东太太别墅挂牌已一月有余，久售不出，原因大抵一是近年年景欠佳大家手头紧只抛不入，二是房东出价居高不下，半月前曾经来过的几拨客人都谈不拢没成交。这一天房东和女仆又在等约好的客人前来，两人你一言我一语。房东看来随和亲民，引得女仆取笑说她长得逗化妆肯定逗人。因为女仆想请假去拍电影，影片公司要雇一个有真实经历的人演女仆，女仆还一个劲地劝说房东出演烧菜的，因为拍电影的还需要这样一个角色。正当此时，来了一对看房夫妻，妻子鼓动丈夫给自己父母买套别墅，连带把姐妹包括一堆小孩都能接纳过来，而丈夫铁定不肯花这个钱。妻子在房东打的情感牌诱引下，心里有些蠢蠢欲动，连声问询别墅要多少钱才肯出让。房东故意迟迟不说，只挑有利的地方自夸，说到价钱双方出入大得离谱。房东从二十五万降至二十万，而且再不愿意少了。妻子好像是替出价仅六万的丈夫感到难为情，请房东带她再象征性地看看楼上的房间。这时女仆又带来一个演电影的美国大明星。这个女人一出现就一个劲地说自己没功夫，而且在女仆上楼去找房东时，误把看房丈夫当成男房东。美国女明星有钱任性，只管追问要多少钱，而且很干脆。看房丈夫编造房子是祖父经手建造的，还保留着祖母收藏的画家画作纪念品，有意兜圈子把只想待五分钟的美国女人急得只问价钱和掏支票签名，结果一口价三十万成交。问好了日期，定了搬走时间，美国女人真的没有多待就走了。看了一遭的妻子回来证实房子不合用，打起退堂鼓，可是丈夫秒速变脸，他变着法子夸奖别墅的诸多好处，而且以房东早先不能再退让的二十万买下别墅。房东声称要现金，这正好是先前美国女人愿意付给他的。丈夫不忘向房东讨要早些时候提到的那个不知名画家的小画。他要求房东写一张双方交易的收据，而且有意提前写了一天时间，同样要求房东在美国女明星提出的最迟明晚之前搬离。妻子完全懵掉。卖出别墅的房东太太意犹未尽地还要带看房夫妻去看花园，而妻子在埋怨丈夫莫名做的好事，丈夫则在说赚了十万，还得了一张画作。三方言语出入之时，全剧戛然而止，剧终。

全剧可谓跌宕起伏，戏剧性强，最后逆转来得迅捷及时，收尾快速有力，余音绕梁，全剧还有几分诙谐幽默。除这些显性特点外，本文要着重探讨叙事层次、剧作节奏及人物设定等方面技巧。

一是全剧衔接自然清晰，层次感强。前面交代房东太太曾担心售房太快，后来则烦心久售不出。接着看房夫妻走走过场，眼看售出无望，双方处于胶着状态。转折出现得及时而突然，来了一个电影公司大明星，不二价快速高价买下房子。房东太太和看房妻子有些懵圈，剧作落幕收场。剧作可谓从开场就有戏，开篇就入戏，先是主仆调侃，中间引入看房夫妻意见不合，主客相互试探，后面新出现买家误认房主，将错就错，而后戏剧性收结，先拒后受的看房丈夫快速买房，从中获利，这个结前文扣得好，这时却又应得巧，观众能够明白就里。结尾快速利落，留下满腹疑团的看房妻子和房东太太，戛然而止收场。全剧巧妙地完成了一个逆转，把时间差用得十分得体。剧作巧妙利用舞台人物的上下场来完成剧情的延伸扭转和转折，扣人心弦，使人物产生错愕，形成一出旁逸斜出的好戏。剧情清晰，完整，有头有尾，要言不烦，集中明确，直抵事情本质，没有生硬绕弯子或兜圈子。

二是起承转合颇有章法，富于节奏感。剧作优容婉转，跌宕起伏，错落有致，不着痕迹，剧情勾连和台词串接巧妙，回旋余地开敞有余裕，十分紧凑，节奏感掌控得相当得体高明。全剧虽短，但来有因，去有果，起落交错，进退有序，煞是紧凑跌宕，既出乎意料，又在情理之中。剧作节奏明快，开场入戏没有任何寒暄，不加铺垫，不用交代，没有过渡，直接入题，话一出口就在表露事态，情节与情景跃然纸上，明晰明白明确，很节省，实用。开篇一上来，就是女仆追问伴随不时怼一下女房主。女仆的性格纤毫毕现，房主的心情心态也一目了然。女仆性格泼辣，底层人直来直去的性情，毫不在乎，没有那么多弯弯绕；房主明显素质较高，不与女仆一般见识，也不是会计较的人。既节省篇幅，而且人物性格呼之欲出，开篇入戏就是精彩的。对话间，女房主的想要卖房而又担心因自己的出价过低太快脱手是怕吃亏的矛盾心理的真实揭示。待到房子一个月了迟迟不能卖出，却又心烦而着急起来，似乎要减价抛售了。可是真有人要来看房时，她又故意要装得一点不在乎。人家没有买的意思时，她却又设法诱引人家，生怕仅有的客人又失之交臂。明明想要早日售出好卖多赚，可是嘴上还装得满不在乎，真是一副心事重重却又装作满不在乎的卖房人的真实心迹的实录啊！不仅开头主仆你傻我聪明你躁我不急的错落设计有变化，也不仅是看房夫妻与女房主的斗智的起伏交迭。其实全剧都是忽急忽慢、忽起忽落，眼看落空却又起死回生、柳暗花明。当我们看到买房夫妻分歧太多、房主与看房者差价太大，以为买卖就要落空时，新来的美国明星恰逢其时，看房先生竟把一个买卖做得风生水起，后续多角交错的碰撞再次把剧作推向新的最高的高潮。

三是对人物性情的把握玩味相当纯熟深入。首先是人物心理描绘和个性塑造的成功，特别是别墅女主人的精心打造简直无敌了。房东太太甫一出场就给人精明能耐的印象。她能在前面低价买进别墅现在想高价抛出，这种魄力和料事处事能力不是一般人能拥有并可以做到的，而且她在看房夫妻面前欲擒故纵地兜售，看准看房妻子的心思，避开看房先生的冷静，带着几分狡黠策略。她只想别人犯傻不让自己做错，原先卖房时以为自己房子抢手早售出是傻瓜，一月有余还卖不出去才有点着急了并说现在谁买进才傻呢。她常常心口不一，说要贱卖吧，其实还是不肯轻易减价，还想要多赚几倍的出售价。明明心急火燎的，可是看房人一来，却又故意上楼假装着要歇息一番，还提醒女仆不要让看房人得知，假装漫不经心。本来就急不可耐地要卖房，可是对看房夫妻却又故意迟迟不肯说出价格，吊看房妻子的胃口，假装十分淡定。还有，她表面对女仆说早就不在乎这房子了，因为已经挂牌一个月了，但实际上她才在乎呢，是心里假装不着急，只能骗骗像女仆那样粗线条的简单的人而已。她对女仆一再推荐她去演一个烧菜的拒绝得既有分寸又不失礼节。她先是表示劳你费心啦，接着是感谢女仆的好意和明确告知还没到这一步；女仆还在一个劲地拿那些抢着赚便宜钱去客串电影路人的邻居来与她相比紧逼一步邀请，房东只得说再考虑一下。女仆竟然还是没有听出房东的婉拒之意，她只得借故上楼歇息，另一方面也是有意躲避看房人，不让人看出她焦急抛售，以退为进。房东太太颇费心机，别墅出让总算赚到意愿的价钱。可是回顾那位不经意来看房的先生，恰是技高一筹。看他不费吹灰之力就稳赚 10 万法郎，对房东太太形成不大不小的讽刺。其次，本剧戏剧性强与人设的成功、戏剧情景的共情不无关系。剧中人设精准合适，出色到位，人物之间性格分明，彼此之间或者互补或者对应，或者彼此形成对立对比的两极，很有戏看。比如女仆和房主。女仆简单直率，直来直去，咋咋呼呼的，没心没肺，偏偏还笑话房东长得挺逗的，尽管是善意的，是她自己才是长得逗的人化妆逗的人吧？这是一个在剧中负责搞笑的有点不自知的闹笑料的人。看房夫妻也是迥然有别，丈夫不想找房看房不肯花这个钱，妻子叨叨看房只想为父母买套别墅；妻子容易情感软弱，担心房东多想，所以容易被房东打的情感牌俘虏；丈夫理智冷静不为所动，后来妻子看完楼上的房间觉得确实如丈夫所料不合用，但丈夫决意要买房了，因为他被误当作男房东已赚到后来的女明星十万。美国女明星想买下别墅拆掉重盖平房，认为欧洲人只重视传统不像美国人着眼未来，而看房的丈夫则认为欧洲人到美洲是去赚钱的，而美洲人到欧洲却是来花钱的。双方也是很不一致，截然分明。

本剧人物略显特殊，他们除了基本性格都比较鲜明外，似乎还都具有功能性作用，每个人似乎都发挥着该发挥的作用，都只是在自己的部分或功能中起作用而已，但又都不占据核心位置，都不是绝对的主角或核心人物，彼此只是相互映衬，相互协调发挥作用罢了。他们似乎都是作品中不可或缺的人物，但都彼此互相牵制，或者互相作用，有时还你方唱罢我登台，没有绝对主角，也难以简单视为配角。不是主次关系，而是共谋关系，共同联合打造的关系，或者说是群像人物图谱。

另外，剧作中对比用得又多又出色，尤其体现在人物性格、心态上加以映衬，特别是很多人物被置于相对的两极。如女仆与房东这对主仆：一个心眼多，一个大大咧咧没心没肺；一个嘴上说的和心里想的颇不一致，一个直来直去咋咋呼呼；一个心细不在意会包容人，一个嘴快伤人于无知。女仆敦厚老实，她轻信房东说日子不易，就信以为真要介绍她也去拍片演一个烧菜的。她哪知房东是嘴上一套心里一套，想便宜卖出却希望多倍售出赚差价，口头上早不在乎这房子，其实挖空心思想方设法要套住客人把房子高价卖出去，着实是个有心计心机的商人，颇有几分狡黠和城府。再如面对看房的妻子与丈夫这对夫妻，房东不仅在女仆面前善于伪装，虚与委蛇，而且在看房人面前以退为进，善于斡旋，诱敌深入。虽然最后卖出房子不是因为她的计策得计，而是男房客意外获利而改变主意，但还是让人不能不佩服这个房东真是一个很有经济头脑的炒房者。她肯定偷听到看房夫妻的言语，而且故意等到他们不满意房子放弃买房时才上场的；可见她早在一旁偷听到一切，瞧准时机才上场的。而且她很会揣摩客人心意，她先说客人会喜欢自己的房子，然后说他们配得上自己的房子，又顺便奉承对房子印象好的看房妻子，接着还不忘火上浇油，夸一夸自己房子的好处。自我吹嘘一通显然产生效果，本来就想为父母买套别墅的看房妻子饶有兴趣地追问价钱，可是房东却又假装不想出让了，这是故意诱引对方吊她的胃口，写得真是妙啊，而且使得兜售的过程一波三折，起落有致。看房丈夫听房东这么一说，本来就没想要买，干脆利落地回击那就不用说了。房东及时地又扳回来，说她不愿出让的是别人，至于你们是识货的人，当然很愿意出让。看房丈夫想堵住房东的嘴，可是妻子已经上钩了，还在追问。看房夫妻，一个想窥视他人，一个只是敷衍妻子走过场看看；一个想给父母买别墅，一个压根就不肯掏钱无意付出；一个没有多少心眼，一个信手就完成交易。再看房东一个月前与一个月后的前后心态对比，常态的狡黠心计与随意随口的掩饰与搪塞的不同情境下的对比，之前房东是惋惜房子，担心售价太低，后面已是无心恋家意兴阑珊。又如美国的购房人与欧洲看房人这对欧美客户。欧洲人看房走走过场，美国人二话不说，上来就是买房，当场签约写支票，速战速决。所有这许多对比映衬，都是相当奇妙、细致入微。

好的剧作，创意无限。有时通过悬念，有时通过人物的交错出入，引发许多意想不到的情景或结局：要给人探险一般的奇崛，要予人平淡之中的异常。而所有这些奇异、意外，往往是对剧作家智慧、创造力的现场报应。

月亮上升的时候

【爱尔兰】格莱葛瑞夫人　著　俞大缜　译

人　物

巡　官

警察甲

警察乙

一个衣衫褴褛的男人

[一个海港市镇的码头边上。这儿有几根柱子和链索，还有一个圆的大木桶。在月光下面，三个警察上场。三人中，巡官年纪最大。他横穿过舞台，走到台右，向台阶下面望着。两个警察把一罐浆糊放下，又把一卷印好的布告打开。

警察甲　我想在这儿贴上一张布告倒不错。（指着木桶）

警察乙　最好问问他。（向巡官叫着）这儿贴上一张布告，行吗？（没有回答）

警察甲　我们把布告贴在这个木桶上面，怎么样？（没有回答）

巡　官　下了这几层台阶，就到河边上了。这个地方我们得多加小心。假使他从这儿下去，他的朋友也许会用船来接他。他们可能会派一只船到这儿来。

警察甲　在这个木桶上面贴一张布告，成吗？

巡　官　你就贴上一张好了。（他们把布告贴上）

巡　官　（念布告）“……深颜色的头发，深颜色的眼睛，脸上光光的，身高五尺……”就这几句话里面，看不出什么道理来。真可惜他从牢里面逃出去以前，我没有机会看见他。他们都说，他非常了不起；他们整个组织的一切计划，都是他想出来的。像他这样越狱的情形，爱尔兰还没有过。看守当中一定有些人和他很好。

警察甲　政府为他悬赏一百镑，实在不算太多。你看好了，警察当中要是有人逮住了他，准要升级的。

巡　官　我亲自来守这个地方。我想他很可能会上这儿来。他也许会从那儿溜过去，（指着码头边上）他的朋友也许就在那儿等着他。（指着台阶下面）他要是逃走了，那我们再想有机会找到他，就难了。他也许会躲在一只渔船上，藏在一堆海草下面。一个成了家的人想得这笔赏钱，又没有人帮他的忙。

警察乙　假使我们真把他逮捕了，除了挨老百姓的痛骂以外，我们什么都得不到。也许我们自己的亲戚都要痛骂我们一顿的。

巡　官　呃，当了警察，就得尽警察的责任。要保卫法律，维持治安，整个国家不都仗着我们吗？要不是仗着我们，那下层阶级的人，都要爬上来了，上层阶级的也要被压下去了。好吧，快一点吧，你们还要到好几个地方去贴布告哩！完了事再上我这儿来。你们可以把灯笼带了去。别耽搁太久了。这儿就只有月光和我做伴，怪寂寞的。

警察甲　可惜我们不能待在这儿陪陪你。他在牢里面，又正赶着巡回裁判的时候，政府就应该多派几个警察到这个市镇里面来的。好吧，那就祝你走好运！

巡　官（来回地走了两趟，又看看布告）的确可以得一百镑，并且还准可以升级。有了一百镑，就很够花一下。一个挺诚实的人不能得到这笔赏钱，也真够惨的了。

［一个衣服褴褛的男人在左边出现，想溜过去。巡官突然转过身来。

巡　官　你上哪儿去？

男　人　我是一个穷人，唱民歌的。巡官，我想卖几张（亮出手上的一卷歌纸）给那些水手。（向前走）

巡　官　站住！我没有告诉你说，要你站住吗？你不许往那边走。

男　人　唔，好吧，穷人的日子真是够受的呀！所有的人都跟穷人作对！

巡　官　你是谁？！

男　人　我说出来，你就会知道了，可是我并不在乎。我叫吉美·华尔西。我是唱民歌的。

巡　官　吉美·华尔西？我不知道这个名字。

男　人　啊，哀尼斯的人对这个名字都很熟悉。您到过哀尼斯没有，巡官？

巡　官　你上这儿来干吗的？

男　人　唔，我是趁你们巡回裁判的时候赶来的，想沿街卖唱挣几个先令。我是跟那些推事们一趟火车来的。

巡　官　好吧，既然你是这么老远来的，你还不如再走远一点，因为你得离开这个地方。

男　人　我走，我走，我就上我刚才正要去的那个地方去。（向台阶走去）

巡　官　回来，别上台阶那儿去。今天晚上任何人都不许下那个台阶。

男　人　我就只坐在台阶最上面那一层，看看有没有水手要买民歌。卖了，我就有钱吃晚饭了。时候都不早了，他们还没有回来。在柯克那个地方我常看见一辆手推的车，把他们送到码头上去。

巡　官　我告诉你，你走吧。今天晚上我不许任何人在这个码头上逗留。

男　人　好吧，我走好了。穷人真是苦呀！巡官，也许您自己也愿意要一张吧。这儿有一张好的。（把一张翻过来）《知足吧，抽一袋烟》——这个没有什么意思。《警察和山羊》——您不会欢喜这个的。《约翰·哈特》——这个歌好极了！

巡　官　你走吧！

男　人　喂，别忙，您先听听。（唱）

有一个富农的女儿住在箩丝镇附近，
她对高原兵约翰·哈特表示了钟情，
母亲对女儿说："你一定会叫我气出了精神病，
如果你嫁给那个穿高原裙子的高原兵。"

巡　官　别嚷了！（男人把歌纸包起，一步一拖地向着台阶走去）

巡　官　你上哪儿去？

男　人　您不是叫我走吗？我这就走。

巡　官　别这么糊涂了。我没有叫你上那边去，我叫你回到市镇里面去。

男　人　叫我回到市镇里面去，是吗？

巡　官　（抓住他的肩膀，把他向前推）你该往这边去。你滚开吧。你还待在这儿干吗？

男　人　（早已在看着布告，此刻又指着）巡官，我想我知道您在等什么。

巡　官　这和你有什么相干？

男　人　我很知道您等的这个人，因为……我很知道他……我要走了。（又一步一拖地朝前走）

巡　官　你认识他吗？回来！他是什么样的人？

男　人　要我回来，是吗，巡官？您是不是要把我这条命送掉？

巡　官　你为什么说这个话？

男　人　没有什么，我走吧。就是赏钱再多十倍，我也不干您这个事儿。（由台左下）十倍的赏钱，我也不干。

巡　官　（在他后面飞奔追去）回到这儿来！回来！（把他拖回来）

他是什么样的人？你在哪儿看见过他？

男　人　我在我们家乡，克莱州，看见他的。我告诉你，你不会乐意和他见面的。和他同在一个地方，你就会害怕。没有一种武器他不会使。要说气力吧，他的肌肉就跟这木板一样硬。（拍着木桶）

巡　官　他有这么样厉害吗？

男　人　有。

巡　官　是真的吗？

男　人　我们那儿有一个从巴列维来的巡官，真可怜！……他只拿一块石头就把他干了。

巡　官　我从来没有听见过。

男　人　你也不会听见的，巡官。报纸上并不把每一件发生过的事都登出来。还有一个便衣警察也是这样。他是在莱蒙瑞……这件事是发生在基码洛克警察营遭到攻击之后……有月亮，正像这样……在水边上……实在的情况，我也不知道。

巡　官　是真的吗？那同他在一个州里，就很可怕啦！

男　人　的确是可怕！你也许站在那儿，看着那边，以为你可以看他从码头这一边上来，他也许就从那边上来，在你还没有拿稳你该怎么样应付他的时候，他已经来对付你了。

巡　官　要截住像他这样的一个人，那他们就该派大批的警察到这儿来。

男　人　你要是乐意让我待在这儿陪你，我就可以看着这一边。我可以坐在木桶上。

巡　官　你看到他，就可以把他认出吗？

男　人　就是隔一里路，我都认得出来，巡官。

巡　官　你不会要分我的赏钱吧？

男　人　像我这样一个走江湖卖唱的穷人，能背上做眼线拿赏金的恶名声吗？可是你并不欢迎我。我还是到市镇里面去吧，那边安全一点。

巡　官　那你就待在这儿好了。

男　人（爬上木桶）好吧，巡官。我奇怪，巡官，您老是这样走来走去，不累得很吗？

巡　官　我也习惯了。

男　人　今天晚上您也许还要担任很艰苦的工作哩。能够轻松，就轻松一点吧。木桶上面有的是地方，你坐高一点，就可以看到更远一点。

巡　官　也许是这样。（爬上木桶，靠近他，面朝右。他们背对背坐着，各看一边）听你这样说话，使我觉得有一点奇怪……

男　人　巡官，给我一根火柴吧。（巡官把火柴递给他，他点着烟斗里面的烟丝）您也抽一口，好吗？抽抽烟可以使您神经安定。等着，我来给您点个火。您用不着把头转过来。您要老盯着码头上看着。不管怎么样，千万别向旁的地方看。

巡　官　你别担心，我不会的。（点着烟。两人都抽着）当警察真是一件苦事，夜里也得出来，冒着危险，也得不到一个"谢"字。从老百姓身上，什么也得不到，有的常常是一顿臭骂。我们就只有服从命令的份儿，什么选择的自由都没有。要是被派出去干危险的事，也从来没有人问过：你是不是结过婚？有没有老婆和儿女？

男　人　（唱）

我穿过山谷去眺望一个个小山和长着酢浆草的平原，
我在大自然的微笑里，站住一会儿，看看溪流和山岩。
在一个肥沃的山谷里，我一眼盯住了一个美丽的妇人，
她在唱歌，唱的是：可怜的老格兰纽爱尔①的冤情。

巡　官　别唱了。这个歌不是这个年头唱的。

男　人　嗳，巡官，我不过是唱唱来壮壮我的胆罢了。我一想起他，我就害怕。你想我们俩坐在这儿，他也许从码头那边偷偷地上来，溜到这儿来揍我们。

巡　官　你是不是在注意地看着？

男　人　是呀，并且不要报酬。我岂不是一个大傻瓜？可是我一看见别人有困难，我总是禁不住要想办法去救他。怎么回事？是不是有什么东西打了我一下？（摸摸后背心）

巡　官　（拍拍他的肩膀）你会在天堂里面得到报酬的。

男　人　我知道，我知道，巡官，可是生命是宝贵的。

巡　官　好吧，要是唱唱歌就能增加你的勇气，那你就唱吧。

男　人　（唱）

---

① 格兰纽爱尔，就是爱尔兰。——译者

她的头光着，她的双手双脚都锁着铁链，

她那凄凉的曲调，悲哀的哭诉，和晚风化成了一片，

她用悲惨的调子歌唱着，我是老格兰纽爱尔。

她的嘴唇多么美，帝王们心醉……

巡　官　不对……“她的宽长的衣服上面凝着血块”……是这样的，你把这一行漏了。

男　人　你说对了，巡官，是这样的，我把它漏了。（重复念这一行）真是想不到，像您这样的人，也知道这类的歌。

巡　官　一个人可能知道很多事情，可是那些事情他不一定想干。

男　人　巡官，我敢说您在年轻的时候，您也常常坐在墙上，像今天坐在这个木桶上一样，一群男孩坐在你旁边，大伙唱《格兰纽爱尔》?

巡　官　我这么干过。

男　人　也唱《可怜的老妇人》吧?

巡　官　我也唱过。

男　人　还有《斗篷上的绿色》。

巡　官　我们也唱这个歌的。

男　人　也许你今天晚上等的这个人，年轻的时候也坐在墙上，唱同样的歌。这个世界真是一个奇怪的世界。

巡　官　不要说话了！我好像看见有一个东西冲我们这边来了……是一条狗。

男　人　世界上的事，可不真是奇怪啊！也许你今天或者明天要

逮捕、送法院的那个，就是过去和你在一块儿唱歌的那些男孩里面的一个。

巡　官　这是实话。

男　人　也许有一天晚上，在你们唱完歌以后，其他的男孩告诉你，他们有一个计划，这个计划就是要解放这个国家，你那个时候可能就加入了他们的队伍……那也许今天被逮捕的就是你。

巡　官　哼，谁敢肯定地说我不会那样？我那个时候劲头可大着呐！

男　人　这个世界真是奇怪，巡官。任何一个母亲看见她的小孩在地上爬的时候，怎么能知道他将来这一辈子的遭遇，或者到后来他会成为怎样一个人物。

巡　官　这种思想很奇怪，可是实际情况是这样的。别忙，让我来想想看……假使不是因为我有这种意识，假使不是因为我有老婆，有家，假使当时我没有加入警察的队伍，那么此刻可能是我从牢里面逃出来；藏在黑角落里面的人，此刻倒坐在我现在坐的这个木桶上面。也许我现在正偷偷地想从他这儿逃走，也许他是守法的，我是犯法的，我也许想一枪打中他的脑袋。我也许拿一块石头，干你说的他干的那种事……不，我自己干……喔！（因惊惶而感到喘气困难。稍停）那是什么？（抓住男人的胳膊）

男　人　（从木桶上跳下来，听着，望着水上）没有什么，巡官。

巡　官　我还以为是一只船。我想他的朋友们可能会坐一只船到码头这儿来。

男　人　巡官，我正在想，您年轻的时候，是站在人民这边的，而不是站在法律那边的。

巡　官　嗯，如果我曾经一度糊涂过，那个时候已经过去了。

男　人　巡官，您虽然穿着警察制服，系着腰带，您的脑子里面也许有过这种思想：还不如跟着格兰纽爱尔走哩。

巡　官　我怎么想法，和你不相干。

男　人　巡官，也许您还是会向着国家这一边的。

巡　官　（从木桶上跳下来）你不要和我说这类的话。我有我的责任，我也知道我的责任是什么。（转过身看）有一只船来了，我听见桨的声音。（走到台阶，朝下看）

男　人　（唱）

那么，告诉我，肖·俄法瑞，
我们在哪儿集合？
就在你和我都熟悉的老地方，
河边上那个角落。
……

巡　官　别唱了！我叫你，别唱了！

男　人　（更大声地唱）

还有一点，作为信号，
要吹起我们的进行歌曲，

把长枪扛在肩上，

在月亮上升的时候。

巡　官　你如果再唱下去，我就把你抓起来。

［下面也吹着这个调子来回答他。

巡　官　这是一个信号。（站在男人和台阶当中）你不许从这儿过去，向后退远一点……你是谁？你不是唱民歌的。

男　人　你用不着问我是谁。那张布告会告诉你的。（指着布告）

巡　官　你就是我想要逮捕的人吗？

男　人　（摘下帽子和假发。巡官把他逮住）我就是他。逮住我有一百镑的赏格。我有一个朋友在下面那只船里面，他可以把我带到一个安全的地点。

巡　官　（还是望着帽子和假发）真是可惜，可惜！你骗了我了。你真会骗我。

男　人　我是格兰纽爱尔的朋友。逮住我就可以拿到一百镑。

巡　官　真是可惜！真是可惜！

男　人　你让不让我过去？我是不是还得强迫你？

巡　官　我是当警察的。我决不让你过去。

男　人　我以为只要用我的舌头就可以行得通。（把手放到胸口衣襟里面去）谁来了？

［传来警察乙的声音：“这儿就是我们和他分手的地方。”

巡　官　我的同事们来了……

男　人　你不会把我出卖……我是格兰纽爱尔的朋友。（溜到木桶后面）

[警察甲的声音:“那是最后一张布告了。”

警察乙　(同警察甲上)他如果逃走了，人家都会知道的。

[巡官把帽子和假发藏在背后。

警察甲　有人上这儿来过没有?

巡　官　(稍停)没有。

警察甲　一个人都没有吗?

巡　官　一个人都没有。

警察甲　还没有命令下来叫我们回站去哩。我们可以待在这儿陪陪你。

巡　官　我不要你们待在这儿。这儿没你们可以干的事。

警察甲　你叫我们回来和你一块儿看着的嘛。

巡　官　我还是宁可一个人待在这儿。你们这样絮絮叨叨的，人家还肯上这儿来吗?这个地方最好是静一点。

警察甲　好吧，那灯笼我们留下给你。(把灯笼递过去)

巡　官　我不要灯笼，你们拿去吧!

警察甲　你也许用得着。云都起来了，你还要守漆黑的一夜哩。我把它放在木桶上面吧。(向木桶走去)

巡　官　我告诉你，把它拿去吧。别再唠叨了。

警察甲　呵，我还以为有了灯笼，你就可以得到一点安慰哩。我常常这么想:手里面要是提着一盏灯笼，向这儿晃晃，那儿晃晃，每个黑角落都可以照到，(边说边晃)就好像在自己家里面坐在火炉旁边，看着木头上面一些小火光，一会儿着起来，一会儿灭下去一样。(把灯笼晃来晃去，烛光一会儿照射在木桶上，一会儿又照着巡官)

巡　官　（发脾气）你们俩把灯笼拿走吧！

［二人下。男人从木桶后面出来。他和巡官都站着，彼此对望。

巡　官　你还等什么？

男　人　当然，我得要我的帽子和假发。您不会想让我冻死吧。

［巡官把帽子和假发递给他。

男　人　（向台阶走）那就祝你晚安，同志，并且谢谢你。今天晚上你帮了我的大忙，我感谢你。也许将来我也会同样地帮你的忙，就是在穷人翻身，高高在上的人们摔下来的时候……就是月亮上升的时候，我们都要换换位置的那一天。（向巡官挥手，下）

巡　官　（背对着观众，念布告）一百镑的赏格！一百镑！（面对观众）此刻我自己都纳闷，我是不是像我所想象的那么一个大傻瓜！

——幕　落

你曾经是我们当中的一员

——《月亮上升的时候》读解

这是一个“变不可能为可能”的故事。讲的是一名逃犯要从巡警的眼皮底下逃走。这个设定本身可充满各种丰富的想象。是什么要塞？有没有重兵把守？会全面戒备吧？防务是否密不透风？会试图展示在光天化日之下的逃之夭夭，显出传奇性，还是趁着夜色，避实就虚，终于脱离险境，展示通常困境下的脱逃？不管是怎样的逃跑路径，不论是怎样构思双方的斗智斗勇，重要的是得发挥话剧的本质功能——依靠语言来表达情感和引导观众关注并产生浓厚兴趣。

本剧充分依靠语言的力量取得不凡的效果。起初是两名警察出来张贴批捕告示，然后主要人物巡官出现了。巡官是这个剧中最重要的角色，对他的心理刻画和诉求交代得越是完整，后面情节发展的可信性越高。看来巡官的生活有些压力，有家庭需要供养，长年没有升迁，做梦也希望有天上掉下来的馅饼，渴望赏金和升职成为他人生的奋斗目标。如此说来，要是碰到逃犯撞到他，那是笃定难以逃脱的。而且这位巡官是个忠于职守的人，对自己的警察职责认真的程度绝不是虚假的。“不可能变可能”的故事，精彩在于把“不可能”构筑得相当扎实，后面的“可能”才会有好戏，才会有震撼力、可信度和合理性。

本剧充分地把逃犯逃跑的可能性设置成很高的难度。逃犯企图转移巡官的注意力，其实是无效的，想借故逃走，也是徒劳的。直到剧中用歌声来打动巡官，但是当巡官醒悟过来时，也还是企图拦阻。剧作在歌声的深入启发下，显示巡官经过了思想的挣扎，在关键时刻才网开一面，使得逃犯顺利离开。本剧最终，逃犯从要塞中明目张胆地逃走，不费一兵一卒离开了险境，但并不是不费吹灰之力，剧作相当可信地表现了巡官从固守到软化的全过程，通过语言的智慧和力量解决了“不可能”到“可能”。巡官放走了千方百计要逮住的逃犯，而且是帮他逃走了。剧作的这样处理，与虎谋皮，显示了剧作家艺高人胆大。

特别要指出的是本剧的几段唱词，在剧中发挥了奇特而重要的作用。由一个神秘男子演唱的这几段歌词，不仅给剧作带来了节奏感，而且在剧中发挥了神奇的转化功效。先说节奏感吧，本来是巡官对陌生的闯入者的盘问，可能剑拔弩张，可能针锋相对，但剧作不采取这种简单的外在的处理方式，而是让两人之间的盘问和对答用歌唱歌词间隔地分布，缓和了矛盾对立的简单化方式，使得两人之间的对白变得松紧得当、缓急有序。而且用这几段歌唱把两人之间可能单一的对话硬是展开得丰富多样了。接着探讨更重要的歌唱奇效。我们读到，巡官与神秘男子之间逐渐地在歌声唱词之间发生了特殊的变化。神秘男子先唱《约翰·哈特》，表达的是富家女（富农女儿）钟情高原兵这样打破阶级壁垒的主旨，没有获得巡官的回应。继而演唱歌颂一个坚毅悲怆女性的曲目《格兰纽爱尔》，触及了巡官年少时的情怀，看来巡官人性之光未泯。神秘人又报出一串歌名，没想到巡官年轻时也都一一唱过。这样的内心共鸣，引出了神秘男子说出的一句话，也许巡官今晚等待抓捕的“这个人”也唱过同样的歌呢。这种情感的呼应共鸣已经置换了他们之间警察与逃犯的对立关系，既化解了矛盾，同时也引以为同一阵营的人了。真是妙啊，在不经意之间，人物的发展方向出现了一个看不见的无形的重组和凝聚，而剧情的发展也悄然地完成了逆转。逃犯成功地逆袭，使得他与巡官两者成为统一战线的人了。从唱歌中居然找到共鸣，这个设置非常好，因为歌声能够触及心灵，能够展示人物内心的人性光彩。就是在神秘男子的歌唱中巡官居然能够指出他唱漏掉了歌词，并且初步流露出心声：“一个人可能知道很多事情，可是那些事情他不一定想干。”他不一定想干什么事情呢？他虽然希望能够抓捕逃犯，获得1百英镑的赏金和说不定可以提升职位，但是内心真实是“他不一定想干”这种只会被老百姓埋怨不被民众理解和宽宥的事情。歌声拉近了陌生男子与巡官的距离。男人告诉巡官也许被抓捕的人正是站在人民这边的要解放这个国家的一员；巡官不自觉地对号入座地引申出如果自己不是养家糊口是不会加入警察而可能也成为解放国家的队伍的人，那时也许从牢里逃出来的人变成是他自己；想到这里他也恨不得像逃犯那样拿起石头砸向追捕他的巡官。想到这些，巡官真的有些莫测的心惊了，他突然感到惊惶而气喘。到这里，巡官与人民为敌的可能性已经成为零，因为他的内心本来就是偏向劳苦大众的人民一方的，他年轻的时候也是站在人民这一边而不是为遏制扼杀人民大众的旧国家的法律法院的那边。

沿着他内心出现的空隙，接下来神秘男子的逃亡其实已经埋下伏笔，但剧作者也没有简单轻易地减少戏剧的力度，没有随意消解蓄积起来的戏剧结构张力。剧作接着出现陌生男人又一次的歌唱。这回是岸上与江船通过唱词对上暗号，而且男子更加堂而皇之的大声唱响。这时“在月亮上升的时候”成为暗号中响彻夜空的号角一般的话语。男子卸下伪装，巡官意识到这个陌生男子正是他今晚升官发财想要抓捕的那个逃犯。巡官没有轻易放过罪犯，警察的职责使他幡然醒悟，说明他的内心并没有简单地被迷惑。

矛盾的最终解决是，警察甲和乙的到来。通过对话我们看到巡官到此才发生彻底的转变。他先是否定了码头曾来过人，继而拒绝了让他们陪同的初衷，然后是断然地驱赶他们远离逃犯正藏身的危险的处境。巡官清除了障碍后，连忙为男人送行。男人预言在某个月亮上升的时候，穷人翻身，高官摔落下来。巡官自己的思想斗争虽然尚有余绪，带着自嘲的语气，但是情感上他是放松的，精神上他是愉悦的。

好作品把转变做得十分自然，合乎常理天理，这是相当有难度的表现。把不可能变为可能，这是很考验剧作家的。本剧顺利完成了多次转变，匠心独具。这是艺术创意的完美体现。

盲　人

【比利时】梅特林克　著　管震湖 李胥森　译

人　物

教　士

三个生来眼瞎的盲人　三个正在祈祷的盲妇

年岁最大的盲老头　　年岁最大的盲老妪

第五个盲人　　　　　盲姑娘

第六个盲人　　　　　疯盲妇

［北方一座古老的森林，在繁星点点的深邃夜空下显得永恒无尽。无边无际的黑夜。台中央坐着一位老态龙钟的教士，身上裹着宽大的黑外套，上身和脑袋微微仰着。他不声不响，一动不动，靠在一棵有很多空洞的橡树树干上，脸色铁青，像涂了一层永不褪色的蜡，两片青紫的嘴唇微微张着，眼睛默然、呆滞，再也不能观看永恒世界的可见景象了。这双眼睛，由于无穷无尽、悠久而无法追忆的痛苦和眼泪，布满了血丝。他头发斑白，一绺绺硬邦邦稀疏地耷拉在脸上，使他的脸面增添了几丝

白色，映出了那疲惫不堪的神色，比起森林周围那连一丝声响都能听见的死一般的寂静来，显得更苍白，更疲惫。他瘦骨嶙峋的双手僵硬地搭在大腿上。他右边的石头上、树桩上和枯叶上，坐着六个盲老头。左边有六个妇人，也是盲人，面对着盲老头坐着。盲妇和盲老头中间隔着一棵连根掀倒的大树和几块大岩石。盲妇中有三个正在祈祷，不断地发出低沉的哀号。另外一个已经很老很老。第五个，神情痴呆，一声不吭，膝头上躺着个睡着了的小孩。第六个，长得特别年轻，头发又长又密，披在她全身。他们（包括那些老头）都穿着一式的宽大衣服。这些人大部分都在等待，两手捂脸，胳臂肘支在膝盖上，一个个似乎都失去了无谓动作的习惯，听到海岛那边传来沉闷不安的嘈杂声，连头也懒得转过去看一看。像坟墓上的石柱那样的参天大树、紫杉、垂柳、柏树的树影，严严实实地覆盖在这些盲人的头上。离教士不远，一簇长长的阿福花正在黑夜里病态地开放。森林里异乎寻常地黑暗，虽然月光一会儿在这里，一会儿在那里，挣扎着，要暂时驱除一簇簇树叶的阴影。]

第一个生来眼瞎的盲人（下简称盲人甲）他还没有回来吗?

第二个生来眼瞎的盲人（下简称盲人乙）你把我吵醒了!

第三个生来眼瞎的盲人（下简称盲人丙）我也睡着了呢。

盲人甲 他还没有回来吗?

盲人乙 我没听见有谁往这儿来。

盲人丙　该回收容所了。

盲人甲　得先知道咱们现在在哪儿呀。

盲人乙　他走后，天就冷起来了。

年岁最大的盲老头　有谁知道咱们现在在哪儿吗？

年岁最大的盲老妪　咱们走了很久很久，怕离收容所很远了吧。

盲人甲　啊！老太太们就在咱们面前吗？

年岁最大的盲老妪　我们坐在你们对面呢。

盲人甲　等等！我到你们身边去（他站起来摸索着往前走）。你们在哪儿？说话呀？好让我知道你们在哪儿！

年岁最大的盲老妪　在这儿呢，就坐在石头上。

盲人甲　（往前走，撞到树干和岩石上）咱们中间像是隔着什么东西……

盲人乙　还是待在原地不动的好！

盲人丙　你们坐在哪儿？请到我们这边来吧。

年岁最大的盲妪　我们不敢站起来！

盲人丙　他干吗把咱们分开？

盲人甲　我听见老太太们身边有人祈祷。

盲人乙　是的，有三个老婆婆在祷告。

盲人甲　这可不是做祷告的时候！

盲人乙　待会儿回宿舍再祈祷吧！

[三个老妪继续祈祷。

盲人丙　我想知道我坐在谁身边。

盲人甲　我想是我吧。

[他们各自在自己周围摸索。

盲人丙　我们谁也摸不到谁！

盲人甲　可咱们互相间隔并不远呀。（他在自己周围摸索，棍子碰到第五个盲人身上，第五个盲人随即低沉地呻吟起来）那个聋子就在我们旁边。

盲人乙　谁的声音我也听不见，方才咱们是六个人。

盲人甲　我知道。咱们再去问问老婆婆。我们必须搞清楚该怎么办。我耳边老是听到三个老婆婆在祈祷；她们都在一起吗？

年岁最大的盲老妪　她们就坐在我身边的岩石上。

盲人甲　我可是坐在枯树叶上！

盲人丙　那个漂亮姑娘在哪儿呢？

年岁最大的盲妪　就在祈祷的老婆婆旁边。

盲人乙　那个疯子和她孩子呢？

盲姑娘　孩子睡了，别把他吵醒！

盲人甲　啊！你们离我们挺远，我还以为就在对面哩！

盲人丙　该知道的差不多都知道了，咱们一边等教士回来，一边聊点什么吧。

年岁最大的盲老头　他对他们说了，叫我们等着他，别出声。

盲人丙　咱们并不是在教堂里。

年岁最大的盲老妪　你又不知道咱们在哪儿。

盲人丙　可是一不说话我就害怕。

盲人乙　你知道教士上哪儿去了吗？

盲人丙　我觉得他离开我们的时间很长了。

盲人甲　他太老了，最近他自己的眼睛也看不太清了，可又不愿承认，怕有人来顶替他的位置，给我们带路。但是我猜想他自己几乎什么也看不见了。咱们得找另一个人来领路。可他不听，而我们的人又太多，收容所里只有三位修女和他才是亮眼人，可他们年纪都比我们大！我敢肯定他领错了路，他找路去了。上哪儿了呢？他没有权利把我们扔在这儿……

年岁最大的盲老头　他已经走远了。我想他严肃地跟老婆婆说过什么。

盲人甲　他现在只跟她们说话。——难道连我们他都看不见了吗？得好好告他一状！

年岁最大的盲老头　向谁去告呢？

盲人甲　不知道，咱们等着瞧吧，等着瞧吧。不过，他究竟上哪儿去了呢？我问问妇女看。

年岁最大的盲老妪　走了那么长的路，他已经累了。我想他正坐在咱们中间歇脚呢。几天来，他一直很伤心，人很虚弱。医生死后，他心里就害怕。他很孤独，几乎什么话也不说了。我不知道出了什么事。今天他非要坚持出来走走，说要在入冬以前，最后再看一眼沐浴在阳光下的海岛。今年的冬天看来会又长又冷，说是冰块已从北边过来了。他坐立不安，听说前几天下了几场大暴雨，河里的水都灌满了，堤坝也给冲坏了。他还说大海的情况叫他害怕，无缘无故地海浪汹涌，海岛边上的悬崖也都变矮了。他想去看看；但是他没有告诉我们他看到了什么。现在，我想他是去给疯女人找面包和水去了。他说了，他要走得很远很远……咱们等着吧。

盲姑娘 他临走前还握过我的手。他的手直哆嗦，像是心里充满了恐惧。后来，他还拥抱过我……

盲人甲 唉！唉！

盲姑娘 我问他怎么啦。他说他自己也不知道，还说老人的世界快完了，可能……

盲人甲 他说这话是什么意思？

盲姑娘 我不明白是什么意思。他告诉我说，他朝灯塔那个方向走。

盲人甲 有灯塔吗？

盲姑娘 有，在岛的北边。我想咱们离那儿不远了。他说他从这儿透过树叶已经看到了灯塔的灯光。我觉得他今天的心事比哪天都重，我敢肯定他哭了好几天了。不知为什么，我没看见他哭，我自己也哭了。我并没有听见他离开的脚步声，也没有再问他。我听见他特别庄重地笑了笑，又听见他闭上眼睛，不愿再说话了……

盲人甲 这些事，他什么也没跟我们说！

盲姑娘 他说话的时候，你没有听！

年岁最大的盲老妪 他说话的时候，你们在嘀嘀咕咕。

盲人乙 他走的时候，只对我们说了句："晚安。"

盲人丙 那现在该很晚了吧。

盲人甲 他临走时说了两三次"晚安"，好像他要去睡觉似的。我觉得他边看我边对我说："晚安、晚安！"他眼睛盯着我，说话声音都变了。

第五个盲人 可怜可怜瞎眼人吧!

盲人甲 是谁在无缘无故地说这种丧气话呀?

盲人乙 我想是那个聋子。

盲人甲 你住口!现在不是要饭的那个时候了!

盲人丙 他上哪找面包和水去了?

年岁最大的盲老妪 他是往海边的方向走的。

盲人丙 像他那样岁数的人,是不该这样往海边去的。

盲人乙 咱们离海很近了吗?

老盲妇 对。你们大家静一静就能听到大海的声音了。

[大海就在附近,风平浪静,只有海水轻拍悬崖的声音。

盲人乙 我只听见三个老婆婆在祈祷。

年岁最大的盲老妪 你们仔细听呀!透过祈祷声,你就能听到了。

盲人乙 是,我听到离我们不远的地方有什么在发出响声。

年岁最大的盲老头 大海原来在沉睡,现在仿佛睡醒了。

盲人甲 他真不该把我们带到这儿来。我不喜欢听这种声音。

年岁最大的盲老头 你知道海岛并不大,只要一出收容所的围墙就能听到了。

盲人乙 我从来都不听的。

盲人丙 今天,大海好像就在我们身边,我可不喜欢听得太真切。

盲人乙 我也不喜欢,何况我们并没有要求出收容所来走走。

盲人丙 这地方我从来没有来过。带我们走得这么远,真没意思。

年岁最大的盲老妪 今天早晨天气特好,入冬以后,我们就成天锁在屋子里了,所以他想让我们享受享受最后的几丝阳光。

盲人甲 可我宁愿在收容所里不出来!

年岁最大的盲老妪 他还说，我们应该了解了解我们所住的小岛，他自己也从来没有跑遍过。那里有座山，谁也没上去过；还有几道山谷，谁也没下去过；还有一些山洞，至今谁也没进去过。最后，他说我们不应该老是坐在宿舍拱门下等着太阳出来；他想把我们带到海边去。现在他自己独自去了。

年岁最大的盲老头 他说得对，应该想着生活。

盲人甲 可外边也没什么好看的呀!

盲人乙 现在我们还晒得着太阳吗?

第六个盲人 我看没有了。我觉得现在天很晚了。

盲人乙 现在几点啦?

其他盲人 不知道。——谁也不知道。

盲人乙 天还亮吗?（对第六个盲人）你在哪儿? 你的眼睛还能看见点儿，你看看，看看哟!

第六个盲人 我想天黑了吧。要是太阳照着我们，我眼皮底下能看到一线青光。这线青光，我还是好长时间以前才看到的，现在什么也看不见了。

盲人甲 我只知道我一饿就是天晚了，现在我正饿着呢。

盲人丙 大家看看天吧，兴许能看到点什么!

[除了三个一生下来就眼瞎的盲人在继续看地，大家都仰头看天。

第六个盲人 我不知道，咱们是不是还在露天?

盲人甲 说话的声音在回荡，我们好像是在山洞里哩。

年岁最大的盲老妪　我认为声音回荡，那是因为现在天晚了。

盲姑娘　我好像感到手上有月光。

年岁最大的盲老妪　我觉得头上亮着星星，我已听到星星在闪光。

盲姑娘　我也听到了。

盲人甲　我什么声音也没听见。

盲人乙　我光听见咱们的呼吸声！

年岁最大的盲老头　我认为老婆婆们说得对。

盲人甲　我从来没有听见过星星的闪光声。

盲人乙、丙　我们也没听见过。

［一群夜鸟突然扑打着翅膀在树叶丛中飞过。

盲人乙　你们听！听……什么东西在我们头上动？听见了没有？

年岁最大的盲老妪　有个什么东西在天空和我们之间穿过去了！

盲人甲　我不明白这是什么声音……我要回收容所。

盲人乙　那得知道咱们现在在哪儿呀！

第六个盲人　我试着站了站，周围全是荆棘，我连手都不敢往外伸。

盲人丙　应该知道咱们在哪儿。

年岁最大的盲老头　没法知道！

第六个盲人　一定离收容所很远吧，什么声音我听起来都觉得陌生。

盲人丙　我闻到地上枯叶气息好长时间了！

第六个盲人　咱们这些人中间，有谁过去见过海岛吗？能不能说说咱们现在在哪儿吗？

年岁最大的盲老妪　我们到这儿来的时候，眼就瞎了。

盲人甲　我们从来看不见东西。

盲人乙　不要着急了，着急也没用。他马上就会回来的。咱们再等一会儿。不过，今后咱们可再也不同他一起出门了。

年岁最大的盲老头　可单靠咱们自己是出不了门的。

盲人甲　那就不出门呗，我可不愿出门。

盲人乙　我们并不想出门，谁也没有要求过。

年岁最大的盲老妪　今天是岛上的节日。每逢盛大的节日，咱们都要出来走走的。

盲人丙　今天早晨我还在睡觉，他就走到我跟前，拍着我的肩膀说："快起来，起来，该起床了，太阳都老高老高了！"——是真的吗？我还没觉察到哩。我从来没有见过太阳。

年岁最大的盲老头　我倒看见过太阳，那还是我很小的时候。

年岁最大的盲老妪　我也看见过，已有些年头了，那时我还是个孩子哩，现在我什么也想不起来了。

盲人丙　他干吗一有太阳就要我们出来？我们中间谁能感觉到阳光呢？散步是在中午，还是在半夜，我永远也分不清。

第六个盲人　我宁愿在中午出来走走。中午，我就可以猜到阳光强烈，我就使劲把眼睛睁开。

盲人丙　我宁愿待在食堂里，坐在温暖的煤火旁，今天早晨，火可旺着呢……

盲人乙　他满可以带我们到院子里晒太阳嘛！院子四周有墙庇护着，用不着担惊受怕——我总是去把门关上的。——你干吗碰我左胳膊肘？

盲人甲　没碰呀，我够不着你。

盲人乙　我说有人碰我胳膊肘了！

盲人甲　那不是我们。

年岁最大的盲老妪　我的上帝！我的上帝呀！请告诉我们现在在哪儿吧！

盲人甲　咱们不能永远这么等下去！

［很远的地方，传来了十二下缓慢的钟声。

年岁最大的盲老妪　唉！我们离收容所太远了！

年岁最大的盲老头　已经半夜啦！

盲人乙　是中午！……有谁知道吗？快说呀！

第六个盲人　我不知道，不过我想周围是一片漆黑。

盲人甲　我都搞糊涂了，咱们睡的时候太长了吧！

盲人乙　我饿了！

其他盲人　我们又饿又渴！

盲人乙　咱们在这待了很长时间了吧？

年岁最大的盲老妪　我觉得在这儿待了几百年了！

第六个盲人　我开始明白了咱们现在在哪儿……

盲人丙　咱们该朝打钟的方向走……

［黑夜中，所有的夜鸟全都突然欢叫起来。

盲人甲　你们听见没有？听见没有？

盲人乙　难道这儿还有别人吗？

盲人丙　我早就觉得有什么东西在听咱们说话。他回来了吗？

盲人甲　我不知道这是什么东西，好像是在咱们头上。

盲人乙　其他的人什么都没听到吗？你们怎么总是不说话呀！

年岁最大的盲老头　我们在听呢。

盲姑娘　我听见我周围有翅膀扑打声!

年岁最大的盲老妪　我的上帝! 我的上帝呀! 请告诉我们现在在哪儿吧!

第六个盲人　我开始明白了咱们现在在哪儿……收容所在大河的那一边，我们走过了老桥。他领我们往岛北走，现在咱们离河不远，要是仔细听，也能听到河水声……如果他不回来，咱们应该走到河边去……河上白天黑夜都有大船驶过，水手能看见我们站在河岸上的。可能咱们现在在灯塔周围的森林里。不过我不知道怎么走出去……谁愿意跟着我走吗?

盲人甲　咱们还是坐着等吧、等吧! 谁也不知道去大河该朝哪边走，何况收容所周围全是沼泽。等吧、等吧……他会回来的，他是应该回来的!

第六个盲人　有谁知道咱们是打哪边来的吗? 记得他在路上跟我们说过。

盲人甲　我没有注意。

第六个盲人　有谁听他说过什么吗?

盲人丙　以后再听他说吧。

第六个盲人　咱们中间有谁在岛上生的吗?

年岁最大的盲老头　你明明知道我们都是从外地来的。

年岁最大的盲老妪　我们是从海对岸来的。

盲人甲　我还以为自己在过海时会死的呢。

盲人乙　我也是，我们是一起来的。

盲人丙　我们三人都是一个教区的。

盲人甲　听说天气好的时候，从这儿往北看还能看见呢。我们村的教堂可没有钟楼。

盲人丙　我们是偶然到这海岛上来的。

年岁最大的盲老妪　我是从另一个地方来的……

盲人乙　从哪儿？

年岁最大的盲老妪　我不敢想……一提起我就什么也想不起来了……是很久很久以前的事了……那儿比这儿冷……

盲姑娘　我嘛，我是从很远很远的地方来的……

盲人甲　从哪儿？

盲姑娘　我说不好。怎么跟你们说清楚呢？离这儿很远很远，在海洋的那边，有个很大的地方，我就出生在那儿……我只能比划给你们看，可是我们都看不见呀……我流浪了很久很久……不过我以前见过太阳、水、火、大山、人的脸和奇奇怪怪的花儿……在这岛上我没有见过类似那样的花；这里太黑太冷了……我眼睛瞎了以后，再也看不见这些花，也识别不出它们的香味来了。但是，我看见过我的爸爸妈妈和姐姐，当时我太小，不知道自己在什么地方……我还经常在海边玩……但是我明明记得我的眼睛是看得见东西的！有一天，我注视着山顶上的雪……我还开始辨别出那些以后会不幸的人……

盲人甲　你是什么意思？

盲姑娘　现在，有时候我还能从他们讲话的声音上辨别得出……我的记忆，在我不想他们的时候更清晰………

盲人甲 我哟，我没有记性……

[一群大候鸟呼啦啦地在树顶上空飞过。

年岁最大的盲老头 又是什么东西在天上飞过？

盲人乙 你上这儿来干什么呢？

年岁最大的盲老头 你问谁呀？

盲人乙 问咱们的小妹妹呀！

盲姑娘 有人说过能把我的眼睛治好。他也对我说过，有一天我能看得见的，到那时候我就可以离开海岛啦………

盲人甲 我们大家都想离开海岛！

盲人乙 可我们却老在这儿待着！

盲人丙 他岁数大了，来不及治好咱们的眼睛啦！

盲姑娘 我的眼睛闭上了，但我感觉到自己的眼睛还活着……

盲人甲 我的眼皮是开着的。

盲人乙 我是睁着眼睛睡觉的。

盲人丙 谈眼睛啦！

盲人乙 你来这儿的时间不长吧？

年岁最大的盲老头 有天晚上在祈祷的时候，我从妇女那一边听到一个陌生人的声音，一听就知道你很年轻……我真想看看你，听你说话……

盲人甲 我没发现。

第六个盲人 听说你长得很美，美得像个从很远很远地方来的女人，是吗？

盲姑娘 我从来没有看到过自己。

年岁最大的盲老头 我们大家谁也没见过谁。我们互相问话，互相答话，我们在一起生活，一直在一起生活，但是我们不知道我们自己是怎么样的人。我们白白地互相触摸双手，可眼睛要比手管用得多啊。

第六个盲人　你在晒太阳的时候，我有时能看到你的身影。

年岁最大的盲老头　我们从未见过所住的房子。我们白白地用手去触摸墙和窗；我们不知道生活在什么地方……

年岁最大的盲老妪　听说是个非常阴暗、破烂不堪的古城堡，除了教士塔楼上那间卧室，屋子里从不见光。

盲人甲　眼睛看不见的人是不需要光的。

第六个盲人　我在收容所附近放羊的时候，晚上，羊群看到塔楼上的光，自己就来了——我跟着羊群没有迷过路。

年岁最大的盲老头　瞧，咱们年复一年地生活在一起，却谁也没有看见过谁！仿佛我们每个人永远都只一个人孤单单的！是呀，看得见的人才有爱……

年岁最大的盲老妪　我常常梦见自己是个亮眼人……

年岁最大的盲老头　而我呢，我看得见东西，不过是在我做梦的时候。

盲人甲　一般情况下，我只在半夜做梦。

［一阵狂风，森林摇晃起来，树叶黑乎乎地落了一地。

第五个盲人　谁碰我的手啦？

盲人甲　有什么东西在咱们周围直掉呢！

年岁最大的盲老头　是从上面落下来的，我不知道是什么……

第五个盲人　谁碰我的手啦？我睡着了，让我睡吧！

年岁最大的盲老头　谁也没碰你的手。

第五个盲人　谁抓我的手来着？请大声回答，我耳朵有点背……

年岁最大的盲老头　我们自己并不知道。

第五个盲人　会有人来给咱们报信吗？

盲人甲　没有必要回答，他什么也听不见。

盲人丙　是得承认，聋子是最不幸的。

年岁最大的盲老头　我都坐腻了。

第六个盲人　我在这儿都待腻了。

盲人乙　我觉得咱们互相离得太远了……还是相互靠近一些吧。天开始冷起来了……

盲人丙　我不敢站起来！还是在原地不动的好。

年岁最大的盲老头　不知道咱们中间那个东西究竟是什么。

第六个盲人　我觉得我的两只手上有血，我想站起来。

盲人丙　我听见你在往我身边靠。

［疯盲妇使劲擦眼泪，呻吟着，固执地向着已经僵硬的教士那个方向转过身去。

盲人甲　我还听见另一种声音……

年岁最大的盲老妪　我想是咱们那位可怜的小妹妹在擦眼泪。

盲人乙　她从不干别的，每天夜里我都听见她在哭。

盲人丙　她是疯子，从来不说话。

年岁最大的盲老头　有了孩子以后，她就不说话了……她好像总是害怕似的。

年岁最大的盲老头　待在这个地方，你们就不害怕？

盲人甲　说谁呀？

年岁最大的盲老头　你们大家！

年岁最大的盲老妪　是的，是的，我们害怕！

盲姑娘　我们怕了好长时间了！

盲人甲　你们干吗要问这个问题？

年岁最大的盲老头　我也不知道干吗！我像是听见咱们中间有人在哭……

盲人甲　不必害怕，我想是那个疯女人…

年岁最大的盲老头　还有别的……

年岁最大的盲老妪　一给孩子喂奶，她就哭。

盲人甲　就她才哭得这样伤心！

年岁最大的盲老头　听说她有时候还看得见东西……

盲人甲　我们没听见别人哭过……

年岁最大的盲老头　能看见的人才哭呢……

盲姑娘　我闻到咱们身边的花香……

盲人甲　我只闻到泥土味！

盲姑娘　有花，咱们周围有花！

盲人乙　我只闻到泥土味！

年岁最大的盲老妪　风里有花香，我闻到了……

盲人丙　我只闻到泥土味！

年岁最大的盲老头　我认为妇女们说得对。

第六个盲人　花在哪儿？我去摘。

盲姑娘　在你右侧，快起来。

［第六个盲人慢慢站起，摸索着往阿福花走去，撞到小树丛和树上，把花撞倒踩碎了。

盲姑娘　我听见你把花茎折断了。快停下！别往前走了！

盲人甲 别为花操心了，还是想想怎么回去吧！

第六个盲人 我不敢往回走。

盲姑娘 别往回走！等等。（她站起身来）唉！这土地多么冷呀！快结冰了。（她毫不犹疑地朝奇异苍白的阿福花走去，但碰到横倒在花周围的大树和石块，停住了脚步）花在这儿呢！我够不着！在你们那边呢！

第六个盲人 我想我能够得着。（他摸索着，把一朵朵零散开着的阿福花摘下来，献给盲姑娘。一群夜鸟飞起）

盲姑娘 以前我好像见过这种花……我想不起它叫什么了……它病得多厉害呀！花茎多软呀！我都快认不出来了……我想这就是亡人花……

［她把花编起来，插到自己头发上。

年岁最大的盲老头 我听见你头发的声音。

盲姑娘 是花的声音。

年岁最大的盲老头 我们谁也看不见谁……

盲姑娘 我也看不见我自己……我冷。

［这时，林中起了风。海咆哮着，突然猛烈地冲击着就在他们跟前的悬崖。

盲人甲 打雷了！

盲人乙 我想是风暴来了。

年岁最大的盲老妪 我说这是海在咆哮。

盲人丙 海？是海吗？它就在我们跟前！就在我们身边！我听到它就在周围！但愿这是别的什么东西！

盲姑娘 我听到脚下有海浪声。

盲人甲　我说这是风吹枯叶。

年岁最大的盲老头　我认为妇女们说得对。

盲人丙　海潮就要来了!

盲人甲　风是从哪儿刮过来的?

盲人乙　从海上刮来的。

年岁最大的盲老头　风总是从海上刮来的。咱们四周全是海，风可能从其他地方来……

盲人甲　别再想大海了!

盲人乙　可不能不想呀，它都快碰到我们了!

盲人甲　你还不知道是不是海呢……

盲人乙　我都听见海浪声了，就像我的手要泡在海里了！咱们不能再待在这儿了！海浪可能已经把咱们包围了!

年岁最大的盲老头　您想上哪儿去?

盲人乙　哪儿都行！哪儿都行！我不愿再听到这些海浪声！咱们走吧！走吧!

盲人丙　我还听到别的声音呢。你们听!

[在枯叶中远远传来一阵急促的脚步声。

盲人甲　有个什么东西往咱们这边来了。

盲人乙　教士来了！来了！他回来了!

盲人丙　他踏着碎步来了，像小孩走路那样!

盲人乙　今天，咱们可别责怪他!

年岁最大的盲老妪　我说这不是人的脚步声!

[一条大狗走进树林，在盲人们面前走过——周围寂静无声。

盲人甲　是谁？你是谁？可怜可怜我们吧。我们等得太久了啊……（狗停住脚步，把前脚放在盲人甲的膝盖上）唷！唷！你把什么东西放在我膝盖上了？这是什么？是头牲口吧？我想这是条狗……嗨！嗨！这是条狗！是收容所里的那条狗上这儿来！上这儿来！它来救我们来了！来！上这儿来！

其他盲人　来！上这儿来！

盲人甲　它来救我们来了！它跟着我们的脚步一直来到这儿。它舔我的手呢，就像是离别了几百年又把我们找到了！

其他盲人　来！上这儿来！

年岁最大的盲老头　它后面可能有人吧？

盲人甲　没有，没有，就它自己。我没听见有谁跟来。咱们不需要别的领路人；没有比它再合适的了。咱们想去哪儿，它就能领到那儿！它听咱们的……

年岁最大的盲老妪　我不敢跟它走。

盲姑娘　我也不敢。

盲人甲　为什么不敢？它眼睛比咱们好。

盲人乙　别听妇女的！

盲人丙　天好像有些什么变化。我感到呼吸很轻松，空气清净多了……

年岁最大的盲老妪　是海风刮过。

第六个盲人　我觉得快天亮了；像是太阳升起来了……

年岁最大的盲老妪　我想天快冷了……

盲人甲　咱们找原路走吧！它在拽我，在拽我呢！它高兴得不得了！我拽不住它了！快跟着我！跟着我！咱们回家去！

[他站起身来，狗跟着他走到已经僵硬不动的教士面前，不走了。

其他盲人　你在哪儿？在哪儿？你上哪去？当心！

盲人甲　等等！等等！先别跟着我，我马上回来……它不走了。……怎么啦……唷！唷！我碰到了一个冰冷冰冷的东西！

盲人乙　你说什么？你的声音都快听不见了。

盲人甲　我碰到……我想是碰到了一张人脸！

盲人丙　你说什么？谁也听不懂你在说什么。你怎么啦？你在哪儿？难道你已离我们很远了吗？

盲人甲　噢！噢！噢……我还不知道这是什么呢……咱们中间有一个死人！

其他盲人　咱们中间有个死人？——你在哪儿？你在哪儿？

盲人甲　我说咱们中间有个死人！啊！啊！我碰到了一个死人的脸！……你们都坐在死人旁边！咱们中间肯定有一个人死了！来，你们大家都开口说话，这样，我就知道谁活着！你们在哪儿？快回答！一起回答！

[除了那个疯妇和又聋又盲的人外，盲人们一个个都先后回答。那三个老盲妇停止祷告。

盲人甲　我都听不出来了！你们的声音都一样……全在发抖！

盲人丙　有两个人没回答……他们在哪儿？

[他用棍碰着了第五个盲人。

第五个盲人　嗳唷！唷唷！我睡着了，让我睡吧！

第六个盲人　他没死。是不是那个疯女人死了？

年岁最大的盲老妪　她就坐在我身边。我听得见她还活着。

盲人甲　我想……我想这是教士。他站着呢！来！来！快来！

盲人乙　那就是说，他没有死！

年岁最大的盲老头　他在哪儿？

第六个盲人　走，去看看！

［除了疯盲妇和第五个盲人外，他们都站了起来，摸索着朝死人走去。

盲人乙　他在这儿吗？这是他吗？

盲人丙　是他！是他！我认出他来了。

盲人甲　我的天！我的天哪！咱们怎么办哪？

年岁最大的盲老妪　神甫！神甫……是你吗？神甫，出什么事啦？……你怎么啦……快回答呀！我们都在你身边呢……

年岁最大的盲老头　弄水来，也许他还活着……

盲人乙　试试看……他也许还能把我们领回收容所去呢……

盲人丙　不用了，他的心已经不跳了，身上都凉了……

盲人甲　他什么也没有说就死了。

盲人丙　他是应该告诉我们的。

盲人乙　唉！他本来就多么老呀！……我还是第一次摸他的脸……

盲人丙　（摸尸体）他的个子比我们都高！

盲人乙　他的眼睛睁得很大，死了两只手还攥在一起呢……

盲人甲　他死了，就这样无缘无故地……

盲人乙　他没有站着，他坐在石头上呢……

年岁最大的盲老妪　我的天！我的天哪！这一切……一切我都没有发觉！……他病了很久很久了呀……今天他一定难受极了……但是他什么也没说……跟我们握手的时候，也没有叫苦……人总是什么也不理解……永远也不理解！来，咱们围着他祈祷吧。跪下吧……

［妇女们都跪下，抽泣着。

盲人甲　我不敢跪……

盲人乙　我们不知道会跪到什么东西上面……

盲人丙　他是病了吗？可他没跟我们提起过……

盲人乙　我听见他走的时候小声说过话……我以为他是在跟我们的小妹妹说话，他说什么来着？

盲人甲　她不肯说。

盲人乙　你不愿再跟我们说话吗？你在哪儿？……快说吧！

年岁最大的盲老妪　你们折磨他。你们把他送上了死路……当时你们谁也不愿往前走，谁都想在路边石头上坐下吃饭。你们整天都在嘀嘀咕咕的……我听见他叹过气……他失去了勇气………

盲人甲　你知道他是病了吗？

年岁最大的盲老头　我们不知道……我们从未看见他……我们什么时候知道过自己这双没有生命的可怜眼睛底下发生的事呢？他又从未叫过苦……现在已经太晚了……我看见过三个人死……但像他这样死去的，还从未见过！……现在，该轮到我们死了……

盲人甲　折磨他的并不是我。我什么也没说过……

盲人乙　也不是我，我只是一声不吭地跟在他后面走……

盲人丙　他是为了给疯女人找水喝才死的……

盲人甲　咱们怎么办呢？上哪儿去呢？

盲人丙　狗在哪儿？

盲人甲　在这儿，它不愿离开死人。

盲人丙　把它牵走！把它从死人身旁拽开，拽开！

盲人甲　它不愿离开死人！

盲人乙　我们不能在死人身边这么等下去！我们不能死在这里！死在这黑暗中……

盲人丙　咱们一起留下，谁也不离开谁，互相攥着手，坐到这块石头上……其他的人在哪儿？过来！过来！过来！

年岁最大的盲老头　你在哪儿？

盲人丙　在这儿，我在这儿。全都聚在一起了吗？来，离我近些。你们的手呢——真冷。

盲姑娘　唷！你们的手多冷呀！

盲人丙　你在干什么？

盲姑娘　我把手放在眼睛上，以为我突然就会看得见……

盲人甲　谁哭得那么伤心？

年岁最大的盲老头　是疯女人。

盲人甲　她不知道事实真相吧？

年岁最大的盲老头　我想咱们会死在这儿了……

年岁最大的盲老妪　也许会有人来……

盲人甲　我想修女们会走出收容所来找的……

年岁最大的盲老妪　她们晚上不会出来的。

盲姑娘　她们从来不出门。

盲人乙　我想大灯塔上的人会发现咱们的……

年岁最大的盲老头　他们是不会从塔楼上下来的。

盲人丙　他们也许能看见我们……

年岁最大的盲老妪　他们的眼睛始终看着海。

盲人丙　天真冷！

年岁最大的盲老头　听枯叶的声音，我想开始结冰了。

盲姑娘　嗨！土多硬呀！

盲人丙　我听到左边有种说不明白的声音……

年岁最大的盲老头　是海水撞击岩石的声音。

盲人丙　我还以为是妇女在说话呢。

年岁最大的盲老妪　我听见海浪把冰块撞碎了……

盲人甲　谁抖得这么厉害？听了都叫我们坐在石头上直打哆嗦！

盲人乙　我的手张不开了。

年岁最大的盲老头　我还听到一种我说不明白的声音……

盲人甲　谁哆嗦得这么厉害？连石头听了都发颤！

年岁最大的盲老头　我想这是个女人。

年岁最大的盲老妪　我认为这是那个疯女人，她哆嗦得最厉害。

盲人丙　没听到她孩子叫唤。

年岁最大的盲老妪　大概在吃奶吧。

年岁最大的盲老头　他是惟一看得见咱们在哪儿的人！

盲人甲　我听到北风刮过来了。

第六个盲人　我想天上已没有星星了，快下雪了。

盲人丙　咱们中间如果有人睡着了，一定得把他叫醒。

年岁最大的盲老头　可我真困哪！

［一阵狂风把枯叶卷在空中直打转。

盲姑娘　你们听见枯叶声了吗？我想有人朝咱们这边走来了……

盲人乙　这是风声，你们听！

盲人丙　谁也不会来的！

年岁最大的盲老头　严寒快降临了……

盲姑娘　我听到远处有脚步声。

盲人甲　我只听到枯叶的飒飒声！

盲姑娘　我听到有人走动，离我们很远！

盲人乙　我只听到北风的呼啸声！

盲姑娘　我跟你们说了，是有人在朝我们这边走！

年岁最大的盲老妪　我听到有人走动，走得很慢……

年岁最大的盲老头　我认为妇女们说得对！

［雪花开始大片大片地飘落下来。

盲人甲　啊！啊！什么东西掉到我手上啦，这么冷？

第六个盲人　下雪了！

盲人甲　大家互相靠拢些！

盲姑娘　快听！脚步声！

年岁最大的盲老妪　看在上帝面上！大家稍静片刻吧！

盲姑娘　他们越来越近了！越来越近了！快听哪！

［这时，疯盲妇的孩子在黑暗中突然哭了起来。

年岁最大的盲老妪　是小孩哭？

盲姑娘　他看见了！看见了！他哭。就是说他看见什么了。（她把孩子一把抢到怀里，往传来脚步声的方向走去。其他妇女惊恐不安地跟在她后面，然后把她团团围住）我去迎接他！

年岁最大的盲老头　你要小心！

盲姑娘　啊！他哭得多厉害！他怎么啦？别哭，别害怕；没什么可怕的，我们在这儿，在你身边。你看到什么啦？什么也别怕，别这么使劲哭！你看见什么啦？……嗳，你看见什么啦！

年岁最大的盲老妪　脚步声从这边过来了；你们听！你们听！

年岁最大的盲老头　我听见长袍拖在枯叶上发出的沙沙声了呢！

第六个盲人　是个女人吗？

年岁最大的盲老头　这不是人的脚步声？

盲人甲　可能是海水流过枯叶吧？

盲姑娘　不，不是！是脚步声！是脚步声！是脚步声！

年岁最大的盲老妪　待会儿就知道了，现在大家都听听枯叶有什么动静！

盲姑娘　我听见了，就在咱们身旁！你们听！听！你看见什么了？看见什么啦？

年岁最大的盲老妪　他往哪边看？

盲姑娘　他老是朝着脚步声来的方向看！你们看！你们看！我把他的脸转过来，他又转过去看……他看见啦！看见啦！看见啦！他肯定看到什么奇怪的东西了……

年岁最大的盲老妪　（往前走）把他举到我们头上，让他好好看看。

盲姑娘　闪开！闪开！（她把孩子举到盲人们头上）——脚步声在

我们中间停住了……

年岁最大的盲老妪　脚步声在这儿！在咱们中间呢……

盲姑娘　你是谁？

［无人回答。

年岁最大的盲老妪　可怜可怜我们吧！

［场上寂静无声。孩子哭得更伤心了。

——落　幕

那些无望的盲者，正是人类自身的写照

——《盲人》读解

对盲人而言，失去看的功能，便只能靠听靠说靠触摸来传情和表意。听，看不见的听，需要借助更多想象的感觉。说，以声音来表情达意，这正好可以充分发挥话剧依靠语言的本质力量，所以本剧中关于声音的模拟演示显得格外突出。触摸，靠肢体的感觉，借助想象来完成。所以，本剧的言说和想象是最大的要务。全剧写盲人、盲妇、盲姑娘叽叽喳喳、没完没了的声音。一会儿说教士，一会儿说彼此，一会儿说自己，一会儿说从前，一会儿说看得见的时候，一会儿说海浪，一会儿说风，一会儿说狗，很任性、随意，不讲究结构的紧密联结。舞台上始终有声音、有动作，充满猜测、忧心、恐惧，想象力强。闭上眼睛，想象一下黑暗的世界，仿佛置身于无边的看不到的地方，一堆人，说这说那，你中有我，焦虑，焦灼，慌乱，困顿。

全剧重在表现寓意和象征意味，共同表现迷失了的无助无望的人类。所有的一切设置都服务于此。从人物上说，全都是扁平的，尽管出现了那么多人，但都仅作为人类的符码而存在，只是总体上代表了人类的芸芸众生。剧作采用人像展览的平面铺叙展现出群像。从结构上看，不讲究聚合的核心力量，显得松散、随意，没有刻意地凝聚。从戏剧性上看，也没有凸显的矛盾对抗或行为冲突。全剧几乎消解了戏剧的技法或手段，只是服务于呈示人类的虚妄盲目无知和无望的期待。剧作陷人物于前不巴村后不接店的孤立无援的境地，孤岛，悬崖在侧，不时有莫名的夜鸟掠过，还有不可知的气息侵袭压迫，反映人物的手足无措，惶恐无助，莫名不安，孤立无援，空虚无聊，脆弱虚妄。人类还不死心地在等待、期盼，终于等来一只无法言说的狗，还臆想着远处传来靠近的脚步声。等待下去的结果，人类或者自己救助自己，或者徒增烦躁、郁闷，绝望乃至于崩溃。如同鲁迅先生所说的：不在沉默中爆发，就在沉默中灭亡。

这是一个带有虚拟性的剧本。剧作中人物有一定虚拟性、象征性成分，景观、气氛等也具有相当的模拟的成分。全剧充分发挥编剧的想象力和创造力，我们也必须从虚拟性上，从剧作的人物设置及景观营造中去加以揣测和猜想。

先谈谈剧中人物的设置。全剧包含 13 个人物，看起来挺多的，但并没有像其他剧作那样要去表现人物各自的个性，也没有体现出人与人之间的独特性区别。本剧中的人物几乎都没有形成各自的特性，人与人之间也基本上没有产生什么有特征性的区别，因为剧作的人物塑造只是完成符号性的标志即可。13 个人物，包括 1 个教士和 12 个盲人，这 12 个盲人平均分成两半，6 男 6 女，而且这 6 男与 6 女几乎都是均衡的、对称的，6 男和 6 女都有一个年岁最大的，男的盲老头，女的盲老妪，男的有 3 个生来眼瞎的盲人，女的有 3 个正在祈祷的盲妇，另外两个男的盲人直接用第五个盲人和第六个盲人称呼，而女的是一个盲姑娘和一个疯盲妇。从这些人物看，其实让人感觉到的就只是男人和女人，有年老的和年少的，男女中盲人的设置就是要表明有各种不同的男人和女人而已。剩下的就是教士，他是收容所里三位修女之外唯一的“亮眼人”，是引导者，是领路人，是带12个盲人从收容所出来的人，是盲人们唯一与外界发生联系的通道、桥梁；值得注意的是教士从剧作开篇就已经是死了的，所以通篇变成了是一帮瞎子在那里叽叽喳喳，你一言我一语的。这样的人物设置很难说是无意的，为什么是13个人呢，这不明明是一幅《最后的晚餐》的人物图谱吗？如同接引上帝的圣子耶稣居中一样，剧中的教士也是位居中间，于是教士之死，易让人联想起耶稣死了，或者接引人们与上帝发生联系的人或事物消亡了，或者就类似于上帝死了一样。那么多男女盲人，是芸芸众生的男人和女人的代表。剧中告诉我们，人类（这些男人和女人）都是瞎的，失去了引路者的人类就是盲人，只能盲目地等待，盲目地猜测，盲目地期盼。依据提示所称，这些盲人（人类）身处北方古老的森林中，时当黑夜，男女分散在教士的两旁，男人被称为盲老头的，大概男人老了，女人中的老妪，被称为是老婆婆，大抵也不小了，但还有年轻的盲姑娘，而疯盲妇育有一个小孩，说明女人还有一定的生育力，还有生命力的存在迹象。人类还处于孤独的小岛上，孤零零的，无依无靠。

再看剧中的环境、气氛等的描绘和构筑。剧作开篇就表现这些男女盲人（人类）遭逢无边无际的黑夜，而且深陷古老森林中，参天大树遮天蔽日地覆盖着他们，相当于双重的黑暗，再加上他们是盲人，也即相当于人类处于三重黑暗之中，男女之间隔着他们必须加以克服和逾越的被掀倒的大树和巨大岩石，他们的周遭还全是荆棘。人类深陷重重黑暗，周边还有倾倒的树干和岩石，重重的困境，使得他们只有挣扎着，斗争着。剧中盲人全是用猜想、揣测的话语，不断地出现“我觉得”来形容他们的感受。他们用感受来表明他们听到和看到的。他们先是猜测他们在哪里？离开他们栖身的收容所有多远？接着是男女盲人互相在辨识彼此之间的位置，然后是盲人在议论教士出什么情况了？他们联想起教士近来的反常言行，表明要出状况了。搞清楚这些情形后，盲人们开始推测现在到底还可以晒太阳还是天黑了，通过声音回荡，他们认为天晚了。于是他们纷纷推测起来：盲老妪觉得亮着星星，“听到星星在闪光”。夜鸟飞过，对盲人而言，就成了“有个什么东西在天空和我们之间穿过去了！”其实阅读这部剧作，我们可以试着闭上眼睛来倾听一切，可以闭上眼睛想象着所有的一切，包括天地之间的各种气息，包括人的呼吸，等等。我们突然听到盲人丙说“我闻到地上的枯叶气息好长时间了！”听到12下钟声，我们知道是半夜时分。盲人们又饿又渴。他们等待教士到来的时间太长了。年岁最大的盲老妪一遍又一遍地叫着：“我的上帝！我的上帝呀！请告诉我们现在在哪儿吧！”这一声声对上帝的呼求，不正是表明教士起着上帝一般的功能性作用吗？通过言语，我们得知，他们从前都是从海对岸的外地来到收容所的，两个老者很久之前年轻的时候还有点低微的视力，可以隐约模糊地感受到一丝亮光，但那是很早以前的时候了，于是互相询问从哪里来的。盲姑娘说她的记忆“在我不想他们的时候更清晰……”他们互问互答。有的说“常常梦见自己是个亮眼人……”夜鸟飞过，他们狐疑；狂风吹落树叶，他们也要猜测；因为黑暗，他们害怕，恐惧，有的在哭泣。此时，收容所里的狗来到他们中间。在狗的引领下，盲人甲碰到死去了的教士的脸。除了彼此互相问答之外，还有多声部的互相对答等等。待到搞清楚教士死了之后，众盲人突然似乎心齐了。你一言我一语地说开了。剧作在狗的到来和盲人们发现教士已死的时候戛然而止，留给人们对未知时空无限的遐想和无边延伸的可能性。

创意有多种不同表现，有的是变不可能为可能，有的是给人制造惊喜或者意外，还有一种是类似本戏这样的，凭借想象力来展示具象的力量。

男高音歌手

【德】弗朗克·维特金德　著　侍桁　译

人　物

杰拉尔多——华格纳派的男高音歌唱家，三十六岁

海伦·玛洛娃——美丽的黑发女人，二十五岁

杜灵教授——典型的“被误解的天才”，六十岁

伊莎贝尔·柯恩小姐——一个英国的金发女郎，十六岁

穆莱尔——旅馆经理

一个跟班

一个旅馆茶房

一个不知姓名的女人

[现在。

[奥地利的一个城市。

[旅馆里的一个大房间。右方和正中都有门，左方有一扇窗，遮着厚厚的窗帘。右方，一架大钢琴后面，有一个日本式的屏风，遮住壁炉。有几个大衣箱，都打开着；屋子里到处是花束；有许多花束堆积在钢琴上。

跟　　班　（从邻室里抱来一大包衣服，正要装进一个衣箱，这时有人敲门）进来。

茶　　房　有一位夫人问大师可在家吗？

跟　　班　他不在。（茶房下。跟班去邻室，又抱了一大包衣服回来。又有人敲门。他把衣服放在椅子上，走向门口）怎么又有人来？（他开了门，有人递给他几大束花。他把花束小心地放在钢琴上，再回头来装衣箱。又有人敲门。他开了门，拿来一大把信件。他看着信封上的姓名、地址，大声念）“密斯特杰拉尔多、麦修杰拉尔多、杰拉尔多爱思夸亚、西臬杰拉尔多。”①（他把这些信放在一个托盘里，又去装箱）

［杰拉尔多上。

杰拉尔多　你还没有装好箱子吗？你要拖多久啊？

跟　　班　我马上就好啦，先生！

杰拉尔多　快点！我还有事情要做。我来看看。（他到衣箱里找一件什么东西）全能的上帝呀！你懂得怎样折一条裤子吗？（把裤子取出来）这个你就叫做折衣服嘛！你瞧！你毕竟还得要我教一下才行……你这样拿着裤子……从这儿把它提起来……然后扣上纽扣。注意这些扣子，这是要紧的。然后，你把它们拉直……这儿……这

① 密斯待，英语：“先生”。麦修，法语：“先生”。爱思夸亚，英语：“大人”。西臬，意大利语；“先生”。——译者。

儿……从这儿把它们折起来……你看……这样，这条裤子一百年都不会走样。

跟　　班　（恭恭敬敬地低下了眼睛）您一定是当过裁缝师傅的，先生。

杰拉尔多　什么！哦，并不完全如此。（他把裤子递给跟班）把这些衣服装好，可要加把劲，快点。现在再来谈车的事。你肯定我们能赶上最后一班车吗？

跟　　班　您要按时到达，这是最后一班车了，先生。下一班火车要到十点钟才能到达布鲁塞尔。

杰拉尔多　哦，那么，我们必须赶上这一班车。我正好还有时间把第二幕复习一遍。在我复习好以前……千万别让什么人进来……什么人我都不见。

跟　　班　是，先生。这儿有您几封信，先生。

杰拉尔多　我已经看见了。

跟　　班　还有些花！

杰拉尔多　唔，好。（他从托盘里拿起信，把它们丢在钢琴前面一把椅子上，然后拆开那些信，略微看了一下，把信揉成一团，扔在椅子底下）记住！什么人我都不见。

跟　　班　知道了，先生。（他一一锁上那些衣箱）

杰拉尔多　不管是什么人！

跟　　班　您不用担心啦，先生。（把箱子钥匙交给他）钥匙，先生。

杰拉尔多　（把钥匙放进口袋里）不管是什么人！

跟　　班　我马上把箱子拿下去。（他走出去）

杰拉尔多　（望着他的手表）四十分钟。（他从钢琴上的花束下面抽出《特里斯丹》的乐谱，嘴里哼唱着歌剧里的台词，来回地踱着步子）“伊索尔德！爱人呀！你是属于我的吗？我能重新得到你吗？是什么把你和我结合在一起呢？”（他清清嗓子，敲了一下钢琴键子，又重新开始）“伊索尔德！爱人呀！你是属于我的吗？我能重新得到你吗？……”（他又清清嗓子）这里空气太沉闷了。（他唱）“伊索尔德！爱人呀……”（站起）这儿好气闷。我来放进些新鲜空气。（他走向左边的窗口，笨手笨脚地摸索窗帘的绳子）这东西在哪儿呀！在那一边！在这儿！（他刚拿起绳子想拉，突然发现躲在帘子后面的柯恩小姐。他见这情景，烦躁地把头向后一仰，露出讨厌的神色）

柯恩小姐　（穿着过分长的裙子，金发披在肩上，手里拿着一束红玫瑰花；她用英国口音讲话，眼睛直盯着杰拉尔多）啊，请你不要把我撵走！

杰拉尔多　除此以外我又有什么办法呢？天晓得，我可没有请你来呀！请你不要见怪，亲爱的小姐，我明天晚上要在布鲁塞尔演出。我老实对你说，我希望这半个小时要留给我自己。我刚刚还明确地吩咐下去，不管是谁，也不许放进我的屋子里来。

柯恩小姐　（向台前走）不要把我打发走。昨天我听你唱《汤豪赛》[1]里的歌，刚才我给你……带来这些玫瑰花，

① 汤豪赛，武士名，也是华格纳作曲的歌剧名。——译者。

而且……

杰拉尔多　而且——而且什么？

柯恩小姐　而且还有我自己……我不知道你能不能理解我。

杰拉尔多　（双手扶在一张椅子背上，他踌躇了一下，然后摇摇头）你是谁呀？

柯恩小姐　我叫伊莎贝尔·柯恩。

杰拉尔多　那么……又怎么样呢？

柯恩小姐　我是非常蠢的。

杰拉尔多　我知道。这边来，我亲爱的姑娘。（他在一张扶手椅上坐下来，她站在他面前）让我们好好地诚恳地谈一谈，在你一生中未曾有过的那么谈一谈。你似乎很需要这样做。像我这样的一个艺术家……你不要误解我……你是……你多大岁数啦？

柯恩小姐　二十二岁。

杰拉尔多　不，你只有十六岁，或者是十七岁。你打扮得年纪大了些，好让你显得更能……吸引人。是吗？是的，你非常蠢。不过要我这么一个艺术家来医治你的愚蠢，这可不是我的任务。……你别听了这话不舒服……现在……怎么样呢！为什么你眼睛直愣愣地盯着别处？

柯恩小姐　我说过我是非常蠢的，因为我听说你们德国人欢喜一个姑娘的那副蠢相。

杰拉尔多　我不是一个德国人，不过，那也没什么不一样……

柯恩小姐　什么！我还不会蠢到这样。

杰拉尔多　现在你瞧，亲爱的姑娘……你有你的网球场，有你的溜冰俱乐部；你有你的骑马练习班，有你的舞蹈；凡是一个年轻姑娘所希望有的，你什么都有。可是，你到我这儿来到底是为了什么？

柯恩小姐　那些事情我都讨厌透了，我厌烦得要死。

杰拉尔多　我不想为这个辩论。就我个人来说，我必须告诉你，我是从完全不同的一面来体会人生的。但是，我的孩子，我是一个男人，我三十六岁了。你到了那个时候，你也会要求更充实的生活的。再等两三年，你就会找到一个人，然后就不需要……躲在我屋子的窗帘背后，在一个男人屋子里……他却从来没有请你来……你也并不比别人更认识他……整个的欧洲大陆都认识他的……为了从他的奇妙的观点来观察一下人生。（柯恩小姐深深地叹了一口气）那么现在……我从心底里万分感谢你的玫瑰花。（他紧握着她的手）今天我们就谈到这儿吧！

柯恩小姐　我一生中从来没有想念过一个男人，直到昨天晚上我看见你扮演汤豪赛出现在舞台上。而且我答应你………

杰拉尔多　啊，别答应我什么，我的孩子。你的答应对我会有什么好处呢？你这样一答应，一副重担子就全压在你的身上了。你瞧，我现在就像一个最亲爱的父亲一样，跟你这样亲密地谈话。感谢上帝吧，你的冒失没有使你落在别个艺术家的手里。（他又紧握了她的手）这一回就作为你的一次教训吧，从此可别再做这个尝试啦！

柯恩小姐　（拿出她的手帕掩着脸，可是没有流泪）我的样子是那么难看吗？

杰拉尔多　难看？不难看，你年轻可不谨慎。（他神经质地站起身来，走向右边，又走回来，用他的臂膀搂住她的腰，拿起她的手）好好地听我说，孩子。你的样子是不难看的，因为我必须做一个歌唱家，因为我必须做一个艺术家。不要误会我的话，但是我想不出为什么我应该把话说得简单明了，因为我是一个艺术家。我向你保证，我很欣赏你那青春的朝气和美貌。那只是时间上的问题啦！像你这样年龄的漂亮可爱的姑娘，有两百多——也许有三百多——昨天晚上看了我扮演的汤豪赛。现在如果那些姑娘人人都向我作出像你现在这样的要求……我的歌唱将会变成什么样子？我的嗓门将会变成什么样子？我的艺术将会变成什么样子？

［柯恩小姐失望地坐下来，掩着她的脸，哭了。

杰拉尔多　（靠着她的椅子背，用友好的声调说）孩子，为了你还这么年轻这个事实而哭，这是一种罪过。你有远大的前途，如果说你爱上了我，那是我的罪过吗？她们都是这样的。我就是要叫人爱的嘛！你能不能做一个好姑娘，现在让我把我剩下的几分钟，为了明天的表演，给自己准备一下？

柯恩小姐　（站起身来擦干眼泪）我不能相信别的姑娘会像我这样的爱你。

杰拉尔多　（领着她走向门口）没有，亲爱的孩子。

柯恩小姐　（带着哭声说）至少不会这样，如果……

杰拉尔多　如果我的跟班一直守在门口……

柯恩小姐　如果……

杰拉尔多　如果那姑娘是像你一样的美丽而又朝气蓬勃……

柯恩小姐　如果……

杰拉尔多　如果她只听过一次我唱《汤豪赛》……

柯恩小姐　（气愤地）如果她是像我一样值得尊敬的……

杰拉尔多　（指着钢琴）在你跟我说声再会以前，孩子，你看一看所有的这些花在你将来受到诱惑要爱上一个歌唱家的时候，这也许会成为给你的一个警告。看看它们是多么鲜艳啊！可是我必须让它凋谢、枯萎，或者我就把它送给看门的。你再看看这些信。（他从托盘里拿起一大把信件）这些女人我一个也不认识。你别烦心；我让它们自生自灭。除此之外我又能有什么办法呢？我可以跟你打赌，你的那些可爱的年轻朋友们人人都会寄一个短短的字条给我。

柯恩小姐　好吧，我答应你不再这么做，不再躲在你的窗帘背后。可是你别打发我走。

杰拉尔多　我的时间，我的时间哪，亲爱的孩子。如果我不是正要去赶火车的话！我已经跟你讲过，我对你非常抱歉。但是我的火车在三十五分钟之内就要开啦！你想得到的是什么呢？

柯恩小姐　吻我一下。

杰拉尔多　（僵在那里）让我吗？

柯恩小姐　是的。

杰拉尔多　（搂着她的腰，现出非常严肃的神情）你这是剥夺了艺术的尊严，我的孩子。我不愿意显得像一个没有感情的畜生一样，现在我送你一张照片吧，可是你得保证，在这之后，你就离开我。

柯恩小姐　好的。

杰拉尔多　好吧。（他在桌旁坐下来，在他的一张照片上签名）你要学会对于一个歌剧本身发生兴趣，而不是对歌唱的人。那样，你可能会得到更大的享受。

柯恩小姐　（自言自语）我还是太年轻啦！

杰拉尔多　你献身于音乐吧！（他走向前台把照片递给她）不要把我看成一个出名的男高音，我在那个高贵的大师手下只是一个工具。在你相识的人们中间，你看看那些结了婚的妇女吧，全是华格纳的爱好者，全都研究华格纳的作品，学习理解他的“主导旋律”。那样可以免得你进一步地发昏。

柯恩小姐　我谢谢你。

［杰拉尔多领她出去，按了铃。他又拿起钢琴乐谱，又有人在敲门。

跟　班　（气喘呼呼地走进来）有，先生。

杰拉尔多　你是站在门口吗？

跟　班　只是刚刚没在，先生。

杰拉尔多　当然不在啦！你可一定谁也别让进来。

跟　班　有三位太太和小姐要见你，先生。

杰拉尔多　不管她们跟你讲什么，一个都不要让她们进来。

跟　　班　这里又有几封信。

杰拉尔多　好啦！（跟班把信放在托盘里。）你要是敢放一个人进来的话……

跟　　班　（在门口）不敢，先生。

杰拉尔多　哪怕她们拿一大笔钱来买通你……

跟　　班　不敢，先生。（他走出去）

杰拉尔多　（唱）“伊索尔德！爱人呀！你……”哦，要是女人们永远不对我感到厌烦……不过世界上这种女人多的是。而我只是一个男人，每个人都有他的负担。（他按了一下琴键）

［杜灵教授没敲门就走了进来。他全身穿着黑色衣服，长长的白胡须，一个通红的钩鼻子，金边眼镜，亚尔倍亲王式的上衣，丝绒帽子，胳膊下面夹着歌剧乐谱。

杰拉尔多　你来要什么？

杜　　灵　大师……我……我……有一部……歌剧。

杰拉尔多　你怎么进来的？

杜　　灵　我已经等了两个钟头，趁一个机会没人看见，就上楼来了。

杰拉尔多　可是，我亲爱的好心人哪，我没空。

杜　　灵　啊，我不会把全本歌剧弹给你听。

杰拉尔多　我没有时间。再过三十分钟我的火车就要开啦！

杜　　灵　你没有时间！我可怎么说呢？你才三十多岁，就成功了。你还要活好大半辈子哩！你只听听在我的歌剧里你演的那一部分吧。当初你到这个城里来的时候，你曾经答应我要听一听的。

杰拉尔多　那有什么用处？我又不是一个免费的代理人……

杜　　灵　求求你！求求你！求求你呀！大师！我一个老年人站在你面前，简直要在你跟前下跪啦。一个老年人在这个世界上，除了他的艺术，什么事也没有关心过。五十年来，我在艺术的专制下做了一个自愿的牺牲者……

杰拉尔多　（打断他的话）是的，我理解，我理解的，但是……

杜　　灵　（激动地）不，你不理解。你不能理解。你怎么能够呢，你是个交运的幸运儿，你理解五十年来徒劳无益工作的意义吗？但是我要想法叫你理解这个意义。你瞧，我活得年纪太大了，已无法掐断我自己的生命。要这么做的人，在三十五岁的时候就做了，我却让时间这么过去了。现在我必须拖到我生命的最后。求求你，先生，请你别让我的残余之年白白地消耗掉，哪怕因此你必须损失一天的时间，或者甚至是一个星期的时间。这是对你自己有利的。一个星期以前，当你为了特别演出初次来到这里的时候，你答应过，让我表演我的歌剧给你看。从那以后我每天都到这里来，而你不是在排练就是有女客来访。现在你准备离开这里了。你只要说一句话：“可以唱赫尔曼的角色。”他们就可以上演我的歌剧。那时你对我这次的坚决要求就会感谢上帝了……你演唱过齐格菲，你唱过弗洛莱斯坦……在你的保留节目里没有一个像赫尔曼这样的角色，没有一个角色能更适宜于你的中音域了。

[杰拉尔多靠着壁炉架，用右手在炉架上打着拍子。他发觉有什么东西藏在窗帘后面，他猛地把手伸向帘后，拉出一个身穿灰色长袍的女人。他从中间那扇门把这个女人拉了出去，关上门之后，他转身面向杜灵。

杰拉尔多　啊，你还在这里吗?

杜　　灵　（泰然自若的神情）这个歌剧是出色的，它很有戏剧性，它一定能卖座。我可以拿李斯特、华格纳、鲁宾斯坦因写来的信给你看，在他们信里都认为我是高人一等的。可是为什么以前没有上演过一本歌剧呢?因为我不是市场上叫卖的商品。而且，你也知道我们的那些导演，他们宁可叫十个死人复活也不肯让一个活人得到一次机会。他们的门槛把得很严。你三十岁就走进去了。我六十岁还留在外面。只要你说一句话，我也可以进去了。我所以到这儿来就是为了这个，（提高了嗓子）如果你不是一个没有感情的畜生。如果你的成功还没有扑灭你艺术的同情心的最后火花，你就不会拒绝听一听我的作品。

杰拉尔多　我在一个星期之内给你答复。我要看一看你的歌剧。你把它留给我吧。

杜　　灵　不，大师呀，我年纪太大了。在一个星期里，在你所说的一个星期里，我也许已经死掉、埋掉。在一个星期之内……他们都是这样讲的，可是，他们一搁就是几年。

杰拉尔多　我非常抱歉，可是……

杜　　灵　明天你也许就要崇拜我了，你将会以认识我为夸耀……可是今天，在你利欲熏心贪求金钱之下，你甚至不肯腾出半点钟的工夫，这半点钟就意味着可以打断我的脚镣手铐。

杰拉尔多　真的，不行，我只剩下三十五分钟了，要不我就看几段吧……你知道明天晚上我要到布鲁塞尔去唱特里斯丹，（他掏出他的表来）我甚至连半点钟的工夫都没有了……

杜　　灵　只有半点钟……啊，那么，让我给你弹一段在第一幕收尾时候你唱的那段咏叹调吧！（他想在琴凳上坐下来。杰拉尔多拦住了他）

杰拉尔多　现在，坦白地说，我亲爱的先生……我是一个歌唱家，不是一个批评家。如果你希望你的歌剧上演，你可以向那些受了报酬负责审定作品好坏的先生们去提出。在这个问题上，人家决不会重视我的意见。我说好说歹完全没有用，他们只知道鉴赏和赞美我的歌唱。

杜　　灵　我亲爱的大师，你可以把我也算在这种人之内吧。我自己认为你怎样评判是毫不重要的。我管你的意见做什么？我知道你是唱男高音的，我愿意把我的乐谱弹给你听，好让你能够说："我很愿意唱赫尔曼的角色。"

杰拉尔多　如果你知道，我有多少很愿意做而不得不放弃的事情，有多少我一点儿都不想做却必须去做的事情！我必须为了我的职业而牺牲人生的许多乐趣，这是一年五十万元所抵偿不了的。我不是一个自由的人呀！可是你，整整的一生都是一个自由的人。你为什么不肯到市场上去叫卖你的商品呢？

杜　灵　啊，这是很庸俗的事……我已经试过一百多次啦！我是一个作曲家，大师呀，别的什么也不行。

杰拉尔多　你这话的意思，就是说用尽你全部精力去写作歌剧，而一部也得不到演出。

杜　灵　真是。

杰拉尔多　我认识的作曲家们正好跟你相反。他们先随便写出一个歌剧，然后用尽他们的精力去进行活动，使它们能够上演。

杜　灵　这一类的艺术家我是瞧不起的。

杰拉尔多　哦，我瞧不起的倒是在枉费心机的努力中浪费了一辈子的那一类。你在五十年的奋斗里所作所为是为了你自己呢还是为了社会？五十年的白费力的奋斗！只会使一个最大的傻瓜都能相信他的梦想是行不通的。你一生中做了些什么呢？你很丢脸地浪费了你的一辈子。如果我像你那样浪费了我的一辈子——当然，我只是说我自己——我想我就没有勇气和任何人见面了。

杜　灵　我这样做不是为了我自己，我是为了我的艺术才这样做的。

杰拉尔多　（轻蔑地）艺术！我亲爱的人。我来告诉你，艺术跟书本上讲给我们听的那些是完全两码事。

杜　灵　在我看来，艺术是世界上最最崇高的东西。

杰拉尔多　你可以这样相信，但是没有一个人会同你一样想法。我们艺术家只是为资产阶级服务的一种奢侈品。每逢我站在舞台上，我绝对肯定地感觉到观众中没有一个对于我们这些艺术家在做什么会感到一点点的关心。如果说他们是有所关心的话，那么，他们怎么能够倾听，例如说吧，像《战争的女神》那样的东西？哦，那是一个下流的故事，在上流社会里，随便什么地方都不该提起的。可是，当我演唱西格蒙德的时候，最最拘谨的母亲会把她们十四岁的女儿带得来听。你瞧，这就是你所谓艺术的意义。这就是你为它牺牲了五十年生命的东西。你算算看，有多少人来听我唱，有多少人张大了嘴看着我，就像看中国的皇帝一样，如果明天他会在这里出现的话。你知道观众对艺术的要求是些什么东西？喝彩，送花，有一个谈话的题目，看别人、也叫别人看自己。他们送给我五十万块钱，然后我拿来同成百上千的马车夫、作家、裁缝、饭店老板去打交道。这样可以使金钱周转不停，可以使血液流通，可以使姑娘们订了婚，使老处女嫁了人，使做妻子的受了诱惑，给老朋友们提供聊闲天的资料。一个女人会在人群里丢掉她的钱袋，一个小伙子会在演奏时变得发疯。医生们，律师们……（他咳嗽了）就这样我明天晚上必须在布鲁塞尔唱特里斯丹！我把所有的这些话都讲给你听，不是出于虚荣心，而是要治好你的妄想。评定一个人的价值，是社会对他的舆论，不是一个人在多年的沉思苦想之后最终接受的内心信仰。不要想象你是一个被误解的天才。根本没有什么被误解的天才的。

杜　　灵　让我只把第二幕第一场弹给你听吧。像是图画里一场公园的风景，“开船到西特拉岛。”

杰拉尔多　我再跟你说一遍，我没有时间。再说呢，自从华格纳去世以后，谁也不再感到有新歌剧的需要。如果你拿出新音乐来，你就是同所有的音乐流派、艺术家和观众在作对。如果你想要成功的话，你可以从华格纳的作品里偷出足够的东西编成整整一个歌剧。我为什么要让你的音乐来伤脑筋呢？我已经给旧的东西伤够脑筋了。

杜　　灵　（伸出了颤抖的手）我怕我已经太老了，学不会怎样去剽窃了。一个人除非从很年轻的时候起，他再也学不会了。

杰拉尔多　你不要感到伤心。我亲爱的先生——如果我能够……想到你必须怎样奋斗……我碰巧比我的酬金多得到五百马克……

杜　　灵　（转身向门口走去）别说啦！请别说啦！不要讲这样的话。我把我的歌剧给你看，不是为了叫化。不，我只是太关心我这个头脑里生出来的孩子了……大师！

［他从中门走出去。

杰拉尔多　（跟他走向门口）我请你原谅……和你见面我很高兴。

［他关上门，坐在一把扶手椅上。听见门外有人讲话：

“我不要那个人挡住我的路。”海伦冲进屋里来，跟班随在她身后。她是一个年轻而美丽得异乎寻常的女人，身穿上街的服装。

海　　伦　那个人站在那儿挡住我，不许我见你！

杰拉尔多　海伦！

海　　伦　你知道我要来看你的。

跟　　班　（擦着脸）我想尽了办法啦，先生，可是这位夫人确实是……

海　　伦　是的，我给了他一记耳光。

杰拉尔多　海伦！

海　　伦　我能让他侮辱我吗？

杰拉尔多　（对跟班）请你走开吧！

［跟班走出去。

海　　伦　（把她的皮手笼放在椅子上）没有你我再也不能活下去了。要不是你带着我走，要不是我就自杀。

杰拉尔多　海伦！

海　　伦　是的，我自杀。像昨天那么一整天，我简直没有见到你……不行，我再也不能那样活下去了。我可没有那么坚强。我求求你，奥斯卡，把我带走。

杰拉尔多　我不能。

海　　伦　你要是想那么做，你就能。要是你离开我，我只好自杀。这不是随便说说的。这不是威胁你，这是事实。我再不和你在一起，我就要死啦。你一定要带着我……这是你应负的责任……哪怕只有一个短短的时间也行。

杰拉尔多　我以名誉担保，海伦，我不能够……我说的是老实话。

海　　伦　你必须带我走，奥斯卡。不管你能够还是不能，你必须承担你的行为的后果。我爱人生，但是在我说来，你和人生是同一个东西。你带我走吧，奥斯卡，如果你不想要我的血流在你的手上的话。

杰拉尔多　你可还记得，我们第一天一起在这儿的时候，我跟你讲过的话吗？

海　　伦　我记得的，可是，那对我有什么用处呢？

杰拉尔多　我说过，我们俩不能有什么爱情的问题。

海　　伦　我没有办法。那时我不认识你。在我碰到你之前，我从来也不知道一个男人会对我发生多大力量。你知道得很清楚，必然有这样的结果，否则你就不会强迫我答应你不要在分手的时候闹一场。

杰拉尔多　我就是不能把你带在身边。

海　　伦　上帝呀！我知道你会这么说的！我到这儿来的时候就知道了。你对每一个女人都是这么讲的。我也不过是一百个人中的一个。我知道，但是，奥斯卡，我害了相思病，我爱得要死啦，这是你造成的，你可以使我得救，而在你那方面不会有什么牺牲，不会负担什么麻烦。你为什么办不到呢？

杰拉尔多　（非常缓慢地）因为我订的合同不许我结婚，或是带着一个女人旅行。

海　　伦　（困惑地）什么能够阻止你呢？

杰拉尔多　我的合同。

海　　伦　你不能……

杰拉尔多　在我的合同满期以前，我不能结婚。

海　　伦　而且你不能……

杰拉尔多　我不能带着一个女人旅行。

海　　伦　这简直叫人不能相信。这事到底跟什么人有关呢？

杰拉尔多　我的经理。

海　　伦　你的经理！这件事他管得着吗？

杰拉尔多　这正好是他管的事。

海　　伦　也许因为这会…….影响到你的嗓子吗？

杰拉尔多　是的。

海　　伦　这真是荒谬之至。那会影响你的嗓子吗？

［杰拉尔多抿着嘴微微一笑。

海　　伦　你的经理会相信这种胡说八道的事吗？

杰拉尔多　不，他不相信。

海　　伦　这可把我弄糊涂了。我不能理解一个体面的人怎能签订这样一份合同？

杰拉尔多　我首先是一个艺术家，其次才是一个男人。

海　　伦　是的，你正是这样的——一个伟大的艺术家……一个著名的艺术家。你不能理解我爱你爱得多么厉害吗？你是第一个使我感觉到他的优越性的男人。我渴望讨他的欢心，可是你因此却瞧不起我。我有好多次咬破我的嘴唇，为了不让你猜到你在我的心里占有多么重的分量。我是那么害怕我或许会叫你厌烦。可是昨天我陷入这样一种心境里，那是任何女人也忍受不了的。如果我不是这么发狂地爱着你，奥斯卡，你或许会更想念着我吧。这是你使人可怕的地方……你一定是瞧不起一个热爱你的女人。

杰拉尔多　海伦！

海　　伦　你的合同！别用你的合同当作一种武器来谋杀我。让我跟着你去吧，奥斯卡。你可以看看你的经理会不会说你违反合同。他决不会做这样的事。我是了解男人的。如果他讲一句话，那就是我的死期来临了。

杰拉尔多　我们没有权利这样做，海伦。你没有自由可以随便跟着我走，我也没有自由负这个责任。我不是属于我自己的，我是属于我的艺术的。

海　　伦　啊，别老谈你的艺术吧。我管你的艺术作什么？上帝创造了像你这么样的一个人是为了叫他每天夜里做一个傀儡人儿吗？你不应该拿这个来夸耀倒是应该作为羞耻的。你瞧，我看错了，我没有看出你仅仅是一个艺术家这个事实。我把你看成一个像上帝似的人，这一点我没有看错吧？即便你是一个囚犯，奥斯卡，我对你的感情也还会是一样的。我要躺在你脚下的泥土上求你的哀怜。我要面对死亡，像我现在面对着它一样。

杰拉尔多　（笑着）面对死亡，海伦！你们这样具有享受人生快乐天赋的女人是不会自绝于人世的。你甚至比我更能了解人生的价值。

海　　伦　（精神恍惚地）奥斯卡，我没有说过我要枪杀我自己。我什么时候说过这话呀？我哪有勇气干这个呀？我只说过我要死掉，如果你不把我带走的话。我会像害病似的那么死掉，因为我只有和你在一起的时候，我才是活着的。我可以不要我的家庭、不要我的孩子，但是，奥斯卡，不能没有你。没有你我就没法活下去。

杰拉尔多　海伦，要是你不让自己静一静……你把我弄到很尴尬的地位……我只剩下十分钟了……我不能在法庭上说明由于你的激动使我破坏了我的合同……我只能再给你十分钟了……如果到时候你不能静下来……我不能让你独自留在这种状态里。想想吧，你这是把你的一切都拼上去了！

海　　伦　看你的意思好像我还有别的什么值得一拼的样子！

杰拉尔多　你会失掉你的社会地位！

海　　伦　我会失掉你！

杰拉尔多　还有你的家庭？

海　　伦　除了你，我什么人都不在乎。

杰拉尔多　可是我不可能是属于你的。

海　　伦　那么除了我这条命没有什么好失掉的。

杰拉尔多　你的孩子们！

海　　伦　谁把我从他们的手里抢走的，奥斯卡？谁把我从我的孩子们手里抢走了的？

杰拉尔多　我可曾追求过你吗？

海　　伦　（热情地）没有，没有。是我自己舍身给你的，我还要再舍身给你。无论是我的丈夫还是我的孩子都阻止不了我。在我死之前，我至少还要好好地活一下；谢谢你，奥斯卡！因为你使我得到了启示。我谢谢你，奥斯卡，为了这个，我感谢你。

杰拉尔多 海伦，安静一下吧，你听我说。

海　　伦 是的，是的，就十分钟。

杰拉尔多 你听我说。（两个人都在长沙发上坐下来）

海　　伦 （注视着他）是的，我多感谢你呀！

杰拉尔多 海伦！

海　　伦 我甚至不要求你爱我，只让我呼吸一口你呼吸过的空气吧！

杰拉尔多 （竭力镇定）海伦……一个像我这样典型的人是不能为任何资产阶级的观念所动摇的。我曾经结识了世界上每一个国家的社交妇女。有一些在分别时是要闹一场的，但是她们至少全都知道给她们的社会地位保留点面子。我这是有生以来第一次看到像你这样的热情奔放……海伦，我每天都感到诱惑，要我偕同某一个女人走进一种田园牧歌式的淳朴生活里去。可是每一个人都有他的责任，你有你的责任，正如我有我的责任一样，责任的号召是世界上最崇高的事情……

海　　伦 我比你更懂得什么是最崇高的责任。

杰拉尔多 那么是什么呢？是你对我的爱情吗？她们都是这么说的。一个女人下定了决心要争取的，就是她认为好的，凡是打破了她的计划的，就是坏的。这是我们剧作家的罪过。为了卖满座，他们把世界都弄颠倒了。当一个女人放任她的性情，而丢弃了孩子和家庭的时候，他们管这叫作……啊，叫作心胸豁达。从我个人来说，照斑鸠的生活方式去生活，我也是无所谓的。但是我既然是这个世界的一分子，我就必须首先尽我的责任。然后遇到了好机会，我就痛饮人生欢乐的酒杯。无论谁拒绝尽他的责任，他就没有权利向别的人做任何要求。

海　　伦　（茫然地注视着）那是不能叫死了的人复活起来的。

杰拉尔多　（激动地）海伦，我要把你的生命交还给你。我要把你曾经为我牺牲了的东西交还给你。看在上帝的分上，你拿去吧。说到底，这究竟会有什么结果呢？海伦，一个女人怎么可以把自己降低到这种地步呢？你的自尊心到哪里去了？我在世界人们的心目中算得上是个什么人呢？一个在每天夜里把自己弄成像傀儡似的男人！海伦，你准备为这样的男人去自杀吗？——在你之前有几百个女人爱他，可是她们连一秒钟也不肯让她们的感情打乱了生活。你要流出你鲜红的热血在上帝和世界的面前使人觉得你滑稽可笑吗？

海　　伦　（把眼神躲开他）我知道我现在要求得太多了，可是，除此之外我还有什么办法呢？

杰拉尔多　海伦，你说过，我应当承担我的行为的后果。可是当你第一次到这儿来借口要我给你试试嗓子，你能责备我没有拒绝接待你吗？在那样的情形下，一个人又能怎么办呢？你是这个城市的美人儿。我或者是被人指称为艺术家中谢绝接见一切女客的大笨蛋，或者我接待了你，假装不了解你的来意，让人拿我当作一个傻瓜对待。或者我也许应该在第一天就谈出我现在这么坦率对你谈出的话。这是危险的事情。你会管我叫作一个自高自大的呆子。海伦，告诉我，除此之外我还有别的办法吗？

海　　伦　（用祈求的眼光注视着他，颤抖了一下，竭力想要说话）上帝呀！上帝呀！奥斯卡，如果明天我去找了另外一个男人跟他一起像我和你相处时一样地快乐，你又将怎样说呢？奥斯卡——你将怎么说？

杰拉尔多　（沉默了一会儿）没什么。（他看看他的手表）海伦……

海　　伦　奥斯卡！（她跪在他的面前）这是最后一次，我求求你。……你不知道你现在做的是什么事。……这不是你的过错……但是别让我死掉啊……救救我救救我吧！

杰拉尔多　（扶她起来）海伦，我不是一个那么了不起的人。你曾经结识过多少男人？你结识的人越多，所有的男人在你的评价中也越降低身价。当你更了解男人的时候，你就不会为了其中任何一个人白白送掉你的生命。你不会比我想念女人更甚地想念着他们了。

海　　伦　从这方面来说，我和你不一样。

杰拉尔多　我这话是很诚恳的，海伦。我们不会爱上这一个或是那一个，我们只会爱上合乎我们类型的人，如果我们眼光足够锐敏的话，这种人，我们到处都可以找到。

海　　伦　我们遇到合乎我们这个类型的人的时候，我们肯定会再为人所爱吗？

杰拉尔多　（愤怒地）你没有权利抱怨你的丈夫。难道每个姑娘都是违反了她们的意志被迫结婚的吗？这全都是胡说八道。只是为了某些物质利益出卖了自己，然后又想法逃避她们的义务的女人，才设法让我们相信这些无聊的话。

海　　伦　（微笑）她们破坏了她们的合同。

杰拉尔多　（拍着他的胸）我出卖了我自己的时候，我至少是诚实地履行合同的。

海　　伦　难道爱情是不诚实的吗？

杰拉尔多　不！爱情是一种卑鄙下流的资产阶级的道德。爱情是养尊处优的人、是懦夫们最后的防空洞。在我的世界里，每一个人都有他实际的价值，每当两个人订了合同，他们都确实知道彼此间的期望是什么。爱情是与这双方都不相干的。

海　　伦　那么说，你是不愿意带我走进你的世界里去了？

杰拉尔多　海伦，你愿意仅仅为了几天的快乐损害你的一生的幸福、损害了你那些亲人的幸福吗？

海　　伦　不。

杰拉尔多　（大为放心）那么，你愿意答应我，现在就安安静静地回家去吗？

海　　伦　是的。

杰拉尔多　你愿意答应我，你不会寻死吗……

海　　伦　是的。

杰拉尔多　你都答应了吗？

海　　伦　是的。

杰拉尔多　你答应我履行你作为一个母亲……还有作为一个妻子的责任吗？

海　　伦　是的。

杰拉尔多　海伦！

海　　伦　是的。你还要要求什么呢？我什么都愿意答应你。

杰拉尔多　现在我可以安静地走开吗？

海　　伦　（站起来）可以的。

杰拉尔多　最后一次接吻好吗？

海　　伦　好，好，好。

［他们热烈地接吻。

杰拉尔多　一年之内我预定再到这里来演唱，海伦。

海　　伦　一年之内！啊，我很高兴！

杰拉尔多　（温存地）海伦！

［海伦紧握着他的手，从她的手笼里取出左轮手枪，对自己开了一枪，倒下来。

杰拉尔多　海伦！（他踉跄了几步，瘫倒在一把扶手椅里）

茶　　房　（奔跑进来）我的上帝呀！杰拉尔多先生！

［杰拉尔多一动不动地待在那里；茶房奔向海伦。

杰拉尔多　（跳起来，跑向门口，跟旅馆经理相撞）派人去叫警察！一定要把我抓起来！现在如果我走开，我就算是一个畜生；如果我留下来，我就破坏了我的合同。我还有（看看他的表）一分零十秒钟。

经理弗莱德　快跑去找个警察来。

茶　　房　是，先生。

经　　理　快去。（对杰拉尔多）不要太难过，先生。这种事情偶尔总会发生的。

杰拉尔多　（跪在海伦的身子前面，拿起她的手）海伦！……她还活着她还活着！如果我被捕，我可不是故意破坏了我的合同……我的箱子呢？车子已经来到门口了吗？

经　　理　已经等了二十分钟啦，杰拉尔多先生。（他给搬运夫开了门，搬运夫把一只衣箱搬下去）

杰拉尔多　（俯身望着海伦）海伦！（自言自语地）哎，毕竟……（对经理）你去找了医生吗？

经　　理　是的，我们立刻就请了医生啦！他马上就来。

杰拉尔多　（把手伸到她的胳肢窝底下把她架起来）海伦！你已经不认得我了吗？海伦！医生会立刻来到啦，海伦。我是你的奥斯卡呀。

茶　　房　（出现在中门）一个警察也找不到，先生。

杰拉尔多　（把海伦放下去）哦，如果我不能被捕，这事就算解决了。我一定要赶上这班火车，明天晚上好在布鲁塞尔演唱。（他拿起他的乐谱，从中门奔出去，慌忙中碰倒了几把椅子）

——幕　落

爱·艺术·自我

——《男高音歌手》读解

一个无爱的男人，一个活在合同里赚取50万年薪的唱歌机器，一个摒弃人间爱恋情感的空心人。这是一个外表光鲜受人膜拜的艺术家，其实活得十分可怜无助，没有自由，没有自我，没有闲暇，终日只能成为供人消遣与娱乐的工具。只有真正接触他的人，才得知他的苦衷，才知道他的扭曲和变形。他虽然忝列歌唱家之名，但做着的却是不美、杀爱、伤人的事情，是与艺术无缘的勾当。全剧写出诸多的矛盾，构筑了艺术家苍白空心的精神世界，鲜活地塑造出其独特的人物形象。

本剧在艺术上采取了许多常用的编剧技法。首先是时间的设定发挥了特殊作用。在编剧中以时间的推移来拨动剧情发展，是能够吸引观众注意和兴趣、加剧紧张气氛的手段之一。时间的设定通常有顺时序和倒计时两种。顺时序，随着时间的推进，不断累积矛盾并加剧矛盾激化的强度。倒计时，则是随着时间的日渐缩短，剧情愈加激烈紧张，直到逼近矛盾白热化的顶点，可紧紧吸引观众的兴趣。顺时序的好例子如易卜生的《玩偶之家》，展示了娜拉与丈夫海尔茂从12月24日至26日圣诞节前后特殊时节矛盾的积累到总爆发导致夫妻彻底破裂娜拉最终出走的结果。倒计时的例子，比如契诃夫的《纪念日》，讲述一个银行主任下午4点要做演讲，可是办事员3点才能完成总结报告的撰写。就在剩下的宝贵时间段里，特别需要专注一心，这时偏偏来了一个无聊的话痨子和一个找茬的一根筋女人，闹得写报告的人火急火燎、烦不胜烦。最后上头派的人来了，矛盾暂时转移或告一段落。

本剧也属于倒计时的编剧手法，剧作开篇告诉我们主人公奥斯卡要赶上最后一班火车去布鲁塞尔演出，他告诉跟班还剩下40分钟他必须抓紧练习不能受到任何打扰，并表示任何人都不见。在接下来的40分钟里，奥斯卡却一再被打断，而且情形越来越失控。先是发现窗帘后面藏着慕名的虚报年龄的16岁蠢姑娘，奥斯卡把她打发走了，少掉5分钟。继而，一个大半辈子不与世俗妥协平生只能默默无闻的60岁老作曲家，一定要占用奥斯卡宝贵的时间听听他弹唱自己精心创作的曲目。奥斯卡与他辩白，说自己只是歌唱家，无法衡量曲目的优劣，但是老人认死理说奥斯卡一周前就答应过要听他弹奏的，却因为天天忙于演唱或与女人周旋而推诿至今。时间还在不以奥斯卡的意志为转移地流失，奥斯卡还没有从老作曲家的骚扰中回过神来，已经又有一个叫做海伦的已婚美女破门而入。海伦的到来，自认为理所当然，而且口口声声说没有奥斯卡她就活不下去了。两人对话后我们获知，海伦也是奥斯卡的痴迷者，她先是借口要奥斯卡帮她试嗓子，却越陷越深，无法自拔地爱上奥斯卡，到了甘愿抛夫弃子不要家庭的地步。她先倾吐苦衷，然后恳求，接着完全不要自尊地要献身给奥斯卡。但奥斯卡无动于衷，因为他只活在不能谈恋爱不能带女人旅游的合同契约里，让我们看到他的无奈之余的无爱无我无心的苍白。以传播美为宗旨的歌唱艺术，由没有爱的人来演绎，达到反讽的效果。以时间设置的结果，不管是顺时序还是倒计时方式，最终都会把剧情的积累发展到没有退路的顶点求得最强音的爆发。海伦在自怜自艾毫无自我的各种招数都失效后，其实她已经成为没有生命的躯壳，于是她开枪自杀结束了自己。然而，奥斯卡并没有幡然醒悟，而是毫无悔改和自我怜惜，没有任何觉醒的行为。他起初还在为充当一个男人还是做一个信守合同契约的守法者而犹豫，要做个男人就需要坚守在海伦身边，他一开始是想这么做的，守在海伦身边，被警察抓进监狱，宁可违约了。但是当经理、茶房一干人都没有找到警察之后，他觉得自己完全可以脱身了，因为他前面看过自己的手表后知道还有一分零十秒钟。他的嘴脸表明他很快拂去被海伦骚扰而占用的时间的困扰，海伦的死也轻易地被他置之脑后。他嘴里说着："我一定要赶上这班火车，明天晚上好在布鲁塞尔演唱。"他夺门而出，撞翻几把椅子，结束了剧情。这个收尾像一个余波一样泛滥在每个观众的心里，留给每个人思考和回味。

接着谈谈剧作中的人物形象设计。本剧围绕奥斯卡这一主要人物安排陪衬角色，通过他与柯恩小姐、杜灵教授和已婚妇女海伦的交往来揭示他的性格特征及个性特色。柯恩小姐只是一个无脑的少女，她根本还不知道什么是爱，但却随大流追星。好在她碰到的奥斯卡是一个操守并未尽失的男人，没有染指她，还告诫她要注意辨识世间的善恶。这是奥斯卡第一次被干扰，他以成人的方式守住了一个男人的底线，没有让无脑少女受到侵害。这说明奥斯卡是个品质不坏的艺术家，是个爱护少女的成年男人。随着剧情的伸延，奥斯卡被迫接待杜灵教授。杜灵教授把艺术看成是世界上最崇高的东西。他一辈子不肯牺牲艺术向商业利益低头。他愤世嫉俗，郁郁不得志。剧作中通过奥斯卡与杜灵教授的碰撞，要探讨几个问题：首先，艺术是束之高阁还是供大众消遣的消费品。其次，通过杜灵的嘴，要唤醒奥斯卡的艺术同情心。杜灵认为奥斯卡已经丧失了情感，整日约会成为供人驱使的工具，唯独缺乏艺术的情感。再次是探讨艺术家的成功与艺术的关系。奥斯卡被杜灵教授羡慕的所谓成功，恰恰是他缺乏的。奥斯卡对杜灵教授说，他虽然看似成功可是从来没有自由，而杜灵一辈子没有名利缠身然而拥有自由。在杜灵教授眼里，奥斯卡 30 多岁就成功了，成为被人景仰的歌唱家，而他已经 60 岁，来日无多，如果他再不能有人赏识，恐怕再好的艺术都要被一起带入坟墓了，所以他有些着急，有些伤感，也有些郁闷，能够由被世人推崇的歌唱家来演唱自己平生心血凝聚的作品是他的心愿，所以他顾不上比奥斯卡年长得多，也不要自尊地低声下气请求他，但是这些都没能唤醒奥斯卡。接下来是奥斯卡与海伦的关系，主要反映艺术家空心的爱情观，也表现奥斯卡在艺术和自我中的相悖关系。海伦很美，美得独特，而且有着幸福的家庭，可是她迷恋奥斯卡到了把他奉为上帝的地步。可奥斯卡只是把她当成和其他女人一样，认为她对他的热恋是社交上玩玩而已，认为她有没有爱情都同样可以享受人生快乐，而且不会因为没有爱情而自绝于世。奥斯卡拒绝海伦，表面上是为了遵循合同，契约规定他不许结婚不许带女人旅行，实际上说明了他只是一个丧失自我的艺术家，他只能

“每天夜里做一个傀儡人儿!”海伦虽然意识到看错了奥斯卡，正如她看似清醒时认识到奥斯卡对每个女人都是一样的，她自嘲地说：“我也不过是一百个人中的一个。”可是她依然想以命相搏，挽回奥斯卡的欢心，可是奥斯卡还是无动于衷，他不仅没有自我，而且根本没有人性，根本不配得到海伦的炽热的爱。海伦继续屈尊自己，得到的只是奥斯卡更加不堪的对待，嘲笑她那是资产阶级观念，讽刺爱情是卑鄙下流的资产阶级道德，他也有劝解，唯独缺乏真诚和真爱。海伦以悲壮的开枪自杀结束自己的生命，也结束了一种不等价的不匹配的爱情。

剧作还用反复、对比等手法，都为了服务于塑造奥斯卡这一人物，给人强烈印象：他是一个冷血的艺术家，一个没有爱心的男人，一个不尊重艺术没有灵魂的庸俗机械的歌唱家。

剧作通过三个片断，以歌唱家撞见小姑娘、老作曲家及有夫之妇的交谈训诫，来暴露挖掘歌唱家的内心，塑造一个矛盾纠缠着困扰着的艺术家，一个为了生计缺乏艺术追求的艺人匠人，表达对艺术的认识、理解与看法。

本剧的创意在于，出色表现被人艳羡嫉妒的成功者恰恰是对自己充满无奈与窘迫的弱者。鲜花、书信多不胜数，女人争相投怀送抱，同行渴求而不可得的状态，这些世人求之不得的礼遇，恰恰成为束缚人物自由和自我的源头。这些都是剧作奇异的地方。

求　婚

【俄】契诃夫　著　李健吾　译

人　物

史杰潘·史杰潘诺维奇·丘布考夫——一位地主。

娜塔里雅·史杰潘诺夫娜———丘布考夫的女儿，二十五岁。

伊万·瓦西里耶维奇·劳莫夫——丘布考夫的邻居，一位宽大、诚恳然而非常可疑的地主。

景：

丘布考夫的乡舍。

丘布考夫家的客厅。

劳莫夫进来，穿着礼服，戴着白手套。丘布考夫站起欢迎他。

丘布考夫　我亲爱的人，我看见谁啦！伊万·瓦西里耶维奇！我真高兴极啦！（紧握他的手）我的亲爱的，简直意想不到……你好呀？

劳 莫 夫　谢谢你。你一向可好？

丘布考夫　我的天使，我们也就是那样好，谢谢你的祷告，还有什么的。请，坐下……现在，你知道，我的亲爱的，你可真不应该忘记你的邻居。我亲爱的人，你今天打扮得像来做客，怎么的啦？晚礼服，手套儿，还有什么的。我的宝贝人儿，你出门到什么地方去？

劳 莫 夫　不是的，我就是来看看你，尊敬的史杰潘·史杰潘诺维奇。

丘布考夫　那么，我的贵重人儿，你为什么穿晚礼服？活活像你辞岁来啦！

劳 莫 夫　可不，你看，是像这样的。（拿起他的胳膊）尊敬的史杰潘·史杰潘诺维奇，我来有事求你。我请你帮忙，成了专利了，也不止一次两次，你也常常，好比说……我必须请你原谅，我越来越心乱。我先喝点儿水，尊敬的史杰潘·史杰潘诺维奇。

［饮水。

丘布考夫　（旁白）他借钱来了！一个钱也不给！（高声）我的漂亮人儿，是什么事？

劳 莫 夫　你看，昂勒·史杰潘尼奇……对不住，史杰潘·昂勒里奇……我是说，我心乱得不得了，你看得出来……总之，只有你能够帮我的忙，虽说我不配，当然啦……也没有任何权利求你帮忙……

丘布考夫　噢，亲爱的，你就别兜圈子啦！吐出来好了！怎么样？

劳莫夫　等一下……这就说，事情是，我来请求你的女儿，娜塔里雅·史杰潘诺夫娜，嫁给我。

丘布考夫　（大喜）好啊！伊万·瓦西里耶维奇！再说一遍——我还没有听全！

劳莫夫　我有幸请求……

丘布考夫　（打断）我亲爱的人……我真喜欢，还有什么的……是呀，真的，还有那类什么的。（拥吻劳莫夫）我盼了好久了，我一直就这么巴望。（流下一滴泪）我的天使，我一向就爱你，好像你是我的儿子。愿上帝爱你，也帮你的忙，还有什么的。我真还这样盼望……我这傻样儿算什么呀？我一高兴就失了张支，完全失了张支！噢，我的整个魂灵儿……我去喊娜塔霞来，还有什么的。

劳莫夫　（大为感动）尊敬的史杰潘·史杰潘诺维奇，你以为她会同意吗？

丘布考夫　那，当然了，我的亲爱的……好像她不会同意！她才叫爱你，真的，她像一只春天的猫，还有什么的……不会让你久等的！

［下。

劳莫夫　真冷……我浑身在打哆嗦，就像我要进考场考试。顶重要的是，我必须有决心。要给我时间想，迟疑，说废话，追寻理想，或者真正的爱情，那我就永远结不了婚了……天……真冷！娜塔里雅·史杰潘诺夫娜是一个出名儿的女管家，不难看，也受过教育……我还指望什么？不过我这一急，耳朵直在叫唤。（饮水）我不结婚也不成……第一，我已经三十五岁了——譬方说，一种危险的年龄。第二，我应当过一种安静有规律的生活……我有心跳的毛病，容易受刺激，一来就心慌……就说眼前吧，我的嘴唇就在打哆嗦，我的右眉毛就在扭动……可是顶顶坏的还是我睡觉的式样。我一上床，困着了，马上我的左边就有什么东西——那么一抽抽，我觉得它就在我的肩膀跟我的脑袋壳里头……我跳了起来，像一个疯子，溜达半天，回来再躺下，不过，我一要困着了，马上就又是一抽抽！一连二十回……

娜塔里雅 好啊，看！是你，爸爸说："去，那儿有个生意人来买货物。"你好啊，伊万·瓦西里耶维奇！

劳 莫 夫 你好啊，尊敬的娜塔里雅·史杰潘诺夫娜！

娜塔里雅 你别见怪我穿围裙，Neglige[①]……我们在剥豆皮往干里晒。你怎么许久不到这儿来啦？坐下……（他们坐下）要不要来点儿点心？

劳 莫 夫 不啦，谢谢你，我已经用过了。

娜塔里雅 那么，抽抽烟吧……这儿是火柴……现在天气是真好，不过，昨天就那么湿，工人们一整天没有做活。你堆起了多少干草？想想看，我觉得贪心得不得了，割

① 法文，意思是"随便"。

了整整一田的草，现在我可一点儿也不开心，因为我怕我的草烂掉。我应当多等一等就好了。可是，这是怎么回事？什么，你穿着晚礼服！好，我做梦也想不到！你是去跳舞会，还是别的什么地方？——我猜你去的地方一定还要好……告诉我，你这样打扮干什么？

劳 莫 夫 （*心慌意乱*）你看，尊敬的娜塔里雅·史杰潘诺夫娜……事情是我打定了主意请你听我……当然了，你会吓一跳，也许还要生气，不过……（*旁白*）冷得怕人！

娜塔里雅 怎么的啦？（*稍缓*）怎么样？

劳 莫 夫 我想法子把话说短。你一定知道，尊敬的娜塔里雅·史杰潘诺夫娜，我从做小孩子起，说实话，老早就有特权和你们家熟识。我过世的姨妈跟她丈夫，你知道，我承受的就是他们的财产，一向对你父亲跟你过世的母亲尊敬到了万分。劳莫夫跟丘布考夫两姓一向就友情最好，我简直可以说，彼此异常关切。你知道，我的地跟你的地是近邻。你一定记得我的老牛草地连着你的桦木林子。

娜塔里雅 对不住，我打断你的话。你说“我的老牛草地”……那是你的吗？

劳 莫 夫 是呀，我的。

娜塔里雅 你说什么呀？老牛草地是我们的，不是你们的！

劳 莫 夫 不对，我的，尊敬的娜塔里雅·史杰潘诺夫娜。

娜塔里雅　可我从来没有听说过。你怎么可以这么讲？

劳 莫 夫　怎么？我说的是那老牛草地，夹在你的桦木林子跟烧塘当中的。

娜塔里雅　是呀，是呀……那是我们的。

劳 莫 夫　不对，你弄错了，尊敬的娜塔里雅·史杰潘诺夫娜，那是我的。

娜塔里雅　你倒想想看，伊万·瓦西里耶维奇！那多久是你的？

劳 莫 夫　多久？打我记得的那天起就是。

娜塔里雅　别瞎掰了，你也好叫我信这个！

劳 莫 夫　可是你看文件就知道了，尊敬的娜塔里雅·史杰潘诺夫娜。不错，老牛草地有一时是争论的原因，不过现在，人人知道那是我的。没有什么理好讲了。你看，我姨妈的祖母拿这块草地送给你父亲的祖父的农夫永久自由使用，为了报答她的好意，他们帮她做砖。你父亲的祖父的那些农夫自由使用草地，使用了四十年，成了习惯，当做他们自己的了，后来发生……

娜塔里雅　不对，不是那样子的！我的祖父跟我的曾祖父一直认为他们的田地打烧塘往外伸——那就是说，老牛草地是我们的。我看不出这有什么理好讲。简直是胡闹！

劳 莫 夫　我有文件给你看，娜塔里雅·史杰潘诺夫娜！

娜塔里雅　不对，你简直在说笑，要不然呀，就是在拿我开玩笑……多邪门儿！那块地我们有了快三百年了，忽然人家告诉我们，不是我们的！伊万·瓦西里耶维奇，我简直信不过我自己的耳朵……这些草地我一点看不上眼。也就是五代席阿亭，或许值三百卢布，不过，我受不了不公道。你爱怎么讲就怎么讲，可是我呀，我受不了不公道。

劳 莫 夫 我求你了，听我把话讲完！你父亲的祖父的农夫，我方才已经有光荣向你解释，常常为我姨妈的祖母烧砖。所以，我姨妈的祖母，希望帮他们一桩好……

娜塔里雅 什么姨妈呀，祖父呀，祖母呀，我就别想搞得清楚。一句话，草地是我们的，完了。

劳 莫 夫 我的。

娜塔里雅 我们的！你可以一连两天去证明，你可以穿十五套礼服串门子，不过我告诉你呀，那是我们的，我们的，我们的！你家的东西我不要，我也不要把我家的东西给人。就是这个话！

劳 莫 夫 娜塔里雅·史杰潘诺夫娜，我不要那草地，不过，我照原则做事。你高兴的话，我送你。

娜塔里雅 我自己可以送你，因为那是我的！伊万·瓦西里耶维奇，你的行为，干脆讲了吧，真叫出奇！在这以前，我们总以为你是一个好邻居，一位朋友：去年我们借你我们的打麦机，虽说那么一来，我们自己不得不延到十一月打麦子；可是你现在对我们的行为，就像我们是吉卜赛[①]。把我自己的地给我，好说！不，说真话，做邻居也没有这样做的！就我看来，简直是不要脸皮，

① 吉卜赛是“流浪人”的意思。

你要是愿意听的话……

劳 莫 夫　那么，你认为我霸占了你家的地？小姐，我这一辈子没有霸占过任何人的地，我也不许任何人说我霸占人家的地……（迅速走向水瓶，饮水）老牛草地是我的！

娜塔里雅　不对，是我们的！

劳 莫 夫　我的！

娜塔里雅　不对！我有证据！我今天就叫人到草地割草去！

劳 莫 夫　什么？

娜塔里雅　今天我就叫人割草去！

劳 莫 夫　我扭掉他们的脖子！

娜塔里雅　你敢！

劳 莫 夫　（捧住他的心）老牛草地是我的！你明白吗？我的！

娜塔里雅　请别嚷嚷！你在你家嚷哑了嗓子由你，可是这儿呀，我必须要请你收敛收敛自己！

劳 莫 夫　小姐，要不是为了心跳得厉害，疼得难受，要不是我里头翻了过儿，我会换一个样子跟你讲话！（嘶喊）老牛草地是我的！

娜塔里雅　我们的！

劳 莫 夫　我的！

娜塔里雅　我们的！

劳 莫 夫　我的！

丘布考夫　什么事？你们嚷嚷什么？

娜塔里雅　爸爸，请告诉这位先生，老牛草地是谁家的？我们的，还是他的？

丘布考夫　（向劳莫夫）亲爱的，草地是我们的！

劳 莫 夫　不过，我说，史杰潘·史杰潘尼奇，那怎么能是你们的？你也得讲理呀！我姨妈的祖母把草地暂时送给你祖父的农夫自由使用。农夫用地用了四十年，成了习惯，以为是他们自己的，后来发生……

丘布考夫　对不住，我的贵重人儿……你单单忘记了这个，农人没有交过你祖母租钱，还有什么的，因为大家在争这块草地，还有什么的。现在，人人知道这是我们的了。那就是说，你没有看到图样。

劳 莫 夫　我有证据给你看，那是我的！

丘布考夫　我的亲爱的，你拿不出证据。

劳 莫 夫　我有！

丘布考夫　爱的人，干吗那样叫唤？你再叫唤也证明不了什么。你的东西我不要，我的东西也没有意思送人。我凭什么送人？你知道，我的亲爱的，你要是提议讲理的话，我宁可把草地给农人，也不给你。我就是这话！

劳 莫 夫　我不明白！你有什么权力拿别人的产业送人？

丘布考夫　你听着好了，我知道我有没有权力。因为，年轻人，我听不惯那种对我讲话的声调，还有什么的。我，年轻人，大你两倍，请你对我讲话要心平气静，还有什么的。

劳 莫 夫　不成，你以为我是傻瓜，由着你要！你把我的地叫做你的，然后你指望我平心静气，恭恭敬敬，对你讲话！好邻居不这样做的，史杰潘·史杰潘尼奇！你不是一个邻居，倒是一个强盗！

丘布考夫　什么？你说什么？

娜塔里雅　爸爸，马上就叫人到草地去割草！

丘布考夫　先生，你说什么？

娜塔里雅　老牛草地是我们的，我不给人，不给人，不给人！

劳莫夫　看好了，我告到法庭，那时候我会让你明白的！

丘布考夫　法庭？你会告到法庭的，还有什么的！你会的！我知道你；你正在找一个机会跟人打官司，还有什么的……你吃官司饭的！你一家子人全喜欢那个！没有一个不！

劳莫夫　我一家子人不劳你操心！劳莫夫一姓全是规矩人，没有一个为了偷东西吃官司，跟你祖父一样！

丘布考夫　你们姓劳莫夫的一家人害疯癫症，全家人害！

娜塔里雅　全家，全家，全家！

丘布考夫　你的祖父是一个酒鬼，你的小姑妈，娜丝泰西雅·米哈伊洛娜夫，跟一个工程师跑掉，还有什么的……

劳莫夫　还有你的母亲是驼背。（捧住他的心）我这一边有东西抽抽……我的头……救命！水！

丘布考夫　你的祖父是酒鬼、赌鬼！

娜塔里雅　还有背后说坏话，谁也比不上你的姨妈！

劳莫夫　我的左脚麻木了……你是一个阴谋家……噢，我的心！……这是一个公开的秘密，前几回选举你买……我看见星星……我的帽子在哪儿？

娜塔里雅　下贱！不老实！卑鄙！

丘布考夫　你自己就是一个存心不良，阴阳脸的阴谋家！是的！

劳 莫 夫　这儿是我的帽子……我的心！……哪边是路？门在哪儿？噢！……我怕我是要死了……我的脚简直麻木不灵了……

丘布考夫　（随着他）别再踏进我的门！

娜塔里雅　打官司好了！看谁输！

丘布考夫　鬼抓了他去！

娜塔里雅　什么样儿流氓！这样一来，谁还能够相信自己的邻居！

丘布考夫　恶棍！草扎人儿！

娜塔里雅　妖怪！先拿走我们的地，末了居然老起脸皮来骂我们。

丘布考夫　还有，这瞎眼的老母鸡，是呀，这萝卜鬼，居然涎着脸来议婚，还有什么的！什么？议婚！

娜塔里雅　什么议婚？

丘布考夫　是呀，他到这儿冲你求婚来啦。

娜塔里雅　求婚？冲我？你为什么不早告诉我？

丘布考夫　所以他才穿了晚礼服呀。塞满的香肠！瘦脸的丑婆子！

娜塔里雅　冲我求婚？啊！（倒进一只扶手椅，哭）喊他回来！回来！啊！请他这儿来！

丘布考夫　请谁这儿来？

娜塔里雅　快，快呀！我病啦！叫他来呀！

丘布考夫　什么事？你怎么的啦？（挠头）噢，我这不幸的人！我要打死自己！我要吊死自己！她把人折磨死！

娜塔里雅　我要死啦！叫他来呀！

丘布考夫　天！这就去。别嚷嚷！

娜塔里雅　他们活活害了我！叫他回来呀！叫他来呀！

丘布考夫　他来了，还有什么的，鬼抓了他去！噢天！你自己同他讲吧，我可不要……

娜塔里雅　（哭泣）叫他来呀！

丘布考夫　（嘶喊）他来了我告诉你。噢，主，姑娘长大了，这父亲可真不好当呀！我要割我的喉咙！真的，我会的！我们咒他，我们骂他，赶他走，现在你又……你！

娜塔里雅　不对，全是你！

丘布考夫　我告诉你，那不是我的过错。（劳莫夫在门口出现）现在你自己同他讲吧。

劳 莫 夫　我心跳得才叫怕人……我的脚麻木了……我这一边儿一直有东西抽抽……

娜塔里雅　原谅我，伊万·瓦西里耶维奇，我们全有点儿过火……我现在想起来了：老牛草地的确是你的。

劳 莫 夫　我的心才叫跳得怕人……我的草地……我的眼眉毛全在扭动……

娜塔里雅　草地是你的，是呀，你的……请坐……（他们坐下）我们全错了……

劳 莫 夫　我方才是照原则做事……我的地对我并不值钱，不过原则……

娜塔里雅　是呀，原则，就是呀……现在，我们谈谈别的。

劳 莫 夫　我有凭据，所以就更得认真了。我姨妈的祖母把地送给你父亲的祖父的农人……

娜塔里雅　是呀，是呀，不必提了……（旁白）我希望我有法儿让他开口……（高声）你这就快要打猎去吗？

劳 莫 夫　我想过了收成，尊敬的娜塔里雅·史杰潘诺夫娜，去打松鸡。噢，你听说了没有？想想看，我倒霉到什么程度！我的狗盖斯，你知道的，瘸了。

娜塔里雅　真可惜！怎么来的？

劳 莫 夫　我不知道……一定是扭了筋，要不就是叫别的狗咬了……（叹息）我的最好的狗，还不说买的价钱。买它的时候我给了米罗诺夫一百二十五卢布。

娜塔里雅　给的也太多了，伊万·瓦西里耶维奇。

劳 莫 夫　我以为是很便宜的。它是头等狗。

娜塔里雅　爸爸买他的史奎色，花了八十五卢布。史奎色可比盖斯好得多了！

劳 莫 夫　史奎色比盖斯好？亏你这么想的！（笑）史奎色比盖斯好！

娜塔里雅　当然比盖斯好！当然啦，史奎色年轻，可以再大着点儿，可是就优点和家谱来讲，它比什么狗都好，就是渥尔切来磁基的那条狗也不成。

劳 莫 夫　对不住，娜塔里雅·史杰潘诺夫娜，可是你忘记它上嘴唇比下嘴唇长啦，上嘴唇比下嘴唇长，表示它是一条坏猎狗！

娜塔里雅　上嘴唇比下嘴唇长，它？我还是头一回听见！

劳 莫 夫　我告诉你，它的下嘴唇的确比上嘴唇短。

娜塔里雅　你量过来着?

劳 莫 夫　是的。当然啦，让它追是可以的，不过你要是叫它逮东西……

娜塔里雅　第一，我们的史奎色是一个纯种，哈耳米斯和切塞耳斯的儿子，可是你的狗根本就甭想有家谱……又老又丑，就像累透了的拉街车的马。

劳 莫 夫　它是老，可是五条史奎色换它一条，我也不干……是呀，那怎么成……盖斯是一条狗；至于史奎色，可不，太可笑了，不值得争执……随便你说什么人吧，也有一条狗像史奎色那样好……差不多每堆小树底下，你都找得到。买它呀，二十五卢布就是大价钱了。

娜塔里雅　伊万·瓦西里耶维奇，你今天怎么的了，一个劲儿驳人，鬼附身了？你先以为草地是你的，现在是盖斯又比史奎色好。我不喜欢人不说自己要说的话，因为你完全知道，史奎色一百倍比你那条蠢狗好。你为什么偏要说不呢?

劳 莫 夫　我看，娜塔里雅·史杰潘诺夫娜，你把我当做瞎子，或者当做疯子。你自己明白，史奎色的上嘴唇长!

娜塔里雅　不对。

劳 莫 夫　是的。

娜塔里雅　不对!

劳 莫 夫　小姐，你嚷嚷什么?

娜塔里雅　尽说蠢话干什么？成什么体统！你的盖斯上嘴唇不长，所以呀，你才拿来跟史奎色比!

劳 莫 夫 对不住；我不能够继续讨论下去了，我的心在跳。

娜塔里雅 我反正看出来了，越懂得少的猎户越争得厉害。

劳 莫 夫 小姐，请你静着点儿……我的心快要裂了……（嘶叫）住嘴！

娜塔里雅 要我住嘴呀，除非你承认史奎色一百倍比你的盖斯好！

劳 莫 夫 一百倍坏！吊死你的史奎色！它的头……眼睛……肩膀……

娜塔里雅 你那条蠢狗倒用不着吊死；它已经有一半是死的了！

劳 莫 夫 （哭）住嘴！我的心在裂！

娜塔里雅 我偏不。

丘布考夫 现在又怎么回事？

娜塔里雅 爸爸，告诉我们真话，哪条狗顶好，是我们的史奎色，还是他的盖斯？

劳 莫 夫 史杰潘·史杰潘诺维奇，我只请你告诉我一件事：你的史奎色是不是上嘴唇长？是还是不是？

丘布考夫 就算是，又怎么样？那有什么关系？就算上嘴唇长，也是区里最好的狗，还有什么的。

劳 莫 夫 可是我的盖斯是不是更好？说真话，是不是？

丘布考夫 我的贵重人儿，别发急……让我把话说完……当然了，你的盖斯有它的优点……种纯，脚劲儿足，肋骨饱满，还有什么的。不过，我亲爱的人！你要是愿意知道真话呀，那条狗有两个缺点：年纪大，嘴短。

劳 莫 夫 对不住，我的心……让我们就事实看……你总该记得，在马鲁辛司基打猎，我的盖斯跟伯爵的狗平着跑，可是你的史奎色，落在整整一维耳司特后头。

丘布考夫　它落在后头，因为伯爵的管狗的拿鞭子抽它。

劳 莫 夫　抽也有抽的道理。狗在追一只狐狸，可是史奎色呀，去跟一只羊闹。

丘布考夫　不对……我亲爱的人，我这人顶容易冒火，所以，就为了这关系，我们不必谈下去了。你有道理，因为人总是妒忌别人的狗的。是的，我们全是这样子！先生，你也不是没有错处！你就不看看，有的是狗比你的盖斯好，比你说的这个，那个……还有别的……还有什么的……我样样记得！

劳 莫 夫　我也记得！

丘布考夫　（激他）我也记得……你记点子什么？

劳 莫 夫　我的心……我的脚麻木了……我不能够……

娜塔里雅　（激）我的心……你算哪一类打猎的呀？你应该躺到厨房的灶头，捉捉蟑螂，不去打狐狸！我的心！

丘布考夫　是呀，真的，你倒说呀，你算哪一类打猎的？你真应该在家里守着你的心跳，不去追野兽。你可以打猎，可是你就会跟人争执，管人家的狗，还有什么的。我们换别的话谈吧，免得我光火。干脆，你就算不上一个打猎的！

劳 莫 夫　你算得上一个打猎的？你去打猎就是为了凑近伯爵，使阴谋……噢，我的心……你是一个阴谋家！

丘布考夫　什么？我是一个阴谋家？（嘶叫）住嘴！

劳 莫 夫　阴谋家！

丘布考夫　毛孩子！小狗！

劳 莫 夫　老耗子！假正经！

丘布考夫　住嘴，要不呀，我枪毙你像枪毙一只鹧鸪！傻东西！

劳 莫 夫　人人知道——噢，我的心——你过世的女人尽打你……我的脚……太阳穴……发亮……我倒，我倒啦！

丘布考夫　你自己呀，尝够了你的管家的拖鞋！

劳 莫 夫　这儿，这儿，这儿……我的心炸啦！我的肩膀脱啦……我的肩膀在哪儿……我死啦。（倒进一只扶手椅）一个医生！

丘布考夫　毛孩子！小胆子！傻东西！我病啦！（饮水）病啦！

娜塔里雅　你算得了一个什么打猎的？你连马背都坐不稳！（向她的父亲）爸爸，他怎么的啦？爸爸！看呀，爸爸！（呼喊）伊万·瓦西里耶维奇！他死啦！

丘布考夫　我病啦……我喘不出气……空气！

娜塔里雅　他死啦。（拉劳莫夫的袖管）伊万·瓦西里耶维奇！伊万·瓦西里耶维奇！看你把我害成什么样啦？他死啦。（倒进一只扶手椅）一个医生，一个医生！

丘布考夫　噢……什么事？怎么的啦？

娜塔里雅　（哭泣）他死啦……死啦！

丘布考夫　谁死啦？（看着劳莫夫）是他呀！我的妈！水！一个医生！（举起一只杯子，凑近劳莫夫的嘴）喝掉这个……不成，他不喝……这是说，他是死啦，还有什么的……我是顶不幸的人了！我为什么不拿枪打死自己？我为什么不抹脖子？我还等着什么？给我一把刀子！给我一把手枪！（劳莫夫有了动静）他像活过来了……喝点水！这就对喽……

劳 莫 夫　我看见星星……雾……我在什么地方？

丘布考夫　快点儿结婚拉倒——家伙，鬼跟着你！她愿意嫁你！（他把劳莫夫的手放进他女儿的手）她愿意嫁你，还有什么的。我祝福你们，还有什么的。我只求你们给我安静！

劳 莫 夫　（站起）哎？什么？跟谁？

丘布考夫　她愿意！怎么样？亲亲，死不掉的！

娜塔里雅　（哭泣）他活啦……是的，是的，我愿意……

丘布考夫　两个人亲亲吧！

劳 莫 夫　哎？亲谁？（他们相吻）真甜，可不。对不住，这为什么？噢，我明白过来了……我的心……星星……我快活。娜塔里雅·史杰潘诺夫娜……（吻她的手）我的脚麻木了……

娜塔里雅　我……我也快活……

丘布考夫　我的肩膀可算轻了……噢天！

娜塔里雅　不过…你现在该承认了，盖斯比史奎色坏。

劳 莫 夫　好！

娜塔里雅　坏！

丘布考夫　好呀，这是一个开始你们家庭的幸福的方法！喝点儿香槟！

劳 莫 夫 好！

娜塔里雅 坏！坏！坏！

丘布考夫 （试想把她比下去）香槟！香槟！

——幕　落

妙在靠近目标过程中的若即若离

——《求婚》读解

看契诃夫的剧作总是忍不住要发笑，其中充满了太多的趣味性。这又是其中一出由误会衍生出诸多诙谐乐趣的好看作品。邻居原本是求婚来的，为女儿恨嫁的爸爸误以为对方是来借钱的，故摆出一副绝不出借坚决不妥协的架势。待听说是来向他女儿求婚的，正中下怀的爸爸一口便应承，完全没有知会女儿，大包大揽爽快地应下了。然而爸爸又没有向女儿明说来者是求婚的，而随随便便说是一个来谈买卖做生意的。于是两个本来应该你侬我侬打情骂俏的男女，却在那边掰扯一些有用没用咸的淡的。这对单纯的人儿，谈论天气，说起农活的事情，说着过冬堆起多少干草时，竟然争执起一块被叫做“老牛草地”的归属问题，互不相让。就像契诃夫另一出剧作《蠢货》里面那样把矛盾激化到要用手枪决斗的地步那样，直逼全剧的高潮或顶峰。此剧的这两位可爱的人儿互相对抗不休，还扯到祖宗十八代，甚至声称要告上法庭，并且爸爸本来要来看看这对男女谈情说爱有什么进展，竟然忘掉了一心要把 25 岁的女儿嫁出去的大事，而加入围攻客人之列，甚至变本加厉地侮辱起对方的先人，很不仗义和没有风度，双方愈发难以收场。剧作家不肯就此罢休或像别的剧作那样见好就收，一直到把人家半赶半骂地轰出门去。客人被骂走了，父女两人还不肯罢休，恨意难消，还在一顿唾沫迸溅时，爸爸才慌不择言说漏嘴，透露了人家是来议婚的事情。父女两人恍然清醒过来。女儿此时才弄明白对方为何大白天的着正装礼服的来意，急忙要求去喊客人回来，扬言再看不到对方自己就要昏倒了。客人是请回来了，女儿首先还说明自己搞错了，开始还承认刚才二人争执的那块地皮是对方的，等于承认自己错了。而客人也表示这是原则问题，并不是自己贪财贪心。见了面的男女，女方已经目标明确了，表示认可了。可是这位被重新请回来的来客还停留在刚才的争执和思维中，而且这次却是他仿佛丝毫都忘记了来意，说着就跑题，说自己要去打猎，还说狗腿瘸了云云。男方说着自己的狗，本来一心一意想表达爱意的女子，却又稀里糊涂地被带进男方的话题里去了，两人再次打起嘴仗，先还只是争执起狗的上下唇长短和色泽纯正与否。接着，这两个人互不相让见面就吵的好戏又开场了，直到父亲再次上场。没想到父亲还是丧失理智，火暴脾气又暴露无遗，一上来又加入双方的激战。邻居经不起父女的再次夹攻，急火攻心，终于昏厥过去。这时父亲似乎有了自责，女儿在那边以为求婚的邻居死了，着急喊“医生”。最后，求婚的邻居苏醒了，父亲才说到正题：你们“快点结婚拉倒”吧，他把邻居的手放到女儿的手里，告诉他女儿愿嫁，叫他亲吻她。女儿也一迭声地说着自己愿意。可是傻乎乎的邻居还不明白和谁结婚，要亲吻谁。真是可笑极了，这个一上来就表明是求婚的人到最后好像还是云里雾里晕乎乎的。他们终于亲吻到一起了，人们想看到的一幕终于如愿。女儿此时还嘴不饶人地要对方承认他家的狗比她家的坏。邻居却一个劲地说“好”，他要表明的是他愿意照女方那么说的，可是女儿还以为他还在固执己见，一个劲地喊着“坏坏坏”。全剧简直要叫人笑到剧终。有点没完没了，要挑战观众对过激情绪的忍耐程度。

契诃夫戏剧有许多高明的过人之处，譬如他善于在剧作中设置一个让人总是够不着的距离，让我们与目标总是“隔海相望”，隔物相望。他一准早早就标明一个确定的目标，然后宕开一笔，而目标与人物情事的空隙正是他竭力要施展艺术拳脚的空间，在这些地带中他尽情展呈无限的趣味性与可能性。他惯于早早铺设好悬置的主要事件，而在剧中却浓墨重彩铺陈那些“无关紧要”却叫人无法割舍的琐屑情事，充满误会碰撞，旁逸斜出，虚晃一枪，信马由缰，夸大其词，添油加醋地去闹出许多误会或矛盾，产生诙谐风趣的效果，也避开人们关注和关心的话题。如同《樱桃园》中早早告诉人们樱桃园到期即将拍卖，但是就是不去展开这一众人瞩目的大事，而是吊着人们的胃口，甚至到拍卖时还在延宕人们的被告知实情。《求婚》开篇就说穿了邻居来议婚求婚，正当我们集中注意力期待邻居是如何展开求婚攻势时，双方却在你一言我一语地互相打嘴仗扯一些毫不关联的八卦。

他的剧作善于凸显人物的趣味性多于性格化的塑造。他的人物没有对错，对事件的评判没有合理或不合理，看问题没有完全正确的。人物很真实，没有好坏之别，只有不完善有缺点的人物。他不人为地分化人物的正邪或好坏，也不设置对抗的两极，而只是一心一意去捕捉和表现人物之间那些无限的趣味和诙谐，让你哭笑不得的同时被肆意地感动到。作者善于从生活的细枝末节、生活的花草的蹀躞飞翼中展现出人物情事的众多迷人情趣。

他的剧作随意、散漫，剧作一开篇就矛盾迸溅，人物一上来就有戏，一碰上就点着。事情曲里拐弯，随性而生，信马由缰，毫无节制和预知，而又被创作者一直紧紧拽着，而且越拽越紧，扣人心弦，直到人物性情毕现，人性碰撞出花色火光来，煞是精彩而有趣。剧中人物性格铺展得清晰充分，自然、真实，而且对照鲜明，各显特性，让人忍俊不禁，矛盾舒张很有功力，节奏感也很好，既信手拈来，又自然通畅。契诃夫剧作让细节和言语、行为有所凭借，见微知著，烛照人生的阴影，荡涤灵魂的残枝败叶，让每个人的灵性和魂魄都无处躲藏。如本剧先是两个邻居打照面，说明来意，然后留下求婚者在瞎紧张。接着不知情的女儿和求婚者竟然干仗起来了，气势一路涨起，爸爸到来非但没有制止住，反而加入与女儿一起合围求婚者的势力。双方大吵一场。把人轰走后父女还在咒骂之际才明白来意，赶紧又要请客回来。父亲还推诿责任，要让恨嫁的女儿自己和对方剖白。收场也漂亮有劲，在得意和误会中自然结束。

要把一个目的很明确的人转化游离出去不是一件易事，本剧顺利做到了。这样做到带来的荒诞感、戏谑感很能渗入人的内心，产生的快感要高出一般的游戏喜兴之作。不能不说这是十分高超的创作功力才能带来的成就，这种成就是创造力很高的创意表现。

青蛙监督员

【罗马尼亚】维克托尔·叶夫基米乌　著　沙金　译

人　物

召尔杰·杰麦特里安——国家产业部长，45—50岁。

姚尔甘达·泽菲尔——新闻记者，35—40岁。

维科拉克——退休教师，60—65岁。

尼茨——门警，65—70岁。

［场景：部长办公室。杰麦特里安站在门口送来访者。

部　长　不要客气，不要客气……不值一谢。（把门关上，对尼茨）能够让人满意而去，我真感到高兴。每当我任命某一个人的时候，我就觉得这好像是别人再一次任命我自己。这使我很高兴。

尼　茨　部长先生，请不要见怪，不过……（不好意思）

部　长　说吧，说吧！

尼　茨　我在国家产业部已经当了三十年的门警。我是很清楚的：所有的部长先生一开始，当他们能够任命某一个人的时候，他们都感到高兴。渐渐地他们就小气起来了……流露出一种仿佛已经没有空缺而感到遗憾的神色。给人的感觉是，请原谅，如果他们给某一个人安排了工作的话，他们自己就会被开除掉。

部　　长　今后一切都要改变了！我是个新型的部长……我们的党正在努力进行全面的改革、全面的更新。我坦率地告诉你，我个人很喜欢满足来访者的要求……看样子，被任命为土地监督员的维沃连努好像还没有我高兴呐。

尼　　茨　我知道，您会给他安排工作的。今天，他来的时候，我就对他说了："维沃连努先生，请放心，您会得到职务的。会得到的。"

部　　长　尼茨大叔，你对每一个人都是这样说的。

尼　　茨　部长先生还记得……

部　　长　那还用说嘛……就像是昨天似的……十年，不，十二年前，我作为一个申请人到这里来的时候，你对我也是这样说的："杰麦特里安先生，请放心，您会得到职务的。"

尼　　茨　难道我说得不对吗？

部　　长　看来，你说得对。十年后……我当了部长，就足以证明你是对的。光阴如箭！当时是我的上司，阿列库·白耶鲁先生当部长……

尼　　茨　而您就成了上司的"自己人"。当时大家都这么说。阿列库先生在任部长之前也是耶那杰·叶普列斯库先生的"自己人"。耶那杰·叶普列斯库先生当初难道不是太子米基克的“自己人”吗?

部　　长　好了，行了，外面还有来访的人，可是都快一点，你让他们按次序进来。（坐到桌旁，专注地阅读公文）

［尼茨开门，门外可以看见排队等候的人。每当开门时，来访者都从座位上跳起来恭恭敬敬地站着，一动也不动。

尼　　茨　（带维科拉克上，同时瞥了一眼他的名片）维科拉克先生，你会被任用的，请放心。会被任用的！

维科拉克　（激动得喘不过气，说不出话，一个劲扯自己的旧常礼服上的纽扣。尼茨下去后，他鼻子里发出喘息声把介绍信递给了部长）向您致敬……向您致敬，部长先生……这是上司阿列克桑得鲁·白耶鲁先生……

部　　长　啊！阿列库先生！阿列库先生的任何要求都能满足！（念）“阿列克桑得鲁·白耶鲁向自己的朋友杰麦特里安推荐退休教师维科拉克先生。他是一位办事认真、热爱劳动的人，他申请担任……”（对维科拉克）您知道吗，先生，您这一份介绍信是最宝贵的。我之所以有今天，完全是受恩于阿列库先生。您认识他多久啦?

维科拉克　我们是同学。从进高等法政学校到毕业一直坐在一条长凳上……他各门功课都好，所以他就当上了总理。可是我只是自然科学学得好。

部　　长　他怎么没有为您做一点什么呢?

维科拉克　因为当初我什么都不需要。那个时候我在高等法政学校教书——当然是教自然科学。正当我精力旺盛的时候，我就退休了，而他却当了部长——我记得很清楚，他就坐在这个桌子旁边。当时有一个职位，我请他替我考虑一下，他就把这个职位给了我，但是，不知是怎么搞的，这个职位却落到了别人手里。现在这个职位空着，因此我就来找您……

部　　长　您做得很对！阿列库先生的任何要求我都不能拒绝！他是多么好的一个人，多有才智，多有外交分寸。我们连想都没有想的时候，他就让我们掌了权。既然他对您的评价很好，那就是说您确实能够胜任！我一定满足您的要求。

维科拉克　啊！我怎么感谢您才好?！我……我……谢谢部长先生……衷心地感谢、非常感谢您。

部　　长　我只是想知道您有什么要求?

维科拉克　噢……是的……对了，这是一个很不起眼的职位……青蛙监督员。

部　　长　（惊讶）什么?！

维科拉克　是的……正是这个。

部　　长　青蛙监督员？您大概是开玩笑。

维科拉克　部长先生完全有理由失笑，或者甚至于把我当作疯子。但是，这个职位显然是存在的。十二年前，根据十月十二日的法令……

部　　长　奇怪！我一点也不知道。

维科拉克　这个职位是我首创的。我向阿列库先生说明了事情的实质，他就把这个职位列入了预算。虽说我本人不幸没有能担任这个职务，然而我是这个职务的倡议人，这是千真万确的。（把一本书递给部长）请收下我的这一本关于青蛙的著作。第一章论述了“红蛙”类（Rana tomperaria），第二章——是跳蛙类，拉丁文是Rana agillis thomas，第三章讲的是最有价值的——青蛙类，其学名是Rana esculenta。关于癞蛤蟆类我没有多用笔墨，因为这一类两栖动物既不能食用，像Rana esculenta那样，它们也不像Rana tomperaria和Rana agillis thomas那样能消灭害虫。不过，我怕部长先生看了这种不大有趣的问题会感到乏味。

部　　长　恰恰相反……我一定细心拜读您的著作。不过，您能不能简要地讲一讲这个监督员的工作任务。

维科拉克　噢，部长先生。如果我能担任这个职务的话，请您相信，您一定能听到关于我的……

部　　长　（同情地）您，一个专家为什么不去担任这个职务呢？

维科拉克　是这样……正如我刚才所说的，这个职位是阿列库·白耶鲁先生为我而创设的。但是，白耶鲁先生由国家产业部长改任外交部长了，于是按照当时的惯例，这个职位就落到了新任部长的一个亲信手中。渐渐地这个职位就变成了薪高而清闲的职位。我曾经向好几位前任部长作过自我介绍，但是没有一个人像您这样乐于听我讲完……因此过去这个不起眼的岗位就被一些外行占去了。而我的全部著作，我的全部计划都陷在泥潭里了。

部　　长　这并不奇怪，凡是有青蛙的地方就有泥潭！

维科拉克　（笑）部长先生太会……

部　　长　我是说笑话。我很喜欢您，首先，因为是阿列库先生介绍您来的，其次，因为您是一个……与众不同的人。刚才您的请求使我感到莫名其妙，这一点请您不要见怪。到目前为止，我觉得我这个部的活动范围很怪，甚至可笑……我学的不是这一门，而且，虽然过去也在这里工作过，是阿列库先生给我安排的，但是，我从来没有想过要在这个领域里得到高升。我热爱外交工作，可是已经形成一种规矩，首先要管产业和各种……哈、哈！不过对官员们的职务我一向严肃对待，所以请您坐下，把您的计划讲给我听。

维科拉克　部长先生愿意听我讲吗？噢，我多么幸福！虽说我所向往的事情是很实际、很有益的，但是到目前为止谁都没有理睬我。很多人认为我是一个做噩梦的躁狂者。如果不是像我们这里一贯敷衍革新家那样敷衍我的话，我的劳动早就有了成果了！不过，现在还并不晚……

部　　长　请坐，坐下，说话完全不必拘束。

维科拉克　请允许我站着说，部长先生，这样我感到舒服些……（清了清嗓子，又去摸常礼服上的纽扣）部长先生，罗马尼亚的居民，尤其是农民，连听都不要听青蛙当食品这一件事，然而他们却在吃各种类型的蜗牛、牡蛎、虾和其他软体动物。可是在国外，青蛙 Rana asculenta——是名菜之一，是调节胃功能的食品之一。

其实，富饶的罗马尼亚土地上，拥有大量的，世界上最肥、最好吃的青蛙。部长先生，您可曾向自己提出过，这里有多大的潜力这个问题？您可曾想到过，放着丰收果实不收，国家预算减少了多少收入？

部　　长　您说得对！完全正确！

维科拉克　十二年前我向阿列库·白耶鲁部长先生提出了这个问题。他就指示设立青蛙监督员这个职位，并委托我拟订经营青蛙的方案。但是，正如我已对你说过的那样，他的继承人把我的职位变成了薪高而清闲的职位，于是从那个时候起每年有千百万只青蛙死亡，却没有给任何人带来任何好处。廿五年来，我走遍了全国各地，而且有时候站在泥潭旁边心情懊丧地流过泪！哎，曾经有多少次我听青蛙美妙的咯咯叫声，一直听到深夜！部长先生，青蛙是大量的，千百万、亿万万！每当我缺钱，买不到火车票的时候，我就到赤米支乌花园去，以便在黄昏时分听听几百只青蛙的叫声也好。啊，部长先生，晚间青蛙的叫声——是一种比夜莺的啼啭更为迷人的音乐。难道青蛙不就是夜莺吗？只不过是扯掉了翅膀而已。

部　　长　噢！您还是个诗人！

维科拉克　我曾经也作过诗。但是现在我充实更为实际的工作……我的理想是繁殖 Rana esculenta 类型的青蛙，淘清泥潭，建立专门繁殖青蛙的工厂。您不要以为这是空中楼阁。我对这个问题的研究比任何人都深刻。仔细研究文字资料和亲身的经验，使得我对 Rana esculenta 类型的青蛙和它们所能带来的好处，有了相当全面的认识。尤其必须任命我，是因为前一个时期外国人已经打听到这种没有被利用的资源，并准备把它从我们这里夺走，剥夺我国的一项很重要的收入。外国经理人在我国到处走来走去，并向农民表示愿意给捕青蛙的人相当高的日薪。我看见，有许多农民扔下地里的活儿去捉青蛙——这比耕地又轻松又有趣。可是这样不行！不行！让农民去干自己的活儿，让外国人去做自己的事。我们有青蛙，但是，是供我们自己用的，而不是给他们的。

部　　长　（笑）很好……说得好极了！

维科拉克　噢，请原谅。

部　　长　我喜欢您……非常喜欢。我仿佛已经看到您正在执行您的职务，监督员先生。我向您宣布，您的工资将要增加。另外，我去找我的同事，交通部长，请他给您一张全国铁路通用的免费票。您可以采取您认为必要的任何措施。您将在各方面都会得到我的支持。我的方针就是我们政府的方针：“各得其所”。我完全明白，这是正在诞生的一种新的企业。（陷入幻想）是啊……工厂一个个建立起来……我的姓名同您的姓名并列着。如果我为青蛙出口设一个处的话，您觉得怎么样？

维科拉克　出口罐头青蛙？

部　　长　您的主意太好了。好极了！您还有没有别的好主意？

维科拉克　会有的……乌鸦——这种鸟我们这里是不吃的，但是在别的国家里……

［尼茨上。

部　　长　你有什么事，尼茨？

尼　　茨　部长先生，已经快一点了，可是外面还有很多来访的人。

部　　长　你告诉他们，今天接见的时间已经结束了。

尼　　茨　我说过了。他们几乎都走了，可是新闻记者姚尔甘达先生一定要和您谈谈。

部　　长　我不是给你说了！今天不再接见了。

尼　　茨　姚尔甘达先生只要给您说一句话……一句话。部长，他这一套我知道，说是来说一句话，可是一说就是半个钟头。

尼　　茨　他们都利用您的好心。阿列库先生在这里的时候，只要哪个人超过两分钟还不走，他就把一个手指头伸给他，意思是："接见的时间结束了。请你出去，你已经令人厌烦了！"

部　　长　各人有各人的规矩。要这样，我是做不出来的。不过，如果姚尔甘达先生要耽搁我的时间超过两分钟，我要伸给他的不是手指头，而是这个。（伸出脚，给他看皮鞋头）

尼　　茨　明白了。遵命。（边下边说）只说一句话！

维科拉克　部长先生，我真不好意思。我耽搁了您许多时间。我过分地承受了您的厚意……请原谅。（欲下）

部　　长　请您留下。您是另一回事。而且，为了证明您引起我多么大的兴趣，我请您共进早餐。

维科拉克　噢，阁下，我太荣幸了……

部　　长　那么，从一号起您就被任命为监督员。

维科拉克　万分感谢，万分感谢！我向您保证，我将全心全意……全力以赴……青蛙——是我终身的理想。

部　　长　（翻阅文件，心不在焉地说）当然，当然……很好……

维科拉克　非常感谢，我代表我自己和我的女儿感谢您。

［部长留心听。

维科拉克　我有个女儿，名叫艾米，是个大学生。由于增加了工资，我就可以帮助她得到硕士学位。她真是个好孩子，如果不能完成学业，那就太可惜了。

部　　长　既然她像您，我相信……

维科拉克　至于像的问题，如果她真的像我的话，那就太可悲了。她是一个美丽的姑娘，可是我远不是美男子。她像她已故的母亲。

部　　长　这个事我们下次再谈。现在请您到这里面去。（指左侧的门）等到我结束了，我们就去用早餐。

维科拉克　太荣幸了。

［部长把他从左侧门推出去。

维科拉克　太荣幸了！

部　　长　为了使早餐能合您的口味，我们就吃烤 Rana sucu-lenta。

维科拉克　是 esculenta[①]。不过，反正都一样。向您致敬，部长先

① 部长把烤 Rana esculenta（烤青蛙）说成烤 Rana sucu-lenta（烤活蹦乱跳的蛙）。维科拉克纠正了他之后说："其实，这是一回事。"

生……请原谅……向您致敬！（把门关上）

[部长揿铃。尼茨放姚尔甘达进来，自己随即退出。

部　　长　姚尔甘达，不要忘了条件：只说一句话。

姚尔甘达　愿为您效劳！（欲下）

部　　长　（笑着让步了）算了，过来吧，你这个滑头。

姚尔甘达　（一言不发走近了几步就站住了，凝视部长，然后用雕塑家的手势在空中描绘了杰麦特里安的体形线条，又一会儿退到右，一会儿走到左，仔细地审视他）好极了！别具一格：无与伦比！（吻自己的手指尖）您在什么地方做衣服？裁得很好。虽说我是享有穿着雅致的名声的男子，但是我从来没有穿过这样的衣服！没有说的！我用人格担保，您的腰……

部　　长　（受宠若惊）行了，别奉承了！

姚尔甘达　哪儿的话！如果我是个好奉承的人，我就会说，您真漂亮，少妇们都看得出神了。但是，我并没有这样说，尽管您长得如同玫瑰花瓣一样。有人向我倾诉说（神秘地微笑）她对您颇有好感。

部　　长　你这是想引诱我。我告诉你，我现在没有工夫谈这些。

姚尔甘达　请原谅，部长先生，我是说笑话。

部　　长　快说，你来干什么。已经不早了！（取出纸烟）

姚尔甘达　首先是来履行自己的义务，然后……（“义务”就是找火柴为递给他一支烟的部长点烟）难道您以为我会抽掉它吗？这太阔气了。我要把它留着给大家看：你们看，这是部长的纸烟！可是你们，这些不幸的人，有谁送过你们这样的纸烟吗?

部　　长　你来有什么事?

姚尔甘达　(做出谦虚、忧郁、严肃的样子)是这样，部长先生，您大概已经知道……我这个忠实的党员的地位……虽然从表面上看，我像一个尽情挥霍享乐的人，但是新闻记者的职业要求作出多方面的牺牲，而我的地位却是微不足道的……(部长的脸色阴沉下来)您是知道的，我在《传统》报社的工资少得可怜。

部　　长　啊，你在我们的报社工作?我在编辑部从来没有见过你。你在哪个部门?

姚尔甘达　不在任何部门，只是有时候写一点东西……报道某人到来或某人离开的消息:“我们的杰出的活动家召尔杰·杰麦特里安先生……”等等。

部　　长　(打断他)是的，是的，我记得……

姚尔甘达　部长先生，因为我为我们的党出了不少力，所以我希望能得到一个职位。

部　　长　亲爱的朋友，我同意，不过你是知道的，在我这个部门里所有的职务都有专家担任。我给你开个介绍信，你去找我的同事教育与艺术部长……(准备开介绍信)

姚尔甘达　别费心了，部长先生。教育部我也去申请过，不过看样子，那里也没有空缺。

部　　长　怎么?蒙加努没有给你提供一点什么?我还以为你们的关系很好。

姚尔甘达　是的……他约我写一篇关于古希腊罗马哲学家的文章。

可是，这是一次性的收入……而我希望每个月都能有。

部　　长　原来你还搞哲学？祝贺你！工作进展得怎么样？

姚尔甘达　这个事我不着急。教育部委托的事从来就没有人完成。这多半是接济拥护自己的人的一种借口。

部　　长　我就是不希望在我这个部里发生类似的情况。明白吗？我要每一个人都履行自己的义务。各得其所！我一向反对薪高而清闲的职位！

姚尔甘达　啊呀，召尔杰先生，世上的人都反对落到别人手里的薪高而清闲的职位。这种事难道我们还不清楚吗？说实在的，这种话在野党的人说倒是正合适。您也不会因为去年反对过薪高而清闲的职位，因此就拒绝拥护自己的人的要求！

部　　长　（愤怒地）不，我会拒绝的，而且我很气愤！必须彻底废除这种恶习。我到这里来是为了改变这种风气，而不是为了让这种风气继续盛行。我们的国家、我们的人民、我们的精神！迄今发生的各种卑鄙勾当都必须制止。过去国家预算全部掌握在一群亲属和他们的亲信手中。现在轮到诚实的人掌权！论功行赏！你如果愿意执行自己的职责——那太好了，不愿意——那就见鬼去吧！（狂怒地在办公室里踱步）为党出了力？你指的是给我点纸烟？给蒙加努递大衣？在报上发表关于领导的简讯？这就是你出的力吗？太谢谢你了！此外，我还要告诉你：要求奖赏的应该是为国家，而不是为党出了力的人！给你工资的不是党，而是国家！

姚尔甘达　很好，召尔杰先生，很好！现在您把您的愤恨都发泄在我身上。好像我给国家造成灾难似的！

部　　长　包括你和像你的这种好谄媚的小人和恶棍！你们在部长办公室门外偷听，因此就认为自己有能力担任主任秘书的职务了。可是如果不给你们肥缺的话，你们马上就开始威胁、讹诈！“我要上告！”“我要登报！”等等。这就是你们多年来所惯用的手法。你们是凭着阿谀奉承和威胁得到职位的，可是人们还要问自己，为什么在这个国家里什么事都办不好！就是因为这个！因为大家都不在自己的位置上。这样不行，亲爱的！这种事不会再有了……不会再有了！

姚尔甘达　明白了！不说了！我心明眼亮了。说穿了，到目前为止我都做了些什么呢？我给社会带来了什么好处？一点好处都没有！无论我怎么想，也想不出一点好处。可是在这个问题上，谁都没有提醒过我。以前，从来没有人像您这样和我谈过话。这难道是我的过错吗？否则我就可以好好工作……好好学习……能成为一个正派的人，取得一定的地位。我已经三十五岁了，可是我连硕士学位都没有拿到。我都在干什么了？我对一些人阿谀奉承，对另一些人进行威胁，因此至今一切都很顺利。没有人向我提出过严格的要求，因为没有人去努力改造我这个可怜的无知的青年！今天我学到不少东西。非常感谢您部长先生。谢谢您召尔杰先生。您把我变成了真正的人！我将是您的崇拜者、您的仆人，因为您给我指出了光明。您高兴说我什么就说什么，拿我泄怒……侮辱我……打我，（下跪）如果您愿意的话，您就用脚踩我，我是罪有应得的……我只不过是一条虫！您就踩死我！（哭）一条虫！

部　　长　（扶他起来）算了，算了！别把这些看得太严重了。我不喜欢这种绝望情绪。如果你愿意成为一个正经的人——我首先要来帮助你。请你原谅我刚才的态度，我可能让你受委屈了。你知道吗，我是一个热情的人，很容易冒火。

姚尔甘达　不！我已经什么都不需要了！我走了。您给我的多得不能再多了。再说已经一点了，您很可能还有事儿。何必为我这样一个不幸的人、这样一个坏蛋……这样一个不可救药的灵魂浪费时间呢？（欲下）

部　　长　（受了感动）姚尔甘达！

姚尔甘达　部长先生……

部　　长　你就坦率地告诉我，你是靠什么维持生活的，自从我们掌权以来你都得到了些什么？不过要说实话，这样我就可以知道应该怎么帮助你。

姚尔甘达　部长先生，正如我刚才对您说的，教育部委托我写一篇关于古希腊罗马哲学家的学术论文……两千！

部　　长　是耶稣诞生前两千年吗？

姚尔甘达　不是。是两千列伊①。可是，我当天就把这些钱用在偿

---

① 列伊，罗马尼亚币名。

清我们在野的时候欠下的债务。

部　　长　还有呢？

姚尔甘达　警察局长先生，顺便提一下，他有今天这个职位，也有我一份功劳，因为我帮他说了话……

部　　长　得了，不要唱老调了。警察局长给了你多少？

姚尔甘达　不值得一提。他从秘密基金中给了我一千列伊，并把我的名字列入了布加勒斯特街道扫路工的名单。

部　　长　扫路工是由市管理局管的。

姚尔甘达　噢，对了！是市管理局局长委任我当扫路工的。警察局长先生任命我的是有工资的岗警，加上扫路工的工资，这就不少了……但是物价昂贵，这些钱能干什么呢？哎，如果县长再能委任我在日拉瓦当公证人，而基立科先生能够像我们说好的那样，委任我在麦赫金茨当供品收集人的话，那个时候我就可以摆脱贫困了。但是，由于我对这些不抱很大的希望，所以我就决定来找您。我原来有许多打算：拿到硕士学位，参加律师公会，那个时候我的确能为党，对不起，为国家出力了。就是这样……

部　　长　亲爱的姚尔甘达，我非常理解你，而且相信你也理解，我是想挽救一个人。你聪明……你有良好的愿望。无论怎么说，我也不会跟你为难的。相反，我们来找一个轻松一点的，比如说，只占用你上午时间的职务。下午你就可以搞科学了。

姚尔甘达　还搞新闻工作。我不想丢掉新闻记者的工作。

部　　长　再考虑考虑，看看我能向你提供一点什么？

姚尔甘达　部长先生，完全用不着伤这个脑筋。只要您同意，事情就成功了。

部　　长　这怎么说？

姚尔甘达　有一个空缺，对我正合适。这个职位已经列入了预算，但是没有任何明确的任务，也不需要我多操心。灯我也有。

部　　长　你要灯干什么？

姚尔甘达　为了执行任务。我每天来，需要的话夜里来，照一照门闩、转动两下钥匙、检查一下门——这就是我的工作。

部　　长　等一等，我什么都不明白。你要求的那个职位同门有什么关系？

姚尔甘达　这就是我说的那个职位——保险监督员！

部　　长　什么保险？

姚尔甘达　部里门锁上的保险。

部　　长　等等，你全搞错了。原来说的不是保险而是青蛙。泥潭里的真正的青蛙。有一个青蛙监督员的职位。

姚尔甘达　是吗？那就更好了。要我操心的事就更少了。

部　　长　是这么回事……你来得晚了一点。刚才我已经安排了一个人担任这个职务。

姚尔甘达　什么人？这个职位除了我之外，任何人都不知道……

部　　长　我把这个职位给了……（看名片）维科拉克先生。

姚尔甘达　不可能！召尔杰先生，这不可能！您是想让别人嘲笑您——请原谅我这种坦率的态度。

部　长　为什么？

姚尔甘达　这个维科拉克是个疯子。

部　长　什么？

姚尔甘达　当然！大家都知道他是精神错乱的人。

部　长　他并没有给我造成这种印象。

姚尔甘达　他当然还不是那种需要穿拘束衣的疯子，但是他是个性急狂者。他只研究老鼠、乌鸦和甲虫。

部　长　还有青蛙！这是他的专业。不是所有的人都能像你这样讲究。我觉得维科拉克这个人很有意思。我和他谈过，他确实有一些新颖的想法。

姚尔甘达　这些想法用来逗乐也许还可以。但是给他职务——这等于损害自己的名誉，召尔杰先生。

部　长　亲爱的，我给他职务的那个领域，他是内行。我把青蛙监督员的职务交给了青蛙专家。这比什么都简单。

姚尔甘达　不错，但是这不过是一种形式。难道您没有看到，在这之前都是些什么人担任这个职务？都是像我这样的，其他什么事都不会做的青年。世上各种职务难道还少吗？但是，如果每一个人都去做他应该做的事情，那么警察局长就会去抓小偷，市管理局局长就会去扫首都的街道。

部　长　你的论断非常合乎逻辑。但是很抱歉，我必须告诉你，你得另找工作。

姚尔甘达　另找工作——说得容易。那样我就得从早到晚地干，我的毕业文凭也就要化为乌有了……我会陷入部长先生您一向反对的那种官僚主义。请您告诉我，维科拉克的任命书你已经签署了吗？

部　　长　还没有，不过我已经答应他了。

姚尔甘达　那还来得及。如果部长们每一次都兑现自己的诺言，那么他们每一个人所需要的不是一个而是八个部：您可以给维科拉克另找一个工作，而把他的职位给我。

部　　长　好是好，但是他别的什么都不要。为了得到青蛙监督员的职位他奔走了十二年。

姚尔甘达　难道我没有告诉您，他是个性急狂者吗？对这种顽固分子一点办法也没有。我真觉得奇怪，怎么还会有人理他们？真没有听说过——要么是青蛙，要么什么都不要！我理解，对维科拉克这种倒霉的人是可以体谅的，但是像这样就太过分了……这种人是任性妄为的！同维科拉克差不多的一个，一年前放火烧了图书馆，另外一个企图谋害自己的上司。第三个的亲属被监禁起来了。部长先生，这都是些危险的人物。您必须在自己周围安排一些忠实的人。不过这种争论大概使您很疲倦，可是我还有比这个有意思得多的事情要告诉您……（神秘地）拉多维娅努女士……

部　　长　（漫不经心地）拉多维娅努女士怎么了？

姚尔甘达　得了，召尔杰先生，不要装出猜不着的样子。您好像是对我说过，你喜欢她。这太好了，今天我就是来告诉您，她也喜欢您，而且是非常喜欢！噢！

部　　长　（善意地）别胡说八道！

姚尔甘达　召尔杰先生，您不了解我。我是守口如瓶的。但是，如果您不愿意谈，我不说就是了。我既不过问拉多维娅努女士的事，也不过问有关职位的事。请允许我告辞，部长先生，我走了……（作出要走的样子）

部　　长　等一等！（有所思）不管怎么说，在部里总能给维科拉克找个别的工作。好，姚尔甘达，我就这么办……我这样做多少是违心的，真的，但这是最后一次。我任命你。

姚尔甘达　噢，部长先生，我多么幸福！我怎么感谢您才好！我是您终身的仆人……

部　　长　但是有一个条件：你要答应我做一个正派人，好好钻研科学。

姚尔甘达　阁下，我保证会这样！

部　　长　那么就这样——明天你到部里来，我给你签署任命书。

姚尔甘达　召尔杰先生，这个事儿现在就可以办。（从衣袋里取出一张纸）

部　　长　这是什么？

姚尔甘达　任命书。已经弄好了，只缺部长先生的签字。

部　　长　这怎么会在你的口袋里？

姚尔甘达　我又不是傻瓜。来您这里之前，我先到主任秘书那里，告诉他，一切都弄好了，我已经被任命了。召尔杰先生，难道能够拒绝我吗？

部　　长　你把我弄成什么样子。（签字，用无所谓的口气）你刚才关于拉多维娅努女士是怎么说的？

姚尔甘达 啊，对了……我和她是老朋友了。她说：“召尔杰长得是那么匀称、那么漂亮！”您必须注意，虽然你们才认识，她却称您是“召尔杰”。我回答她：“噢！拉多维娅努女士，我也知道他有多漂亮，女士们都爱他爱得要死！”后来她就把我带到角落里，开始向我打听……

［挂钟打点。

部　　长 够了！已经一点一刻了，可是我还在这里：姚尔甘达，同我一起去用早餐，在那里讲给我听。（揿铃）

［尼茨上。

部　　长 尼茨大叔，下午我不到部里来了。你在这里收拾一下就可以回去了。姚尔甘达，走吧……

姚尔甘达 （走向出口）开始，她绕着圈子说：“我听说部长先生收藏了不少珍贵的画，能不能去看一看？”我说：“我想想办法，拉多维娅努女士……”（同部长一起下）

维科拉克 （在尼茨收拾部长的桌子的时候，从门内探出头来，微笑）尼茨大叔！

尼　　茨 （吓一跳）谁？

维科拉克 是我，维科拉克。

尼　　茨 啊呀，维科拉克先生，您可真把我吓坏了。您还在这里？

维科拉克 可不是嘛。部长先生走了吗？

尼　　茨 是啊，刚才同姚尔甘达先生一起走的。

维科拉克 哎！他请我和他一起用早餐，可是大概忘记了。我当时激动得不得了！我——同部长先生一起用早餐！（在口袋里摸索）给你，大叔，拿去吧。

尼　　茨　谢谢，谢谢。看样子办成了？

维科拉克　多亏上帝的恩典：我被任命了。我想了十二年了。我去告诉我的女儿，这可怜的姑娘一定会很高兴！

尼　　茨　（送他）我是怎么对您说的？请放心，维科拉克先生，你会得到职位的。会得到的！（拍他的肩膀）各得其所嘛！

——幕　落

玩弄者何尝不是被玩弄的人

——《青蛙监督员》读解

这是一出政治讽刺剧，充满喜剧色彩，滑稽好笑讽刺幽默皆有，五味杂陈。剧作先是通过门警和部长的很有意思的对话，说部长自以为能任命来访者的职位而志得意满。可是久而久之就会小气得不想任命别人，还说每个部长都是先成为前任的“自己人”，然后才被任命。接着出场的是一个老实巴交的退休教师，他带着前任部长的推荐信来找现任部长求职。部长说他会认真对待，也确实格外耐心地听着退休教师刻板啰嗦的长篇大论，并且他也以专业的知识赢得部长口头任命的承诺，还破例被邀请要一起吃早餐。可事情终归没这么简单，后面又来了一位声称只要部长听他说一句话就会离开的新闻记者，硬是用他的巧言令色改变了部长的任命。记者用自残哭泣下跪毁谤无底线自我矮化甚至色情引诱来迫使部长改变了整个进程或方向，可谓软硬兼施，巧舌如簧。部长完全上套中招，既改变了任命，而且无奈之下还被逼迫当即签名任命，记者受邀真的一起去用早餐。那个还老老实实等着一起去吃早餐的专才教师，已完全没有翻盘机会。他甚至还被蒙在鼓里，准备着要回去告诉女儿自己被任命了。

本剧对人物的塑造颇见功力。人物虽然只有四个，但个个都刻画得生动形象。部长的刻画十分到位，记者、退休教师性格鲜明，非重要的门警用笔有限，也显生动，留下印象。具体而言，部长个性不算鲜明，包括部长的前任、前前任都共有特征，正如部长的门警所言，所有的部长刚开始时都尽力想要满足来访者的请求，都以满足来访者的要求为努力方向，可是一旦久了，就会变得小气，变得不愿给别人任命，仿佛这样安排给来访者工作，就相当于自己会被开除似的。部长是只具普遍性的人物，还表现在他也是一个喜欢别人逢迎的人。他明知退休教师是专才，是可以务实做事的专家型人才，而且也果断地任命给他职位，可是面对又一个来访者的巧舌如簧，他马上变卦。部长不可能不知道这个来访者的没安好心，也还是能鉴别他挤兑前一个人的不实诬陷，但是经不起后来来访者的软磨硬泡，翻手为云覆手为雨，恰恰陷入此人设置的糖衣炮弹的圈套之中。全剧塑造最成功的无疑是后来的来访者——新闻记者。这是一个没有什么专长，到处胡混海混，八面玲珑的人。他只会写一些简单报道文字冒充新闻稿子骗取稿费，严格说算不上是新闻工作者。他又靠写一篇关于古希腊哲学的论文而混到一笔一次性的稿费，冒充行家。他没有靠谱的真才实学，捞不到可以长期有所作为的稿费，但他善于钻营取巧，看到什么地方有空隙就往哪里钻。他为了见到部长得到部长接见，撒谎说自己只和部长说一句话。可是见到部长之后，他就以退为进地拼命讨好部长，并且利用部长心肠软等毛病一再找空钻。为了得到任命，他临时编配自己要一个“保险监督员”的领薪又不用费力的虚职。当部长坚持必须有专业的专家才能在他的任职部门获得任命时，他又见风使舵地肆意否定前一个人的能力。这种踩着别人上位的人品操守其实就值得怀疑。可是他还嗅出部长的浮夸、喜欢被女人推崇，赶紧又编排了某某女人议论部长的帅气，并且添油加醋地夸奖部长的身材、服装等等。他的机灵都没有用在正道上，而是花在讨好和诬陷上，可是这恰恰迎合了官场上需要培植吹捧和奉承自己人的部长的下怀。前一个来访者是个退休教师，与部长的前任是同学，看起来前程似锦，可是由于过于实诚，为了一个所谓自己创立的“青蛙监督员”的职位竟然可以漫长等待 12 年。这样有耐心的人正是他自己所说的喜欢自然科学的理工科出身的人的特征，却被后一个来访者诬告为急躁的狂人，而且他的老实简直到了迂腐和蠢笨的地步。有前任部长的同学关系，可是不善变通，不善迎合，连前任部长都没能帮上他任职，可见他的老实已到了相当冥顽不化的程度。

其次，本剧的讽刺手法，用得很到位。剧作家用一种举重若轻的手法，常常在看似玩笑的笔调中顺畅地完成诙谐的气氛转换，很技巧地达到嬉戏和玩笑的效果。幽默中让人忍俊不禁，却又击中可笑的神经，可谓精彩绝伦。门警的话，点出了官场任命“自己人”的循环宿命，一语中的，对官僚机构的批判可见一斑。部长与新闻记者的对谈是剧中重头戏，也是讽刺效果最见功力的部分。我们曾经以为部长乃至于前任、前前任等众官员善于玩弄求职者于股掌之中，他们以任命他人为乐事，同时还津津乐道于此举。他们自身的这种种劣迹恰恰是人性中丑恶本质的深刻揭示。当有瑕疵有裂缝的部长，碰到新闻记者这样的无赖、冒牌货时，玩弄者成为被玩弄的人，表面上新闻记者低姿态，却实际上把部长耍得团团转。我们看到，部长总被这个奉承者牵着鼻子走，直至把曾经清醒的头脑都丧失了，全然不顾刚刚还任命的专家型官员，出尔反尔，终于把职位拱手相让给一个吹捧者、献媚者，一个无才无德的人，把人民给予的权力变成自己肆意挥霍的消费。这里的讽刺意味足以引发人们深思，值得让许许多多曾经为人民谋利益，却走向昏庸、丧失理智，乃至成为时代罪人的当权者，都应该引以为戒。那些什么青蛙监督员、保险监督员，因人设岗，随意任性，毫无原则，变化无常，都让人对执政者的行为感到可笑的同时不免忧心孔棘，颇有现实意义呢。

还有剧作中的语言体现出多重价值。我们在剧作中随处可以感受到语言的魅力，翻云覆雨，冷峻生动，俏皮讽刺兼备。此外，剧作通过现任部长的三次接待来访者的场面，安排可谓巧妙。第一个已经送走，部长为任命了来访者让对方满意而归而踌躇满志；第二位是个专才，部长虽然听不懂来访者的专业知识和术语，但还是耐着性子听完他的职位申请，并且因为是持有自己的上司、前任部长的介绍信，他大力夸奖并大方地满足了对方的工作任命要求，还邀请来访者待会儿共进早餐；第三个是阿谀奉承者，到处讨好，投机取巧，但是因为投部长所好，连挟持带逢迎，以退为进，获得意外的任职。部长把刚刚任命给第二个来访者的职位立马拱手让给了这个溜须拍马、满嘴抹蜜的人，而且实际上还邀请这一位共进早餐。三次接见，以点带面，足以让人窥见官场的百态，余味无穷，意味深远。

言行悖逆，因果反常规，这些带来的撞击，是剧作中超出平淡的重要缘由。青蛙监督员职位的设立，超出常理。部长的言行不一出乎意料之外。只说一句话的人竟然能够混成一席话，混出一个实打实的职位。把一些不可能的事情变成合乎情理，这些是本剧创造力的诸多体现。

房　租

【南斯拉夫】勃兰尼斯拉夫·努希契　著　叶小铿　译

人　物

父　亲

母　亲

大女儿

小女儿

大儿子

小儿子

官　员

律师助理

宪　兵

[场景：一位供职多年的最下级官员向长官送上了一张呈文。长官看后，吃了一惊，问道："怎么，难道您有四个孩子吗？"

"是的，四个！"官员不好意思地笑着回答。

"看在上帝的分上，请您说说，您为什么生这么多孩子呢？”

“有什么办法呢？这是上帝的意志！”官员耸了耸肩膀。

“可是上帝也许并不知道您拿多少薪水呀，而您自己却是知道的。要是您认为拿这点儿薪水就可以生四个孩子，那么照您看来，比如说吧，一位高级官员或者部长，他应该有多少孩子呢？”

“要是我的薪水大一些的话，我当然就会少生几个孩子。”官员辩解道。

“慢着，这是什么逻辑呀？”

“是这么回事……要是一个官员的收入多一些，他就可以去饭店，去俱乐部，去骑马，去看戏，去旅行，他的妻子也可以这样。可要是你穷得甚至连房租也付不起，那就只好和妻子一起待在家里喽，于是乎……”

听了这个无懈可击的逻辑，长官大人高兴得笑了起来。

官员，那个有四个孩子的父亲，走出办公室，到会计室领取了他那份赖以养家活口的微薄的薪水。

在家里，他和妻子坐在一起，不停地算着账，看看能否做到收支平衡。

[一间空洞洞的、破旧的房间。里面的全部家具只有五六把大小不等的椅子和一张连桌布也没有铺的桌子。官员和他的妻子（父亲和母亲）满腹心事地坐着，而他们的几个遵照上帝的意志降临人世的孩子们正在隔壁房间或院子里无忧无虑地玩着，吵闹着。

父　亲　（站起，两手抄在背后，在屋里踱来踱去）嗯，你写……你自己算。（从口袋里取出一支铅笔）给你笔，这是办公用的，二号软铅。嗯，还有纸。（从口袋里拿出一叠纸，读着）……为了把该项判决通知该人的日期不迟于……可以用。这是斯列塔先生写坏了的。这个人，糟蹋了多少公家用纸，写出来的东西通都不通，可是往上爬倒很有办法。我把他糟蹋了的稿纸都收集起来……我说，家里用得着……你就在这空白的地方写好了。嗯，扣除了税款，我净收入……包括物价上涨补贴费在内，总共一千三百四十二个狄那尔[①]。记下来了吗？

母　亲　（坐于桌后，按父亲的口述作记录）记下来了！

父　亲　这是收入！好极了！现在你记在这儿，左边，偿还西马先生债款二百五十狄那尔……记下，二百五十狄那尔！还布洛奇尼克三百六……

母　亲　（记录着）唉！

父　亲　你“唉”什么？家里有六张嘴巴呀！你明白六张嘴巴意味着什么？……它们甚至可以把国库的全部收入都吃光呢，更别说我那点儿物价上涨补贴费了。三百六，记下来了吗？

母　亲　嗯！

父　亲　好。再往下记：还肉店老板二百七十狄那尔，还有……

---

① 南斯拉夫的货币单位——译注。

（想起）还杂货店老板二百二，还有……还有什么……哦，对了……还蔬菜店老板二百四。记好了没有？

母　亲　嗯！

父　亲　行啦！现在，把这些统统加在一块儿。

母　亲　（低声计算着）十九加五是多少？

父　亲　十九加五——二十四。

母　亲　（加好总数）一千三百四。

父　亲　对。那我的收入是多少呢？

母　亲　一千三百四十二个狄那尔。

父　亲　还剩下两个狄那尔。嗯，这两个狄那尔交给你吧。（把钱交给母亲）你拿去买衣服、买鞋、买吃的，给孩子们买书，再给我买烟。

母　亲　那么房租呢？

父　亲　房租我已经五个月没付了。

母　亲　（屈指计算）对，是五个月。从2月份算起。1月份我们是付了的。你至少也该去向房东赔个不是啊。

父　亲　我干吗要去赔不是！付不出就是付不出。再说，他已经告到法院了，律师也请好啦。

母　亲　那可怎么办呢？

父　亲　那……这个么……听天由命吧！你总不能跳得比自己的头还高吧。

母　亲　（深深地叹了口气）唉，上帝他怎么这样不公道哇！他怎么就不惩罚那个不给人家活路的人哪……只好躺着等死了。我的命好苦哇：要买鞋，就没钱买柴火；要买柴火吧，就没钱买吃的……还一身都是病！该死的风湿病，折磨得我呀，浑身动弹不得，就像耶稣给钉上了十字架似的……眼看孩子们就要放假了……要是有可能，我真想到疗养地去，我可不像人家那样，是去消遣，我是不去不行啊……

父　亲　（踱来踱去。突然停住脚步，叹了口气）我有什么办法……我已经把两个狄那尔交给你了，随你怎么花，你要去疗养也可以。

母　亲　（委屈地）你还挖苦人，挖苦人！

父　亲　我不是挖苦人，我……可我有什么办法？嗯，你说呀，我该怎么办？难道我去和上帝吵架，骂他不公道吗？对别人，他赐给高官厚禄，至少也给安排一个……比方说，一个可以捞钱的好位置。可我呢，他什么也不给。我最多也只不过是每半个月可以捞到一支办公用的二号软铅笔，就到此为止了。而别人呢，只要你肯付给他两千狄那尔，一份不可缺少的文件就会不翼而飞；给五千狄那尔，他就可以把你对手的声明吞掉；给一万狄那尔，他就把那份重要的审讯记录上的日期给改一改。可是这种好差使就没我的分儿。我觉着，好像命运之神把身子爬在我的摇篮上，扶着我的肩膀，对我说："你的手指头会长得老长老长，可是我不会让你利用它们的。"这就是我的想法。

母　亲　（顺着自己的思路）我只是问……我一身的风湿，这个冬天怎么过呀？

父　亲　可我是问：没有柴火，我们怎么过冬？一个月的薪水只剩下两个狄那尔，这日子怎么过？

母　亲　你要真是个男子汉……

父　亲　你这话什么意思？

母　亲　我是说……有些人薪水也很少，可是他们的老婆照样可以到疗养地去……

父　亲　有些人薪水是很少，可他们孩子也很少！

母　亲　你是不是想说，我们家孩子多，是我的过错？

父　亲　好，我同意，是我的过错。不过……我说的不是这个意思。我是说，我们家孩子多，对这个事实不能忽视。

母　亲　可是，对生了这么多孩子的母亲，同样也不能忽视。我要是没生过这么多孩子，我的身体一定会保养得好好的。

父　亲　唔，有个办法，你知道吗？很容易就能治好你的病，而且还不花你一个钱。

母　亲　不知道。

父　亲　你想象你已经在疗养地了，病也好多了。

母　亲　那怎么行！

父　亲　怎么不行！这对你可有用了。世界上没有一个女人是不善于想象自己身上有病的。那么，你为什么不想象一下你自己的病已经好了呢？你相信我的话吧：想象有着伟大的力量。我就常常一个人坐在屋子里想象着：我是位部长！我就开始发号施令：撤销斯列塔先生的文书职务；

让主任先生领养老金去；把秘书调到德巴尔[1]去！我把所有的人都撵走，只留下我和门房捷奥费尔两个人。可我觉得这还不够劲儿。我给我们的肉店老板发一张租让合同，他可以砍伐政府的森林，条件是他在一年之内必须每天免费送给我两公斤肉；我们的裁缝呢，我把从贝尔格莱德到苏沙克[2]之间建造一条双轨铁路的工程包给他，条件是他得给我们家每个人各做一套衣服，另外再给我做两条裤子，不然的话，我这条裤子马上就要磨破了。还有蔬菜店老板，我把印刷中小学课本的专利权送给他，要他白白地给我们送一年的蔬菜。诸如此类，等等。我以极有利的价钱出卖种种租让合同，比真正的部长们卖得要合算得多……你瞧着，他们一定会称心的，我也会非常满意。

母　亲　啊呀，要真能这样，该有多好！

父　亲　我跟你说能，就一定能！你想象啊，你只要一想象，就会尝到甜头了。有些女人，总是想象自己很美，虽然谁都不这么看，可她们很自信，很满意，像这样的女人难道还少吗？还有些人，总是想象自己很聪明，尽管没有人承认，可他们很自信，很满意，这种人不是多得很吗？你听我的话，想象吧，想象你已经到了疗养地了，

① 南斯拉夫的城市，位于马其顿的西部。

② 南斯拉夫的城市，位于南斯拉夫的西北部，列奇纳河的左岸，1947年并入里耶卡市。

你马上就会觉得自己好一些。

母　亲　去你的吧，我可不会想象！

父　亲　你不会？那好，既然你不会，我来帮帮你。你去收拾一下，把箱子都理好。

母　亲　啊，理箱子！亏你想得出来！

父　亲　听我的话，收拾东西去吧。

母　亲　准备出门吗？

父　亲　当然是准备出门，到疗养地去。

母　亲　你还挖苦我？

父　亲　不，不，请你相信我。你会看到，展开想象，这是最便宜的火车票。你会看到，展开想象，这是最舒服的软席车厢。你还会看到，展开想象，这是世界上最好的、最能治病的疗养地。求求你，你别耽搁啦，快去收拾吧。

母　亲　好吧，可是这……这不纯粹是闹着玩儿吗？要真是这样，我可没心思开玩笑。

父　亲　不，不是闹着玩儿……我们真的去旅行。你去把孩子们都叫回来，让他们准备一下，我们把他们也带去。（走到门口，呼唤）鲍西尔卡，索依卡，米沙，佩拉，回来。快回来！你们听见没有，回来呀。

[孩子们一哄而上。个个穿着由旧衣服改成的、打着补丁的衣服。

父　亲　孩子们，把我的话重复一遍：亲爱的好爸爸！

孩子们　（齐声）亲爱的好爸爸！

父　亲　我们旅行去。

孩子们 （齐声）好啊！

父　亲 你们爱旅行吗？

孩子们 （齐声）爱！

父　亲 好！你们的话使我很高兴。嗯……（对小儿子）小儿子，你想到哪儿去旅行呢？

小儿子 我……去塞门[①]。

父　亲 好，你野心不大，这对你来说很好。（对大儿子）你呢？

大儿子 我去符兰涅。

父　亲 很好。这和塞门正好顺路。（对小女儿）你呢，你想到哪儿去？

小女儿 爸爸，我想到意大利去。我非常想到意大利去！

父　亲 对。意大利是个美丽的国家，那儿值得一去。

小女儿 您带我去吗？

父　亲 当然带。去准备一下吧！

小女儿 （高兴得跳起来）哈，太好啦，我要到意大利去啦！

父　亲 （对大女儿）你呢？

大女儿 我多么想去瑞士啊。

父　亲 去瑞士？

小女儿 爸爸，您知道吗，她有件冬天穿的大衣，所以她想去瑞士，可我没有，因此我想去意大利。

父　亲 我们瑞士也去，意大利也去，塞门也去，符兰涅也去。好，你们都收拾箱子去吧！

---

① 南斯拉夫的城市，在萨瓦河入多瑙河的河口，贝尔格莱德的市郊。

孩子们　好哇！（向门口走去）

父　亲　等一等！你们把妈妈带去，让她也收拾东西去呀。

母　亲　你让我安静一会儿吧。我可不是小娃娃。瞧，他们是孩子，你去哄他们好了。

父　亲　你们听到我说了没有？去，把妈妈也带去，要不我们哪儿也不去啦。

孩子们　（围着母亲，簇拥着她到另一个房间去）走吧，妈妈，别扫我们的兴，走吧，走吧……

父　亲　（独自一人，在屋内踱着大步）说真的，要是能够这样利用想象，该有多妙啊！比方说，我去见房东，对他说："房东，您好！请您想象一下我已经把房租付给您了。"

小儿子　（出现在门口）爸爸，我可以把格克托尔带在身边吗？

父　亲　当然可以。好孩子，你带吧，带吧。

［小儿子下。

父　亲　（继续自言自语）再比方说，我去拜见部长先生……

小女儿　（出现在门口）好爸爸，我可以带布娃娃吗？

父　亲　当然可以。布娃娃可以带，还有滚铁圈儿什么的，你也都带上好了。

［小女儿下。

父　亲　（继续自言自语）再比方说，我去拜见部长先生，我对他说……

母　亲　（出现在门口）你对我说说清楚：我当真要准备行装吗？

父　亲　那还用说吗！你真的去把东西都理好、装好。

母　亲　什么东西呢？

父　亲　所有的东西，家里一切的一切！

母　亲　连你那件冬大衣也带上吗？

父　亲　那件大衣倒是破了点儿。不过没关系，我们到了意大利以后，就送去补好了。

[母亲在胸前划了个十字。

父　亲　请你别划十字了，你还是收拾东西去吧！你会看到，没有钱照样也可以去旅行。

[母亲划着十字下。

父　亲　（继续自言自语）再比方说，我去拜见部长先生，我对他说："您好，部长先生。我是来请求您……想象一下我已经完全超过供职年龄了。"于是他想象开了……这真是妙不可言哪！

[传来吵闹声和叫喊声。

父　亲　啊哈，旅行家他们来啦！

[母亲和孩子们上，都是出门打扮，带上了所有可以带的东西。去瑞士的大女儿，身穿冬大衣，头戴冬帽，腋下夹着一架手风琴；去意大利的小女儿，身穿夏衣，头戴草帽，手捧布娃娃。小儿子用细绳牵着一条狗，手里还拿着一只喇叭；大儿子提着鸟笼。

父　亲　好极了！好极了！你们看上去，简直就跟去意大利和瑞士玩儿的那些真正的旅行家们没什么两样啦。大家快占好座位吧，要知道，人可不少呢。路远得很，你们得赶快占好座位呀。（一边说，一边把椅子摆在敞开的窗前，排得就像车厢里的座位一样）好……好……现在各就各位，大家都坐下！

母　亲　去你的吧，你别跟我们演滑稽戏了。

孩子们　（齐声）难道我们不是真的去旅行啊？

父　亲　既然妈妈不去，那我们都不去啦。

孩子们　（齐声）妈妈，去吧！

父　亲　你别破坏孩子们的情绪呀。你坐呀，坐下来吧！

［母亲边坐边划十字。

父　亲　（对孩子们）你坐这儿，你坐那儿。对，你坐到这儿来，你呢，就坐那儿。大家把东西都放下吧。这个箱子放到那儿去，免得碍事；这个包裹就放这儿……对。我坐这儿，跟妈妈并排坐。

小儿子　我们这是假的旅行？

父　亲　当然是假的。

孩子们　（大失所望地）哎！

父　亲　说是假的，可是你们瞧着吧，一切都跟真的完全一样。好，现在你们想象吧：火车已经开动啦。吹号！

［小儿子吹喇叭。

父　亲　现在大家一起来……大家帮帮忙。好，大家一起来。（模仿车轮滚动的声音）戚察卡察，戚察卡察，戚察卡察，戚察卡察……

［孩子们渐渐地跟着齐声喊了起来，一面跺脚、敲打各种东西，模仿火车行进的声音。

父　亲　停车！吹号！（起立）

［小儿子吹喇叭。

父　亲　塞门车站到了，停靠五分钟。孩子们，你们看那儿。你们所看见的，就是塞门城。塞门位于多瑙河畔，与贝尔格莱德遥遥相对。塞门城的居民，在世界大战前，从事检查护照的工作。世界大战后，那些在贝尔格莱德租不到房子的官员们，都住到这个城市里来了。吹号：火车离站啦！（坐下）

［小儿子吹喇叭。众齐声："戚察卡察……"

父　亲　（起立）停车！符兰涅到了，停靠五分钟。在你们面前的就是符兰涅！早先，这个城市恰好位于国境线上，现在，它已经位于国境以内了。（坐下）火车离站啦！吹号！

［小儿子吹喇叭。众齐声："戚察卡察……"

父　亲　（起立）停车！吹号！

［小儿子吹喇叭。

父　亲　孩子们，这是意大利！孩子们，你们看吧，欣赏吧。这个国家风景如画，名胜古迹美不胜收。你们可以看见，那里就是赫赫有名的马奏列湖①，它以教皇卜尼法四十二世②曾经为了一个足球而骑着天鹅横渡此湖而驰名世界。看，那个像西马法官先生一样弯腰曲背的，就是人所皆知的比萨斜塔③。在那里，很远很远的地方，就是著名的

① 意大利与瑞士间的伦巴第阿尔卑斯山西部的湖，面积214平方公里。

② 卜尼法是罗马教皇的名字，共有九世。剧中所提到的卜尼法四十二世的事情，是父亲瞎编出来的。

③ 这是意大利西部古城比萨城里的名胜古迹，高54.5米，建于1174年。

奎利纳山①，罗密欧就是在这座山的山巅上第一次向朱丽叶表白了他的爱情。意大利人口众多，他们喜爱弹奏曼陀林，爱吃通心粉。意大利气候多变，它随着气压的变化而变化。但是意大利大部分地区气候温和，所以，这里的居民从来也不穿冬大衣，他们也不需要柴火，因此，意大利的官员们只领取极少数的物价上涨补贴费。意大利土地非常肥沃，这里出产牛油、啤酒和橙子。好了，你们所必需掌握的有关意大利的地理知识，现在介绍完毕……怎么样，意大利参观好了吗？

孩子们 参观好了！

父　亲 火车离站啦！吹号！（坐下）

［众齐声："戚察卡察……"

父　亲 （起立）停车！吹号！

［小儿子吹喇叭。

父　亲 孩子们，在你们面前的，就是瑞士，它在地理上以勃朗峰②而闻名天下。你们好好儿看看这些美丽的景色。你们赞颂这一切，把这一切铭记在心吧！勃朗峰终年覆盖着白雪，它之所以出名，仅仅是因为每年都有许多游手好闲的人来攀登它。瑞士的首都伯尔尼，以它的动物园甚至展出狗熊而著名；另一个城市，日内瓦，则以那些永

① 罗马周围的丘陵之一。

② 阿尔卑斯山，位于法国、瑞士和意大利的国境线上，勃朗峰为阿尔卑斯山最高峰，高 4810 公尺。

远不会泛滥成灾的湖泊而举世闻名，因此，瑞士和我国一样，都没有水利部。在瑞士，夏天是冬天，冬天则是夏天，因此，结核病患者和外国人都喜爱到这里来游览参观。瑞士的居民享有宗教自由和选择国籍的自由。他们大都擅长于唱山歌和在干酪里钻出一个个洞眼来。这种有洞眼的干酪就叫做瑞士干酪。除瑞士干酪外，瑞士的居民还生产白雪和冰河。好了，你们所必需了解的有关瑞士的情况，就介绍到这里。现在，塞门、符兰涅、意大利和瑞士，我们都到过了。我们继续前进！吹号！

[小儿子吹喇叭。众齐声："戚察卡察……"

父　亲　（起立）停车！吹号！

大儿子　爸爸，我们现在在哪儿？

父　亲　这儿是国境。

大儿子　这儿有什么可看的呢？

父　亲　这儿住着海关官员，他们的任务是检查旅客们的行李。

小儿子　他们怎么检查法呢？

父　亲　很简单。官员和宪兵走进来，然后官员问道："这是您的箱子吗？"

[敲门声。迄今为止一直坐着沉思默想的母亲，听见敲门声后，从座位上跳了起来，走到一旁。

母　亲　这会是谁呢？

大女儿　大概是海关官员，他们来检查行李了。

孩子们　（齐声）让他们进来，让他们进来！

父　亲　请进来！

［官员、律师助理和宪兵上。

官　员　（腋下夹着公事包）我是法院的执行官。（翻开文件）您一定已经知道了，根据今年六月二十七日法院第一万四千四百六十七号判决书，查抄您家的一切物品，择期拍卖，以偿付你们拖欠房东的五个月房租。限你们在十五天内理清债务。

［母亲绝望地坐到椅子上。

父　亲　（沉重地叹了口气）这个我已经知道了。

官　员　那么，有哪些物品可以查抄呢？（他拿过箱子，交给宪兵。宪兵把箱子打开）

父　亲　您看……我的全部财产，我为政府供职二十年来的全部所得，都装在这两个箱子里了。家具不是我的，它们是跟房间一起租来的。瞧，这两个箱子，就是我们的全部财产。我们知道你们要来，所以特意把所有的东西都收拾好、理好，这样你们查抄起来可以方便一些。

官　员　谢谢！

父　亲　别客气。

［宪兵从箱子里取出东西，官员逐件登记入册，一边和律师助理商量着。

官　员　好，我们初步查抄完毕。现在，各种衣服以及屋内其他所有的一切可动产，你们都无权出卖，不过，你们穿在身上的衣服并不包括在内。所有的物品均暂归你们保管，如果在十五天后你们还不付清欠款，就进行拍卖。我们的任务执行完毕。（在文件上签字后，交给父亲一份）感谢您的殷切关照！

父　亲　别客气！有空请再过来！

官　员　再见！（与宪兵、律师助理同下）

母　亲　（绝望地）你的旅行就是这么回事！

父　亲　现在我们总算少掉一件心事了。房租已经付掉了。

大儿子　爸爸，这些海关官员是哪儿来的？

父　亲　嗯，是铁路上的。我们的行李已经检查过了。现在我们过了国境了。

大儿子　我们还旅行吗？

小儿子　当然咯！

小女儿　那我们现在去哪儿呢，爸爸？

父　亲　（神经质地、愤慨地）去哪儿？孩子们，我们的旅行结束了，现在可以回祖国了。你看到了塞门，你看到了符兰涅，你看到了意大利，你看到了瑞士。妈妈治好了风湿病，我呢，付掉了房租。现在我们心满意足，可以回祖国了。对我们来说，勃朗峰和卜尼法算不了什么，奎利纳山和马奏列湖也算不了什么。在我们的祖国，等待着我们的，是海关官员、税收官和法院执行官的兄弟般亲热的拥抱。回祖国去，回祖国去！吹号！

［小儿子吹喇叭。

父　亲　火车离站啦！

孩子们　（齐声）戚察卡察……

——幕　落

我们全家在家里四处“旅游”

——《房租》读解

这是一个让人读罢心里酸楚欲哭无泪的作品。一个为国家辛辛苦苦工作了20年的低下层官员，因为薪资微薄，所以无法像那些有钱的贪官可以到处混酒吧外出旅游消费，而只能窝在家里，窝家里的结果就是多生孩子，于是便有多达4个的孩子，连同夫妻一家6口。官员一个月的工资收入是1342狄那尔，扣除已欠下的负债，只剩下2个狄那尔。这2个狄那尔要用于全家一个月的开支，要提供家人吃穿用，要给孩子买书，要捎带给自己买烟，等等。然而还有更可怕的事情，他们已经欠下5个月的房租。房东早就忍无可忍，诉诸法院提出指控。做母亲的多年忍气吞声，此时不免抱怨因为生养孩子太多没有得到良好照料导致患上关节炎，很想出去疗养。当家长的丈夫略表安慰，对妻子的强烈愿望回应说穷人也一样可以到处旅游啊。妻子较真了，丈夫教她一招，就是用“想象”的法子可以去疗养。于是丈夫告诉妻子去把孩子们召唤回来，举家出行去旅游。妻子将信将疑去唤回孩子们。丈夫自言自语着，让想象发挥着作用：撤去文书的职，把现秘书调离，只留下自己，而且如自己所愿地让肉铺老板给自己家每天送2

斤肉，让裁缝免费为自己家做衣服，让蔬菜老板给自己免费供应一年的蔬菜。妻子隐约得知是儿戏，闹着玩的，但是丈夫的鼓动，她只得把孩子们喊回来，告诉他们要举家出门旅游。于是，每个人都要整理行李。小儿子只想到首都的近郊，大儿子则要求到路过的一个城市，小女儿一心想去意大利，因为她只有夏日的衣服，大女儿询问爸爸可不可以去瑞士，小女儿代大女儿解释因为姐姐有一件冬衣去海拔较高的瑞士可派上用场。母亲每次要闹情绪，不情愿配合父亲的儿戏，父亲就叫孩子们劝说母亲整理行装，不然他们就不出门了。于是大家收拾停当，父亲把家里仅有的几把椅子排成车厢的座位样子，全家人就算出门旅行了。他们模仿火车发动的声音"戚察卡察"地行驶起来。过一段时间，父亲就喊着到站，依照四个孩子要去的地点路线，逐一地报出站名，并把每一站的风土人情及城市特征轮番介绍一通，表明他们已经抵达去过了。每次继续启动就告诉小儿子把喇叭吹起来，直到四个地方都统统过了一遍，他们回到祖国。回国要到海关了，当父亲宣布这时到达国境，会有海关官员来查验，正好门外传来敲门声，原来是法院的官员来清理财产，宣布他们的物品都被充公，半个月内无法偿还房租就将被拍卖掉抵账。父亲配合了法官的判决并把他们送走。父亲最后告诉大家说，四个孩子已经去了想去的地方，妻子也在外面疗养过了，自己也付了房租了，因为物品都被没收抵偿欠下的数月租金。剧本到此也就结束了。

剧作本身无疑是悲剧，但却是以喜剧的样式加以呈现。以喜衬悲，使得悲剧的力度愈加强大，读者和观者简直不忍卒读。剧作中表现的这家人活得卑微可怜，家徒四壁，乍一看让人凉飕飕的。从状况看，全家人只有父亲有微薄收入，向来入不敷出，日子拮据贫困应是常态。偏偏孩子又多，每个月只能举债度日，致使恶性循环，不断借债，债台累积高筑，直到突破临界点，被房东举报，被法院查封，下逐客令。可是做父亲的却能够以如此淡定的方式幽默的办法解决全家的困境，煞有介事，充分展示了父亲的应对"才能"，也显示了编剧富有想象力的才华。举家在家里的四处巡游，是全剧的主体部分，是剧作最主要的内容，也是全剧挥洒自如、十分流畅自然的桥段。虽然看似自欺欺人，虽然貌似做了一个白日梦，但的确会让人触目惊心，不忍回顾。父亲不善权术，不会钻营，也不想昧着良心做事，无法贪腐，于是没有额外的灰色收入，只能靠着低廉的薪金度日，连勉强维持日常生活都难。

剧作虽然运用对比的地方不多，但却可以由此生发展开许多丰富的联想。仅仅提及其他官员靠着不正当的方法获得不义之财，而男主人公不擅长钻营和巴结上司，于是无法获得"可以捞钱的好位置"。他除了"每半个月可以捞到一支办公用的二号软铅笔"和抱怨几句上帝不公道外，就剩下他自己的用想象来完成无法实现的愿望。成年人无法像童话世界中的孩子那样，想象着上天的眷顾，可是依然采用这种无法变为现实的手段，愈发叫人感到世道的不公和生存的艰辛和阻难。

全剧的"在家旅游"似乎带有童话般的美好况味，却也是悲剧最浓郁的气息弥漫的有机部分。而且，悲剧的意味在看完全剧之后才真正地发酵了。全剧在一家人被扫地出门后戛然而止。做父亲的似乎松了一口气，一方面他刚刚安排全家人旅游一圈归来，让全家人都心满意足，另一方面他彻底被掏空了，心理的压力和沉重似乎暂时释放或放下了，因为他一直举债度日，一直等待着房东和法院宣判的到来。他早就知道这个最坏的结果迟早要到来，早到来他早安生他早投胎。此时，既是全家的家长蒙受耻辱的时刻，也是他获得安生释然的时刻，但是也是我们为这一家人忧心的时刻。他们的明天怎么办？他们将在哪里安生？他们如何在世上继续生存？

这是一个言有尽而意无穷的悲剧。这也是一个充满喜感、反讽意味强烈的佳作。剧作足以让人坠入低沉的深渊。假如说儿童乏力，需要靠想象来解决问题，虽则可怜却尚有可爱之处；而作为一个养育四个孩子的成年人，当现实过于沉重，不堪重负，也只能靠想象来克服困难和艰辛，则非但没有可爱之处，而是愈发显出悲摧和惨境了。

人物的无力感，叫人哀婉动容。无计可施的人，竟以一种举重若轻的方式完成化解。一个小人物苦渡难关，以想象的方式，解决家人的需求，完成最后的一次“辉煌的了结”。不离开家门，就能四处旅游；没钱还能还房租。这些不可能的事情，以一种可能的方式解决，还让人信以为真，这是需要多么大的能量啊！这就是剧作的创意点根本所在。

疑幻疑真

【匈牙利】亚蒂拉·封·渥尔波克　著　徐川文　译

人　物

约翰·纳吉——银行职员

斯特方·鲍贝理——纳吉的朋友

伯爵夫人妥萝茨卡

管家女仆

［场景：约翰·纳吉的书房。布置考究，左右有门。房里家具有写字台、小沙发、书架与放烟具的茶几。写字台上有纳吉的小照片与三张伯爵夫人的单身照。

［幕启时舞台上空无一人。门铃声响，女仆从左门上，穿过书房向右门走去。左门通卧室，右门通走廊。女仆从右门下，回来时领进伯爵夫人。妥萝茨卡服饰漂亮美观，表情面有怒色。

伯爵夫人　这就是银行职员约翰·纳吉的住所吧？

女　　仆　是的，夫人……我是他的管家。（注视着伯爵夫人）

伯爵夫人　请告诉我，约翰·纳吉是不是为报纸写作，是不是通常用的笔名？

女　　仆　也许是的，我可说不准。他定了一份《现代家禽》，这是一本有图画的杂志。

伯爵夫人　他什么时候回家？

女　　仆　六点，夫人。他通常是准时的，十分钟内就会回到家。您愿意坐一会儿吗，夫人？

伯爵夫人　（背向写字台坐下）谢谢。……告诉我，他结过婚吗？

女　　仆　我的夫人，他可是彻头彻尾的单身汉。

伯爵夫人　你说“我的夫人”，你知道我是谁？

女　　仆　可不是，我的夫人，如果我没弄错，您是伯爵夫人妥萝茨卡。

伯爵夫人　你从舞台上看到过我？

女　　仆　正是，夫人。

伯爵夫人　可是我三年前就不登台啦。

女　　仆　谁忘得了您惊人的成功表演。我多少知道点戏院里的事。

伯爵夫人　啊？

女　　仆　我的妹夫在澡堂做事，妹夫的妹妹同法警结婚，法警的舅子是伙夫，他隔天在戏院里值夜班。我经常从他那儿得到戏票。

伯爵夫人　亏你三年都没忘记我。

女　　仆　怎么会忘掉您这样出色的演员。（伯爵夫人笑）而且约翰·纳吉老提起您。

伯爵夫人　提到我？没什么，在舞台上认识我是不奇怪的。

女　　仆　（笑）您爱说笑话，他当然认识您。……而您问我他结过婚没有，好像我是什么都不知道似的！

伯爵夫人　奇怪，真有什么事情？我糊涂啦，你瞧，我完全蒙在鼓里，我到这里来就是为弄个明白。

女　　仆　（仍旧笑着）您没忘记演戏，我捉摸您让人家相信您什么都不知道，真的不认识约翰·纳吉。

伯爵夫人　（转过身）这是什么意思？我不认识他，即使认得，也不记得。说不定我一眼都没瞟过他。

女　　仆　我想您喜欢装做这样，或者为了体面的缘故。但是我可不是不知道，我在这里好久了。知道他认识您，这就把他乐坏了，您教他骄傲，给他荣幸。

伯爵夫人　（惊惶地）骄傲，荣幸？

女　　仆　可不是，我从来没见过他这么高兴。（走向写字台）看，这是您的照片。我瞧他老盯住照片，像看着圣迹。您的确美极啦。（伯爵夫人不说话，笑）这一切我都知道。我也知道他卧房里挂着的那套白色的晚礼服是为谁买的？

伯爵夫人　（立起，走向写字台，看照片）一套白色的晚礼服，还有照片。真有我的照片，中间那张是他的吗？

女　　仆　认不出来也没什么，他本人比这照片好看，是不是，夫人？

伯爵夫人　我怎么知道？我从来没有碰到过他。那是什么？我照片上的签名。（高声念，发起怒来）"给我的约翰·纳吉，依琳。”（念另外一张）“永远忠实于你的，依琳。”（念另一张，大怒）“永远热爱你的，你的小狗。”呵，这个流氓，现在我知道他到处吹牛。（突然止住，转向女仆）他是一个该下地狱的流氓！

女　　仆　（吃惊地）但是，我的夫人，我不知道什么事叫您生气。

伯爵夫人　你不知道。他骗了你，我猜想。他会受到惩罚的。

女　　仆　（几乎哭出来）我的夫人，我知道他是最好的人。

伯爵夫人　好人？他？要真那样，我可不会来了。记住，我一生中从来没有见过他。……最近，我的许多熟人提到他，我正纳闷，为什么他们老在背后讲到他时暗暗地笑？我一查，才知道这是个银行职员，住在这里。我想他大概原来当新闻记者的，看到过我演出，用什么笔名写过关于我的文章，这就是我一进门就问你的。我想他大概仍旧和戏院有关系，可能不断散布我的谣言。当一个女演员和贵族订婚，发生这种诽谤造谣的事太普通了，我要告诉他，我的丈夫是很会妒忌的，如果他知道有一个不相识的银行职员在诽谤我……

女　　仆　啊！我的夫人，他是崇拜您。

伯爵夫人　我真要多谢这种崇拜。现在我更明白发生了什么事啦。我一生中从没有碰见过他，可是他大吹大播，说我们怎么怎么互相爱着。他诬蔑我，拿去我的照片，写什么我是他的小狗，冒充我的签名，我不能忍受这一切，伯爵会为我解决这一切的。虽然他真的老了，但是他一击必中，是个好剑手。他会挑战。

女　　仆　（恐惧地）您说的是真话，我的夫人？我不相信。约翰·纳吉全心全意的爱着您，发疯似的爱您。有时他高兴得跳着、蹦着；有时候又哭丧着脸像被押上刑场。昨天，他还用最兴高采烈的调子说话，为了那套白的晚礼服。

伯爵夫人　白的晚礼服？

女　　仆　是的，我的夫人。他说您穿上准会像米罗的维纳斯那样美。他总是把您比做米罗的维纳斯①。

伯爵夫人　他说我穿这白色晚礼服？好啊！他会付出代价。

女　　仆　上帝，我的夫人，您没有把这一切告诉伯爵吧？那是可怕的。他是那么个好人，最好相处的人，他是一个寡妇的独生子。

伯爵夫人　侮辱无辜女人的人是不该得到宽恕的。

女　　仆　我不知道他为什么这么做。不过我敢说他不会有坏心思。他是好心人，他从不让一个乞丐空着手从他身边走开去。……我为他做了七年的工作，他从没有对我说过一句粗话。（哭）请一定不要做什么伤害他的事，亲爱的伯爵夫人。

伯爵夫人　（有点软下来）该抽他几下鞭子！

女　　仆　相信我，他是个好绅士，可能上帝使他丧失了一点理

---

① 出土于米罗地方的古希腊爱情之神维纳斯的雕像。这是现存最美的雕像。

性，上流社会的人常常发生这种事情。

伯爵夫人　我不想作什么推测，但是这个人必须停止诽谤我。

女　　仆　可能他走得太远啦。可是他今天早晨还对我这么说，同您一起在干旦尔吃饭，就在昨天晚上；什么在司达脱瓦尔欣啦，在格堡啦，说是前天，他拿着花束去的，您在那儿候着。他一边说，一边快活得像个小孩子团团转着。

伯爵夫人　这个人真是完全疯啦。

女　　仆　也许是的，不过我敢说，看起来神志是清醒的。您如果告诉您丈夫这些事情，那可太可怕啦。我的夫人，您还是告诉他一个人得啦。有时候，我在他面前嘀咕什么，他是听我的，还差点哭出来，总是照我的劝说做了。这个人真是挺和气、正派、听得进好话。

伯爵夫人　（咯咯地笑）好一个正派人。……那就依你的，对他自己说吧，或者，我写信告诉他，我在这里碰见你，真是他的好运气。（转向右门）再见！

女　　仆　（感谢地吻她的手）谢谢您啦，我的夫人，真多谢啦！

伯爵夫人　不要让他知道我来过这里，你得保证。

女　　仆　我发誓，相信我，我的夫人！（为她开门）

伯爵夫人　你不必对他说什么。这些事我会在信里告诉他的。

女　　仆　（突然吃惊）上帝保佑！他回来啦。他在隔壁房里，我听见他开信箱。

伯爵夫人　那我怎么出去？有其他的门吗？

女　　仆　没有，不幸得很，这里没有……（哑场）

伯爵夫人　（突然）卧房在哪里？

女　　仆　在那一扇门里。

伯爵夫人　不要说出我在这里，你懂吗？

女　　仆　我发过誓，我的舅舅是牧师。……不过，请您千万待他好一点，我的夫人。

伯爵夫人　看着办吧！（向卧房走去）

［女仆宽慰地叹息，哑场。约翰·纳吉入，兴致勃勃，迅速地读信，擦着手。

纳　　吉　晚安，福萝·海玲斯，有什么消息吗？

女　　仆　没有什么特别的。

纳　　吉　好香啊！你什么时候用过香水？

女　　仆　瞧你！我从来不用香水，没有用过。

纳　　吉　但是我真闻到一股香气。

女　　仆　准是你高兴得疑神疑鬼了，约翰·纳吉。

纳　　吉　那倒也是的，我兴致好极啦。（看照片）我的维纳斯要我在弗司顿小点心铺子等她，就在今晚七点。我就不在家用饭啦！……但是你给我一杯巧克力什么的，随便吧。

女　　仆　是，先生。（胆怯地）是的，先生……这照片，你看放在这里合适吗？譬如，你的朋友们看见了会说什么，会不会给你带来什么麻烦？

纳　　吉　今晚你怎么啦？麻烦！他们妒忌都来不及，你不知道，福萝·海玲斯，自从他们知道我同伯爵夫人在一起，他们对我可尊敬呢，就当我成了神仙，而且连银行行长也客气地对我说“早安”。

女　　仆　如果你碰到伯爵呢？

纳　　吉　理那个老废物干什么！一个结过婚的人永远不会从妻子那里听到什么的……。你还是快点准备巧克力吧，我的好人。

女　　仆　我真担心，纳吉——

纳　　吉　福萝·海玲斯，你怎么啦？我可真饿啦。

[福萝点头，带着显著的惊慌的神色从左手门下。纳吉注视她下，耸肩，然后管自己坐在扶手椅上，心满意足，拿起报纸，点支烟抽着，背向门。哑场。舞台变得更暗。

伯爵夫人　（悄悄地打开卧房的门，穿着白色晚礼服）是谁在这里啊？

纳　　吉　（像给雷打似的，吓得动也不敢动）见鬼——

伯爵夫人　（在门边，甜蜜地）约翰·纳吉看见他的小狗了吗？（他伸一个指头在耳朵里转动，好像耳朵在嗡嗡响）是不是这意外光临对你不那么舒服？

纳　　吉　（环视，几乎从椅子上倒下去）仁慈的主啊，伯爵夫人！

伯爵夫人　什么伯爵夫人。对于你，我是一个伯爵夫人吗？我是依琳，你的小狗。

纳　　吉　（跳起来）您怎么会到这里来？

伯爵夫人　为什么你开这样的玩笑，纳吉？昨天晚上在干旦尔你没有想到我会赶到这里吧，你高兴吗？

纳　　吉　我不明白。真是您，伯爵夫人，您怎么会在这里，还穿着一身礼服。您想做什么？

伯爵夫人　真是个伯爵，我要做什么？瞧你问的，你竟问出这些话来！你把昨天晚上那副可爱的模样丢到哪里去啦？

纳　　吉　原谅我，昨天晚上我在泼赖顿西咖啡馆打弹子都过了一点钟了。

伯爵夫人　对不起，……请你别开玩笑，你想借口忘却了事，是吗？你总没忘掉前天下午你在格堡送我的花束吧，那是我唯一的快乐。

纳　　吉　前天，我整个下午都给斯特方·鲍贝理拖去看足球啦。

伯爵夫人　你比心不在焉更坏，你生了健忘病。你是想反悔今天晚上弗司顿的约会，只不过为了我不顾一切跑到你这儿来；你看我落到什么地步，我丈夫老埋怨我近来心神不定，我连七点钟都等不及的来看你，你这个不可抗拒的好人，（把他推向扶手椅，自己坐在扶手上）告诉我，我那封信可使你高兴？

纳　　吉　什么信？

伯爵夫人　今天早上我寄给你的信啊！当然，你现在一定收到了！

纳　　吉　（从口袋里拿出信）我收到的只有这一封，并不是您写的。

伯爵夫人　（从他手里拿过信）让我看。还不是我写的，瞧这里，读啊！（一边用手勾住他的肩）“我的约翰·纳吉，今天晚上七点正，我就在弗司顿的小点心铺等你，不要迟到。一千个吻。你的忠实的依琳。”（把信给他）这是我自己的笔迹。你自己念，我的心不在焉的唐璜。①

纳　　吉　这封信写的是这样：“亲爱的先生，我提请你注意，你的信用已拖延了超过二年。我警告你，除非你马上满足我的经济要求，你就再不能趾高气扬地穿着我做的裤子踱来踱去，那是你没有付过钱的。我将对你进行诉讼，用钱压扁你的脑袋，勿谓言之不预也。”他说的是“用钱压扁你”，我的裁缝就是这么说话的。我知道他的作风。

伯爵夫人　（惊叫一声。倒在他膝上）可怜的小约翰·纳吉，爱情真把你害得完全疯了。

纳　　吉　（痛苦地、惶惑地）请让我走。这太不成样子啦。您为什么叫喊？我不认识您。再这样胡闹下去，我要跳窗子啦。

伯爵夫人　（呜咽）可怕啊，真叫人心碎。你竟失去理性到不认识我，你的情人。爱情毁坏了你的一切记忆，幸福毁坏了你的理性。我们相处得太密切啦，真叫做乐极生悲啦！

纳　　吉　我们相处在一起？你同我？

伯爵夫人　当然，是同你，同你。

纳　　吉　同我，同你，同他，同我们，同他们——

伯爵夫人　我的约翰·纳吉。求求你清醒一点，好好地看着我。

---

①　唐璜，拜伦诗中的人物，一个花花公子。

就算你不认识我，你也总认得这件晚礼服，这是你为我买的。

纳　　吉　是啊，这的确是我在霍尔佐买的。

伯爵夫人　是为我买的。这位不可抗拒的好人，征服我以后，我们一起挑选的。我就是打那一会答应到你寓所里耽一会儿。（害羞地拈弄着他衬衫的纽扣）现在你想起来了吧，我们为什么挑选这礼服，事情是不是这样？

纳　　吉　不是这样。那是我一个人挑选的。

伯爵夫人　亲爱的，你使我迷糊了。明明是我们一起挑选的，你同我一起到店里去的。

纳　　吉　同我，你同我？

伯爵夫人　同你，是啊，我同你！

纳　　吉　同我，同你，同她，同我们，同他们。……真叫人发疯了。

伯爵夫人　那么你再看看这照片，如果不是我，还有谁给你的？

纳　　吉　那真的不是您。那是在斯特瑞里斯基买的，花了不少钱。

伯爵夫人　你买的！那么是谁在这上面签名的？你再瞧瞧，是谁的笔迹："给亲爱的约翰·纳吉。"还有那张。"永远忠实于你的。"你是不是记得，正是在度过那个可爱的夜晚之后，我给了你这张照片，在圣诞节，地上满是雪，火在炉子里跳闪着。你灭去了灯，把我抱在你的膝上，你说了那么多的话，说了你的童年，你的守寡的好母亲。你是她唯一的安慰。

纳　　吉　也许是……但是这些字迹是银行里一个速记员写的。有一次我们单独在一起工作，我要她在那个晚上为我写的。这是事实的真相。我就在那时候谈起我的母亲。

伯爵夫人　那是我，是我和你在一起，我在自己的照片上写字，你谈起母亲也是对我说的。

纳　　吉　是吗？真是你，那么你就是沙拉·薛瓦芝吗？

伯爵夫人　什么！我是妥萝茨卡，你的情人，你的忠实的小狗，是你昨天晚上紧紧拥抱过的。你是那么迷人！

纳　　吉　看起来您变了另外一个人啦。

伯爵夫人　（立起）你看，我是怎样对待爱情的？为了怕发胖，我经常注意饮食。

纳　　吉　（也立起）您，伯爵夫人妥萝茨卡，像沙拉·薛瓦芝一样，也在银行里举行的假面化装舞会上逢场作戏吗？

伯爵夫人　唉！真是乱七八糟，我以为你会恢复知觉，你却堕入新的迷糊。到这里来，（坐在沙发上）把你的头靠在我膝上，你会好一点，让我这样敲你几下。

纳　　吉　不！不！请您走开，让我歇一会儿。否则我会发疯了。请您走吧！

伯爵夫人　（呜咽）你说什么，你赶我走？你要求我做你的情人时可不是这么说话的。男人都是这样，我们给了自己的一切，而他们感到厌倦的时候，就这么忘恩负义了！

纳　　吉　是这样，我厌倦了，我尝够了。女人，白天是沙拉·薛瓦芝，晚上却变成伯爵夫人。或者反过来，循环不息。啊！我马上会成为疯子啦！

伯爵夫人　（抽出身子，骄傲地）所以你假装糊涂说了一堆子话。你用廉价的滑稽实现你的目的。好啊，我走，我将永远不再和你见面。你如果再提起我的名字，上帝保佑你！（走进卧房）

纳　　吉　（倒在椅上，用手蒙住头）谁知道，天知道，也许，也许。……

[女仆上。

女　　仆　这是巧克力。发生了什么事？约翰·纳吉，你的脸色这么苍白、疲倦。你不舒服吗？

纳　　吉　你的一生是虔诚的上帝恩赐的，把你的手按在头上。

女　　仆　是，我把手按在头上。

纳　　吉　现在你告诉我，谁是我的情人，是沙拉·薛瓦芝，还是妥萝茨卡？

女　　仆　我怎么知道？我不睡在这屋子里。这是你第一次提到什么沙拉·薛瓦芝，可你经常说起的是伯爵夫人。

纳　　吉　那么，现在谁在卧房里？

女　　仆　没有人。

纳　　吉　你没看见伯爵夫人进来吗？

女　　仆　这里没有人进来过，约翰·纳吉。

纳　　吉　好，我弄错了什么事啦。我的头疼得厉害。（伯爵夫人换了自己的衣服上）现在你看，那边的女人是谁？

女　　仆　我什么都没有看见。（从左门下）

纳　　吉　（把抱住头的手放下来）我头痛啊，我头痛啊！

伯爵夫人　约翰·纳吉，你还是这么狠心地待我吗？

纳　　吉　伯爵夫人，请原谅我，我犯了罪，这是开孩子气的玩笑，笨透啦，我真后悔。相信我，我补偿我的过错，我向你赎罪。

伯爵夫人　哼，说得轻巧，玩弄女人的尊严不是什么开孩子气的玩笑？

纳　　吉　伯爵夫人，您这样看这件事？

伯爵夫人　可不是。你装疯卖傻地伤害我。

纳　　吉　伯爵夫人，即使在最放肆的梦里，我也不敢把我的浪漫史泄露半个字，这悲惨的短暂的浪漫史；就像您所禁止的。

伯爵夫人　浪漫史？这是一种浪漫史吗？让一个牛皮大王诽谤一个女人的美德？

纳　　吉　您是对的，您一切都是对的。虽然我仍然要说，这是浪漫史，我可怜的短暂的一生的浪漫史；谁应该被责备呢，要不是在这个弄虚作假的灾祸中，您也扮演了一份？

伯爵夫人　什么？

纳　　吉　您完全有权利骂我，讽刺我，您有权利做一切事情。您要我告诉您一切吗？我如痴如醉的爱了您一年，后来愈来愈厉害啦。这似乎是出乎意外的，我会碰到您，命运竟把我带到您身边。我不敢相信我会有勇气终于颤抖着、口吃着，向您表白我爱您。我在晚上为您祈祷，绝望地，不抱希望地。我试着对自己说过，您也许不是不可以追求到的。开头，我只对自己一个人说，后来对少数几个朋友说。这些朋友是远离您的社交圈的。我从这些谈话中得到快乐，幻想一千种动人的故事，幻想这种不可想象的永久的不变的爱情。……（抑制地，然后温和地）

伯爵夫人　（很感动，温和地）可怜的小纳吉，多笨的小纳吉。

纳　　吉　不要骂我，伯爵夫人，不要太恼怒。

伯爵夫人　不，我的小纳吉，我不恼怒，相反，我要告诉你，我自己也不知道为什么会这样。我听到你说的一切是高兴的。或者，甚至，要你再说一点，不过要快点，很快……。

纳　　吉　然后呢？

伯爵夫人　然后没什么，亲爱的纳吉，没什么。（给他手）再会。

纳　　吉　（吻她的手）伯爵夫人——

伯爵夫人　太晚啦，亲爱的约翰·纳吉，我必须走了，再会。（下）

［约翰·纳吉看着她下。孤独地转身，走向写字台，坐下，注视照片。女仆自左门上。

纳　　吉　这会，你看见她了吧，妥萝茨卡，多美的小东西，那么庄严，那么美。

女　　仆　我什么都没看见。我偷听到你们的谈话，自然我懂啦。但是我一睁开眼，什么活的东西也没有看见。

纳　　吉　你说什么？你没看见伯爵夫人？刚才在这里的，她进来谈话，你都没看见？

女　　仆　没有人来过，约翰·纳吉，相信我，这是你的想象。

纳　吉　真的？（叹息）好，这是可能的，可能的……。

［斯特方冲上。他穿着大衣，戴着帽。

斯特方　好吗？老伙计，晚安！福萝·海玲斯。

女　仆　晚安！鲍贝理先生，你赶在好时候来。

斯特方　你要我来的。约翰·纳吉，这会我捉住你了，坦白吧，我从不相信著名的美丽的伯爵夫人是你的情妇，但是现在我亲眼看见了，她悄悄地溜出你的屋子，正是这时间。（伸出手）祝贺你！

纳　吉　（拍他的头）你疯啦？你说的是什么话？我不认识什么伯爵夫人。没有人在这里，如果你再提到一个女人的名字，我将把你当一条狗那样打死。（冲出去）

斯特方　（注视他）他怎么啦？他不认识她？我明明看见她离开这公寓。

女　仆　他是感觉敏锐的人，当事情牵涉到一个女人的尊严的时候，他绝不开玩笑。

斯特方　（拿起一张照片，宽慰地笑）好。我要是幸运得像他那样，我也不会开玩笑的。

——幕　落

梦醒了，真能回到从前吗？

——《疑幻疑真》读解

剧作本身并不复杂：一个寡妇儿子，单身汉，现银行职员，偷偷地爱着伯爵夫人已经一年。他先在少数人面前声称是伯爵夫人的情人，后来在更多人面前这么说。人们对他刮目相看，朋友们嫉妒得要命，连银行行长也都对他另眼相待。消息传到伯爵夫人那里，她听到这个消息时心里忿然不平，好奇的她调查到这个银行职员，来到他家。银行职员还未回家，女仆告诉伯爵夫人说银行职员很爱她，让她看写字台上摆着她的照片，还有她为他而写的很多肉麻的赠词及亲笔签名。伯爵夫人对这些不知哪来的情话和签名简直惊愕了。女仆还告诉伯爵夫人，银行职员为她专门买了一件白色晚礼服。伯爵夫人对银行职员的所作所为已是震惊与愤怒，但女仆肯定地说银行职员是个绝对的好人，连乞丐他都会施舍，而且七年来从未对她发过脾气，等等。就在这时，银行职员回来了，伯爵夫人连忙躲进卧室。当银行职员叫女仆去冲一杯巧克力时，伯爵夫人穿上白色晚礼服走出来。银行职员先是不敢相信，当得知眼前就是真正的伯爵夫人时，他却又矢口否认，而且急着要赶她出门，不论伯爵夫人如何对他投怀送抱，他都害怕地拒绝了。最后巧遇伯爵夫人出门的朋友十分羡慕他，而这位银行职员却把自己与伯爵夫人的亲密接触撇得一干二净。

该剧有很多值得推崇的地方，简而言之表现在：一是该剧表现出人性的丰富与复杂。伯爵夫人本是来兴师问罪的，可当得知有人竟然在她已退出舞台演出光环暗淡多时却还记住她并崇拜着自己时，怒气立时消去不少。剧作写了两次她的“笑”，令人玩味。被人崇拜，她不仅窃喜，而且是高兴、开心。得知男士还专门为她买了白色晚礼服，这可不是一般的心意，简直是相当走心的行为。她的心里非但不是来问罪的，而且怒气烟消云散。她当场试穿，并且上演一出时装秀，要做戏就干脆配合对方做足。而银行职员被设定为寡妇之子，地位低微，心理自卑，没有值得显耀骄傲的事情，于是才假借编造认识伯爵夫人来拔高自己。银行职员谎称伯爵夫人是他的情人，不惜找人模仿她的笔迹，还请人代她写了亲昵的情话，为此还真瞒骗众人，连银行行长都高看他了，改善了境遇，同事们对他更是羡慕加嫉妒。他的这番戏作，有点类似于中国古代的叶公好龙。当真的伯爵夫人来到他身边时，乃至要委身依偎他时，他却吓得躲闪逃避不敢承认。原来他喜欢的是自己编造出来的谎，只对幻想的爱情、想象的约会及与伯爵夫人的桃色故事充满陶醉，而真正的伯爵夫人来到跟前，不仅把他吓一跳，而且还让他恨不得逃之夭夭。他沉溺于谎言中不能自拔，不敢直面真相，无胆相认，是有贼心而无贼胆，欠缺骨气与勇气。二是人物的塑造较为出色。对伯爵夫人、银行职员的塑造，到位，逼真。伯爵夫人的发怒和开心都把握得恰到好处，该生气时生气，该作秀时作秀，该开心时开心，节奏感、火候都是十分准确的。把一个使气的女人，一个过气的旧日明星，一个嫁给老头的贵妇人，都集中在与银行职员短暂的短兵相接之中，简单的场面却展示了伯爵夫人丰富的内心和性情。而银行职员只是虚荣心作祟，并不是真心喜欢伯爵夫人，所以才演出了这个闹剧，欺瞒天下，杜撰虚构的事实，是为了借此上位提高自我，蒙混过关。当真正的伯爵夫人驾到时，才惊醒了他做的这个“梦”。女仆虽然戏份不多，也显得确切，活灵活现。三是以虚实交错如幻似真的笔法营造出一种具有讽刺性的喜剧效果。本来就是子虚乌有的事情，是银行职员的一厢情愿，结果传言传到当事人伯爵夫人那里，被她当真，踏点发现更加恶劣的模仿话语和编造签名，又气又急。当耳听为虚化为眼前的眼见为实时，变成伯爵夫人的一厢情愿了。她穿起为她订购的礼服，想冒充年轻的追求者的情人却不可得，到最后落荒而逃。而那位靠谎言度日的人，终于也从梦中苏醒，可是内心深处真的能回到从前吗?

本剧结构上的安排也颇有意思：一开始先让女仆和女主的一番对话，引出女主对男主行为的看似不满实则好奇并渐渐有了好感。接着是男主归来，男主与女主的主场对阵。此时，原先是来向男主问罪的女主竟有些投怀送抱的主动意味。令人吃惊的是，男主并不是真正的喜欢女主，也许他更喜欢那个被她幻想的可遇不可求的女主，他或许更愿意沉醉在自己编排出来的与女主的各种约会和碰撞出来的浪漫故事里。而女主的到来，反而把原来的那种距离产生的美，那种万千揣想和臆测的缠绵被拆穿和被打破了。男主再三推脱之后，女主也没打算死缠烂打，她识趣地给自己台阶下并离去，此时，偏偏被男主的朋友看到了。男主与女主的乌有恋情，男主拼命想要否认的与女主的暧昧关系，似乎更像是“此地无银三百两”，越描越黑，越想撇清越是说不清楚了。而对戏剧的结构来说，这样的结尾，使得看似结束了的“无中生有”的故事并没有终止，而留下了让人猜想揣测的意味，具有了言有尽意无穷的效果。

这出“无中生有”的故事，风趣幽默，不失生动形象；看似简单，但一点也不单调乏味，其委婉迂回技巧足见散落的编剧创意。真真假假，虚虚实实，无中生有，亦幻亦真，这是充满吊诡意味的滑稽场面构成的剧作。

后 记

夜深了。天又亮了。终于校完全书入选的所有独幕剧篇目及每一篇鉴赏文字。似乎不是为了什么特别功利的目的，只是因为尽可能每天都得暇抽空潜心地沉浸在这些剧作中已然成为两年多来的习惯行为。每读一篇，每看一部，真的都是一次次奇特的享受，既是由阅读文本作品产生的快感，也是因为这些精彩剧情，精彩创意，精彩的编剧技法，使我由衷地敬佩。

感谢陆军老师的信任，由我来完成他又一个大工程项目中的《外国经典独幕剧鉴赏》的编选和评介撰写。

记不清什么时候接下这个活儿。前后起码超过两年了吧。当下人们很讲究时效，而我对这么一本貌似并不起眼的选集却耗费了不计时日的漫长辰光。如果把它们在我内心不断纤地搬演回味算在内，那无疑是数不清的密集光阴，实在是一件很不划算的事情，由此可见我这个人做事情多么拖拉、散漫、磨叽，毫无效率和效益。确切地说，好像是我内心有一个抵触这个事情被过早做完就没得享受的破坏力声音所致。虽然先前也接触过中外独幕剧，但都是偶一遇之，偶一瞥之，偶一读之，并没有太当回事，也没有留下更多的深刻印象，似乎独幕剧的不被重视总是落下这样的运命。当然，在课堂上给学生讲解的选篇，我是会揣摩再三的，但课上讲解毕竟还是有限的。这一回能够较为集中、系统、精细，但还不敢说是全面地接触了外国独幕剧大量作品，还是深感荣幸和庆幸的。读之日久，许多早先不常有过的体验扑面而来，叫我心中窃喜。与外国独幕剧的这番熟络的交往，获得的意外之喜、意想不到的收获，弥补了我在戏剧剧本解析中只接触长篇多幕剧的偏颇，让我感受到外国的独幕剧原来也这么丰富精彩，佳作竟然也如此之多，实在不该不知道啊，对于编剧创作的理解与思考着实相当可观。感谢冥冥之中的力量推动我去走近他们，走近这一部部叫我一次次惊叹不已的独幕剧巨作。

这次的编选，起起落落，有时多放在节假日，节假日没有及时完成，又拖到新学期，而新学期开始后，作为老师的我其实就非常被动地要应对学校的各项工作，除了备课上课，指导毕业班的编创和论文辅导，开无数不同的会议，还要填写各种报表，要看书写论文，要申报项目，要参加学术活动，繁琐至极，冷暖自知，甘苦与共，常常只能挤出两次上课之间的空隙。

写作的人，可能各人有各人的习惯。我越来越发现自己的写作习惯其实很不好。我是那种必须屏住气息集中专注做一件事情的人。当我手头要写一部书稿或者一篇文章时，我是必须排除任何内外干扰才能做完做好一件事情的。可想而知，当我已经有感觉，已经开始上路，已经写得得心应手之际，只要稍许有些外力的骚扰介入，往往把我刚刚累积起来的写作好景给断送了。并不是我坐在那里，打开电脑，就会文如泉涌，文字的灵感就能潮水般蜂拥而至，或者像磁石一般就能把妙笔生辉的感受吸附过来。编写这部书，就是我无数次打消外界干扰的各种念头，无数次重起炉灶才又开始介入，无数次中断后，又继续拾起余续，终于又可以接上茬的写作结果。我突然感到，我们不仅要培养抗压力，其实我们也非常需要锻造在各种骚扰干扰或扰乱中能够立体地处理各种事情的能力。能够立体地同时做很多不同头绪不同要求的事情的能力，在今天这个纷杂的时代，尤其需要着力培养。

此次编选顺利完成，要感谢许多前辈师长。书中选用或曾借助的世界剧作选本甚多，其中主要有施蛰存先生主编的六卷本《外国独幕剧选》、汪义群主编的五卷本《西方现代戏剧流派作品选》、龙文佩编选的六册《外国当代剧作选》，此外还有李健吾翻译的《契诃夫独幕剧集》、吴朱红翻译多辑的《西方现代戏剧译作》、周豹娣编著的《独幕剧名著选读》，还有《俄罗斯现代剧作选》、《当代希腊戏剧选》以及包括从达里奥·福到萨拉·凯恩等诸多个人戏剧作品集等，对所有的这些剧作编者、译者一并致以真挚谢意！若有版权问题，请译者联系上海戏剧学院编剧学研究中心。

这本书得以完成，我要对本书的责任编辑赵蔚华老师表示真诚的谢意，她的敬业、专业和负责的精神给我温暖的记忆。我还要感谢我的几个学生，她们是17级广编专业文策方向的陈清颖、袁清昕和韩虹三位同学。她们帮我把复印出来的独幕剧剧本逐一用电脑输入重新转化成word文稿，使我顺利地解决了文稿转化的困扰。

感恩的心情，在审阅完毕全书时，愈加强烈起来。

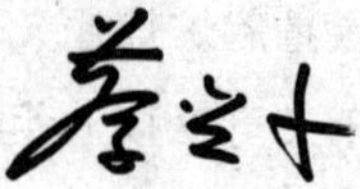

2019 年 5 月 15 日深夜于上海

图书在版编目(CIP)数据

外国经典独幕剧鉴赏/蔡兴水著.—上海:上海人民出版社,2019
(中外经典短剧鉴赏文库/陆军主编)
ISBN 978-7-208-16089-7

Ⅰ.①外… Ⅱ.①蔡… Ⅲ.①独幕剧-剧本-鉴赏-世界 Ⅳ.①I106.3

中国版本图书馆CIP数据核字(2019)第210868号

责任编辑 赵蔚华
封面设计 陈 楠

外国经典独幕剧鉴赏
蔡兴水 著

出　版	上海人民出版社 (200001 上海福建中路193号)
发　行	上海人民出版社发行中心
印　刷	常熟市新骅印刷有限公司
开　本	787×1092 1/32
印　张	10.5
插　页	6
字　数	222,000
版　次	2019年10月第1版
印　次	2019年10月第1次印刷

ISBN 978-7-208-16089-7/J·550

定　价	52.00元